¿JUGAMOS?

José Luis Romero Civera

¿JUGAMOS?

CHE BOOKS

CONTRABANDO

¿JUGAMOS?
© José Luis Romero Civera, 2025

Maquetación, corrección y artes finales:
Arial Artes Gráficas SL
Plaza Raquel Payá, 10. Bajo 2
46006 Valencia
editorial@edicionescontrabando.com
www.edicionescontrabando.com

Cubiertas: Maribel Herrero

Primera edición: Mayo 2025
Primera reimpresión: Octubre 2025

Código IBIC: FA
ISBN: 979-13-990385-0-7
Depósito Legal: V-1933-2025
Printed in Spain - Impreso en España

A Miguel Mayol y Voro Bru
In Memoriam

La fortuna no existe. Existe el momento en el que el talento encuentra la oportunidad.

SÉNECA

Esperamos demasiado del destino, que haga todo por nosotros. La misión del destino es ofrecernos oportunidades. Cogerlas o dejarlas es cosa nuestra.

ROBERTO PELLICO

1ª PARTE: EN EL CAMINO

JULIO DE 2004

1. ROBERT

Acababa de llegar al albergue de Jaca con la intención de continuar con el Camino de Santiago donde lo dejé a causa de una lesión. El año anterior hice un recorrido lleno de tranquilidad y soledad. Apenas unos pocos peregrinos con los que hablar e incluso algún día en completa soledad. Ahora me sentí agobiado por la cantidad de gente que había allí. Casi todos eran alemanes y españoles. Entendía algo de español, pero nada de alemán. Todo el bullicio que me rodeaba hizo que mi idea del Camino cambiara radicalmente. Aquel albergue, aún cargado de alegría, me recordaba el ruido de París del que quería distanciarme.

Me tocó la cama de abajo de la última litera disponible. Estaba pensando en regresar y no continuar cuando llegó otro peregrino. Era un hombre sonriente que habló en español con la hospitalera del albergue dándole las gracias por recibir la última cama disponible. Reconozco que no soy nada atrevido para iniciar conversaciones con desconocidos, pero me sentía abrumado y solo. Me atreví y le pregunté si hablaba francés. Esa pregunta sirvió para cambiarlo todo. Empecé este Camino junto a una persona que se convirtió en uno de los mejores amigos de mi vida.

Aquella noche cené con Vicent, un enamorado de la Ruta Jacobea que me contó muchos de sus secretos. Él lo hizo por primera vez en el 2001 y todos los años vuelve a recorrerlo. Este año decidió empezar en Somport y, cuando llegó a Jaca, acababa de terminar su primera etapa.

Me transmitía confianza y paz interior. Me animó a que le contara lo que pasaba por mi cabeza. Casi siempre mis pensamientos se centraban en mis problemas. En las etapas que recorrimos juntos en la primera parte de Camino hablamos de mi divorcio, mi trabajo, la casa que pensaba comprarme y de un montón de problemas más a los que Vicent llamaba "agobios innecesarios". Él en cambio me preguntaba: ¿Dónde está la diversión?, ¿dónde está el juego?, ¿dónde tu niño interior?

Hizo que, en pocos días, quisiera llevarme el Camino a casa. Quería incorporar a mi vida lo que Vicent me transmitía. No era una persona religiosa. Anteponía la lógica y el sentido común a todo lo demás. No se consideraba creyente, él decía que era "sintiente". Le pregunté que era eso y me dijo hacer más caso a lo que sientes que a lo que crees. También influía su experiencia. Era 20 años mayor que yo, pero él parecía más joven y optimista que el despistado francés que le acompañaba.

De él me llegaba una filosofía de vida que me encantaba y me hacía ver mis miedos, dudas y preocupaciones como cosas perfectamente superables. Estaba disfrutando tanto que no recordaba haberlo pasado tan bien en mi vida.

Cuando estábamos a punto de incorporarnos al camino francés, llegamos a una ermita en mitad de una llanura de Navarra. Mi vivencia allí nunca la olvidaré. No importa el tiempo que pase, el recuerdo de Eunate me acompañará toda la vida.

Esa mañana Vicent me había contado que la primera vez que lo hizo tuvo una maravillosa experiencia en esa ermita:

"Cuando llegué estaban en una misa con un coro, varios músicos, unos pocos familiares y tres peregrinos contándome a mí. Yo era el único español. Con lo pequeña que es la ermita, casi no cabíamos. Al acabar me enteré que era la celebración del 25 aniversario de boda de los contrayentes. Le di las gracias al novio en nombre de los peregrinos por el regalo que nos habían dado y me sorprendió gratamente diciéndome que nos daba las gracias a los peregrinos. Que sin nosotros no habrían tenido la celebración que ellos deseaban".

Estaba deseoso de conocer aquella ermita. Me sorprendió su extraña forma cuando la vimos y nos regaló su frescor cuando nos metimos dentro. Disfrutamos del silencio hasta que oímos los pasos sobre la gravilla de algún peregrino que llegaba en ese momento. Con el ruido decidimos salir y quedamos deslumbrados por el fuerte sol. Sin verla escuché a una mujer mencionando el nombre de Vicent.

Cuando pasó el deslumbramiento vi que él se acercó a ella y la abrazó con ganas. Era increíblemente hermosa. Me había quedado parado junto a la puerta de la ermita sin atreverme a acercarme a ellos. Hablaban deprisa y no me enteraba de lo que decían. De pronto vinieron hacia mí y oí a Vicent que decía que yo era francés. Ella se dirigió a mí en un correcto francés con acento del sur. Estuve tentado de pellizcarme para ver si aquello era un sueño.

Me explicó que venía haciendo el Camino francés con unas amigas y que Vicent le había pedido que se quedara con nosotros. Allí pude empezar a hablarle y a pedirle lo mismo también yo.

2. ADELA

Me sentí liberada de mi grupo al desviarme de la ruta para ir a ver la ermita de Eunate. Un conocido de la peña de senderistas me dijo que era un sitio maravilloso y que no me lo perdiera. Aproveché para caminar muy deprisa. Estaba harta de la lentitud de mis compañeras. No sé por qué no me fui sola al Camino. Son buenas personas, lo paso muy bien con ellas cuando vamos de bares, aunque aquí me dan la sensación de que han venido a ligar, no a caminar.

Vi la ermita a lo lejos y la verdad que era diferente a todo lo que había visto hasta la fecha. Lo que no me podía imaginar era encontrar saliendo de la ermita a la persona que me recomendó realizar este desvío.

–No me lo puedo creer ¿Qué haces tú aquí, Vicent?

Él me abrazó y sentí en su piel el frescor del interior de la ermita. Me entraron ganas de entrar a refrescarme.

–¡Qué sorpresa más agradable! Ya que me he de encontrar a alguien conocido, que sea una chica guapa. No creo que hoy me pudiera pasar algo mejor.

–¡Qué zalamero que eres! ¡Vicent, si estoy aquí es por tu culpa!

–¿Por mi culpa?

–Fuiste tú quien me habló de Eunate y me he desviado para ver la ermita y va y te encuentro. ¡Esto sí que es bueno!

Vicent quiso presentarme a un compañero de camino. Me dijo que era francés, lo que no me dijo fue como era. La palabra guapo se quedaba corta. Aproveché que había estudiado de niña en el Liceo francés para darme a conocer. Estaba deseosa de oír su voz.

Me trasmitió ternura y devoción. Sentí que era un ser muy especial y unas ganas locas de quedarme y mandar a paseo a mis compañeras.

Vicent me pidió que permaneciera esa noche en Eunate. Yo no sabía que allí hubiese un albergue de peregrinos. Me hice un poco la dura para que insistieran. Lo que conseguí es que el francés no se separara de mí y, con ello, me sintiera la "reina del mambo". Tras unas cuantas peticiones más accedí a escribir un mensaje a mis compañeras de viaje y decirles que me quedaba en Eunate y que nos veríamos al día siguiente.

Aquella tarde y aquella noche aprovechamos para contarnos nuestras vidas. Bueno, yo conté lo justo e hice ver que no tenía pareja que me esperase en Valencia. Gracias a dar esa información me enteré que Robert tenía 29 años, estaba divorciado, sin pareja y… no me quitaba los ojos de encima.

Vicent se debió de dar cuenta de la situación por lo que tras la cena dijo que estaba cansado y se fue a acostar. Robert aprovechó para contarme su relación y su ruptura. Me di cuenta que estaba dolido por lo vivido, pero no por no estar con su ex. Solo su timidez habría impedido que no fuera de flor en flor. Con lo bueno que estaba podría haber encandilado a cualquiera.

Yo también le conté mi ruptura. Mis heridas eran más antiguas y más olvidadas que las suyas.

Nos fuimos a las colchonetas y me costó dormirme pensando en lo que les podía decir a mis compañeras de viaje para no regresar con ellas. Nada de lo que se me ocurrió me servía. Todo me hacía quedar mal con ellas y no estaba dispuesta a enseñar mis cartas ante Vicent y Robert.

A la mañana siguiente mientras desayunábamos me mostré un poco malhumorada. No quise que pensasen que estaba mal con ellos y quedé bien diciéndoles que estaba así porque me sabía muy mal dejarlos. Mientras hablaba sonó mi teléfono móvil.

Era una de mis compañeras. La noche anterior habían conocido a cuatro chicos de Cádiz que estaban haciendo el Camino. Como aquello pintaba muy bien querían que no tuviera prisa en alcanzarlas. Ellas eran cuatro y una quinta desequilibraba los números.

Me contuve. No me puse a dar gritos de alegría. Con la voz más seria que pude les deseé mucha suerte y que, como yo no me quedaba sola, que hicieran su marcha.

Colgué y me giré hacia ellos que me miraban expectantes. De hecho, creo que Robert ni respiraba. Y les dije:

–Chicos, ¿admitís un polizón en vuestro barco?

No hubo palabras. Vicent vino y me dio un abrazo corto e intenso. Luego me abrazó Robert y sentí, como hacía años que no sentía, el deseo de ser abrazada por un hombre. Él era ese hombre.

3. VICENT

Aquel día nos tocaba llegar al pequeño pueblo de Grañón. Había decidido llegar hasta allí porque el hospitalero de la quincena en ese albergue era mi amigo Manuel.

Hicimos un alto en el camino y les propuse a mis dos compañeros que hicieran una meditación. Se trataba de intentar reconocer sus miedos sin analizarlos, sin asustarse, solo observándolos. Después de un buen rato en silencio les pedí que vieran lo que esos miedos les impiden hacer o tener.

Observé que Robert se había quedado muy impresionado con el trabajo que había hecho. Me quedé muy contento. Lo que quería con esa meditación era provocarle. Llevábamos más de 100 kilómetros recorridos con Adela y no comprendía como aún no se había declarado. Me alegré que se fueran los dos juntos a pasear y me dejaran espacio para disfrutar de la compañía de Manuel, lo cual conllevaba trabajar en la cocina para hacer la cena de todos los peregrinos. Aún me alegré más cuando comprobé que ni Adela ni Robert llegaban y cenamos sin ellos.

Cerca de las diez de la noche vino Robert al albergue para pedirme su mochila y la de Adela. Sólo me dijo que iban a dormir juntos a una casa rural.

Cuando Manuel cerró el albergue aproveché para irme con él a tomar unos vinos y recapitular todo lo sucedido. Él se encontraba deseoso de saber la causa de la desaparición de la pareja de peregrinos.

Le conté lo que estaba pasando. Normalmente es el primer Camino de Santiago el que más recuerdas y el que influye más en tu vida. Pero lo que me estaba pasando en este desbordaba cualquier experiencia previa. Por otra parte, me sentía inquieto porque no sabía lo que iba a pasar a partir de ese momento.

Me transmitió paz, como cada vez que nos veíamos. También me habló de aceptación diciéndome que quizá me tocaría volver a caminar solo o quizá en compañía. Lo que pasase no dependía de mí.

A la mañana siguiente tras despedirme de Manuel esperé en la plaza del pueblo a que llegaran Adela y Robert. Aparecieron a las ocho y media. Venían abrazados, caminando lentamente, pendientes el uno de otro.

–Vamos pareja, nos espera otra etapa.

–Vicent, ¿no te molestará caminar con unos enamorados? –dijo Adela.

–¡Qué dices! Vais repartiendo amor a borbotones y me va a molestar que me salpique. En todo caso al revés, puede que queráis estar solos.

—No, Vicent, lo hemos hablado antes de venir. Queremos seguir caminando contigo —dijo Robert.

—Entonces no se hable más que se hace tarde y empieza a picar el sol.

Sentí alegría por mí y por ellos. No me importó el brutal calor que pasamos y me pareció que a ellos tampoco. Pensé que lo más adecuado para que pudiésemos seguir juntos era crear algo que nos entretuviese y nos uniera. Lo fui desarrollando en mi mente y me esperé a la tarde. Tras la ducha estaríamos los tres más predispuestos.

Les comenté que tenía algo para ellos y nos fuimos a un lugar apartado. Adela y Robert se sentaron apoyados el uno en el otro enfrente de mí.

—Bueno, Vicent, qué tema has elegido hoy para nuestra tranquila conversación de la tarde. ¿Quizá el amor?, ¿quizá la pareja? —dijo Adela.

—No, para nada, quiero que hablemos de la seriedad.

—¿Por qué la seriedad? —dijo Robert.

—Porque es un tema muy serio. ¡Qué no, qué es broma!

—Venga va, ¿de qué vamos a hablar? —dijo Adela.

—De la seriedad, pero sin tomárnosla en serio.

—¿Y cómo eliges este tema para hoy? —dijo Robert.

—Quiero aprovechar el ánimo tan positivo que lleváis con vosotros porque será beneficioso para el tema tan serio que vamos a tratar.

—No logro saber todavía si estás hablando en serio o en broma —dijo Adela.

—Espero que no lo sepas en toda la conversación, así no te la podrás tomar ni en serio ni en broma.

—Bueno, empecemos ya, que esto pinta muy interesante —dijo Robert.

—A ver, ¿quién es el más serio o seria de los tres?

—¡Robert! —exclamamos los tres.

—Pues empecemos por ti. Veamos, Robert ¿qué es lo que te tomas verdaderamente en serio?

–Mi trabajo, la posible compra de mi vivienda. No sé, creo que en el fondo me tomo en serio casi todo.

–Sí. Es un problema generalizado. Nos ponemos serios ante lo que consideramos importante y tú te pones especialmente serio.

–Estoy tratando de ver y de entender cómo funciono con mi seriedad. Creo que ante lo importante me preocupo y acabo poniéndome serio.

–No en todo, ahora no estás serio en tu relación con Adela. En cambio, se nota que es importante para ti.

–¡Siiii! –dijeron los dos al unísono.

–Me parece que te pones serio en muchas más cosas. Hablo de lo que tú y yo hemos comentado en este camino: Tu divorcio y las negociaciones sobre el dinero; tu futuro a corto y largo plazo; la relación con tu madre; lo que consideras correcto hacer; lo que te parece incorrecto que hacen tus compañeros y amigos... ¿Sigo?

–No, creo que hay suficiente.

–Lo ves Robert, tiendes a tomarte las cosas en serio siempre. El Camino te ha traído el amor, pero sigues viendo todo en tu vida desde la seriedad. En cambio, en este viaje estás aprendiendo que podemos tomarnos la vida como un juego.

–Tienes razón, Vicent, hacía años que no me divertía como ahora. Quiero seguir así, quiero quedarme con todo lo vivido y hacerlo cotidiano. En este instante mi trabajo y todo lo demás no me importan casi nada y me sorprende.

–Es lógico, empiezas a desprenderte de tu pasado. No es que sea malo, ni negativo. Es que empieza a no servirte y deseas cosas nuevas en tu vida.

Ante el gesto que puso Adela añadí riéndome:

–¡Y personas!

–La verdad, quiero divertirme con mi niño interior y quiero seguir con él al lado.

–Pues los niños se dedican a jugar todo el tiempo. ¡Propón un juego!

Robert se quedó un rato pensando y dijo:

–Sólo se me ocurren juegos de mi infancia. Algunos estarían bien, pero me gustaría algo diferente.

Aproveché y sonriendo le dije:

–Robert, ¿quieres que proponga un juego yo?

–¡Sí! –dijeron Adela y Robert al unísono.

–Voy a proponer un juego muy serio.

–¡Anda ya!

–¡Buuuuuu, a eso no juego yo!

–¿Qué tal si jugamos a que Robert atraca un banco?

–¿Robar un banco? ¡Estás loco, Vicent! –dijo Adela.

4. ROBERT

Se juntaron muchas cosas en mi mente ante la proposición de aquel extraño juego. Por un lado, no me apetecía jugar a algo que iba contra mi ética. Por otro sentía que estaba en deuda con Vicent, no sólo era todo lo que había aprendido a su lado. Tenía muy presente la maravillosa meditación que él nos guió. Gracias a ella pude ver que lo que más temía en este mundo era perder a Adela.

En otra meditación anterior nos hizo ver que la única forma de vencer los miedos es atravesarlos. Los atravesé diciéndole a Adela lo enamorado que me sentía y ella no me dejó acabar la frase. Sus labios taparon mi boca.

Cuando empezamos el juego yo estaba en la cresta de la ola. Jamás en mi vida había tenido una sensación de felicidad como la que tenía en ese instante. No me di cuenta como el juego se iba introduciendo dentro de nosotros. Le pusimos normas éticas, no podíamos robar a nadie que necesitara el dinero. No podíamos utilizar ningún tipo de arma de fuego o arma blanca.

Casi sin proponérnoslo generamos una dinámica en el Camino. Todas las mañanas caminábamos un buen rato en silencio. Ahí íbamos pensando nuestras propuestas para el juego. Todas las tardes nos juntábamos para jugar un rato.

Al poco de empezar a jugar comenté que mi trabajo habitual no era en un banco. Yo trabajaba en una empresa de gestión de tarjetas de crédito y débito. Por ello nuestras propuestas se centraron en atracar un banco con el uso de ellas.

Siempre nos encontrábamos con el problema de perjudicar a los propietarios de las tarjetas. Tras darle muchas vueltas al tema imaginé un sistema para clonar la información de las tarjetas de un solo banco y se lo comenté a mis compañeros de juego.

Vicent me dijo:

−Está muy bien pensado, pero se trata de que ideemos algo factible.

−Es factible −respondí yo.

−¿Serías capaz de hacerlo en la realidad? −preguntó sorprendida Adela.

−Creo que sí. Soy programador informático. De hecho, en mis ratos de ocio me dedico a programar software libre.

Se quedaron sorprendidos los dos y Vicent fue el primero en reaccionar

−Eso implicaría romper todos los sistemas de seguridad de las tarjetas.

−No es tan complejo, si trabajas desde dentro se pueden hacer copias de la información. A lo que no tengo acceso es a saber de qué banco provienen y cuál es el código secreto de cada usuario.

−Eso sí que es un grave problema −dijo Adela.

−No tanto si utilizo solo la información de las tarjetas que han sido renovadas al menos una vez. Casi toda la gente cambia el código numérico sólo cuando recibe una nueva, no cuando la renueva. Podría almacenar una gran cantidad de información de tarjetas y descartar las pocas que nos dieran error.

Adela y Vicent se quedaron boquiabiertos otra vez. Con lo que proseguí:

−El tema de seleccionar tarjetas de un solo banco es más complejo. Aun así, creo que podría conseguirlo. Al final tenemos que entregar tarjetas físicas con los logos del banco. Tendría que ver cómo hacerlo, pero tendría que intentarlo desde mi trabajo. Se trata de que le echen la culpa al banco, no a mi empresa.

5. VICENT

Aquella tarde lo que veníamos haciendo dejó de ser solo un juego. Las palabras de Robert lo convertían en una realidad. Era cierto que él podía atracar un banco. Tuve que serenarme un poco para asumir la nueva dimensión de lo que estábamos haciendo.

Cuando me tranquilicé fui consciente de que era yo quien había liado a la pareja de tortolitos y, por tanto, era mi responsabilidad reconducir la situación. Por otra parte, la emoción que sentía me pedía seguir adelante, ahora se había convertido en algo especialmente interesante. Lo pensé unos instantes y les dije:

–No podemos perder de vista que esto es un juego, no una realidad. Podemos seguir jugando, pero ahora cada uno de nosotros tiene que ver qué aporta. La parte de Robert ha quedado clara. Ahora él tiene que idear cómo salir indemne de sus acciones dentro de su trabajo. Tenemos que ver qué es lo que podemos aportar Adela y yo.

Adela nos pidió un poco más de tiempo para digerir la noticia de las "habilidades" de su novio. Quedamos para seguir con el juego la tarde siguiente. Ahora era todo diferente. No por Robert, sino porque no éramos capaces de dejar de pensar en él. Yo sentía mi pulso acelerado y estaba viendo en los rostros silenciosos de mis compañeros de viaje una mezcla de preocupación e interés.

Esa noche no fui capaz de dormir casi nada y no era por nervios. Estuve ideando la estructura para dar el golpe sin que nos afectara a nosotros. No quedé satisfecho con lo que pensé porque nos hacía falta alguien que diera la cara, que fuese el malo de la película. Y habíamos quedado en no hacerle mal a nadie.

Solo atracar un banco. Sonreí con la idea e imaginé el cambio que daría mi vida si daba ese golpe. En ese momento vi el peligro real que tenía el juego. Respiré hondo y me dije a mi mismo que lo usaríamos solo para jugar, sin ánimo de ponerlo en práctica.

Al día siguiente, cuando acabamos de caminar, busqué un lugar tranquilo donde nadie nos escuchase. No quería que alguien se enterase de lo que hablábamos. Allí expuse cómo se podría dar el golpe:

–La forma para hacer el atraco sería creando una empresa tapadera que abriría varias tiendas. Con todo el aspecto legal de un grupo inversor. Solicitaríamos a varios bancos los datáfonos con los que sacaríamos el dinero en un breve espacio de tiempo.

–Los datáfonos se llaman TPV. Es su nombre internacional –dijo Robert.

–Pues TPV, pero tenemos un serio problema. La cara visible de la empresa ha de ser una persona e irían a por él o ella.

Vi la cara de desánimo de los dos y traté de centrar la atención en otros temas y les dije:

–Antes de resolver todos los problemas tenemos que saber cuánto dinero queremos con el golpe que vamos a dar.

–Robert, tú y yo tenemos que pedir lo mismo. No quiero que uno sea más rico que el otro –dijo Adela sonriendo.

–En ese caso yo también pediré lo mismo que vosotros.

En ese día no resolvimos nada más. Lo único que me quedó claro fue que mis compañeros de viaje seguían tan interesados en el juego como yo.

6. ADELA

Me asusté mucho con la propuesta de Vicent, pero vi tan suelto a Robert que me animé a participar en él. Para mí todo iba bien hasta que mi querido sacó a la palestra su profesión y me dio un susto tremendo.

Por si fuera poco, al día siguiente Vicent también sacó la suya y aún le dio más forma al asunto. Para seguir con el juego ya le pusimos precio a la estafa. Estuve pensando todo el día en la decisión de abandonar o seguir con él. Me costaba mucho elegir.

Ya en la litera me dije que otro momento me hubiera salido enseguida, pero también yo tengo una profesión. Soy enfermera. No tengo un puesto de trabajo fijo, aunque casi siempre estoy trabajando porque me llaman para hacer sustituciones, tanto en los hospitales públicos como privados. En mi trabajo he visto morir a mucha gente. Personas normalmente mayores que se van sin haber cumplido todos sus sueños, dejando sin su presencia a otras personas que los necesitaban.

Había dado con la clave para solucionar el problema que Vicent no había resuelto. Se trataba de poner de cara visible del grupo inversor a un enfermo terminal que quisiese solventar un problema económico de algún familiar antes de irse.

Me sentía extrañamente cómoda con esta idea. Me di cuenta más tarde del porqué. Hasta ese momento eran Robert y Vicent quienes aportaban soluciones al juego. Ahora sería yo la que lo desbloquease. Me sentía una integrante más del grupo. Aproveché para bautizarlo. Se llamaría La Locura, así en mayúsculas.

Aquella tarde cuando expuse mi idea me sentí orgullosa por la cara de felicidad que vi en ellos. Se podía seguir jugando. Y así fue hasta Santiago. Con el Camino terminado aún nos quedamos un día más para celebrarlo. No éramos solo tres peregrinos, llevábamos colgando de nosotros un juego inacabado. Vicent encontró la forma de seguir y que todo continuara siendo un secreto que solo nosotros tres sabríamos:

–Chicos, lo que tenemos que hacer es abrir tres correos electrónicos a nombre de familiares preferentemente mayores. Es una herramienta que ellos no usan y no se enterarán de que existe.

–Los correos tienen que ser de plataformas que habitualmente no usamos y, lo más importante, nunca verlos desde nuestras casas o nuestros trabajos. Siempre hay que usar ordenadores públicos. Se trata de que, si algún día revisasen nuestros ordenadores, nunca encuentren que somos nosotros los que hemos preparado el golpe. Los sitios que usan los inmigrantes para llamar a casa son un lugar perfecto –añadió Robert con el gesto de aprobación de Vicent.

–Robert y yo sí que vamos a estar en contacto desde nuestros ordenadores.

–Tiene razón Robert. El juego debe estar siempre fuera de casa. Si tenéis que decir algo de él poner una contraseña que os sirva para avisar al otro. Los locutorios siempre los tenemos cerca de casa y con unos horarios muy amplios –sentenció Vicent.

Decidimos Robert y yo que la clave nuestra sería "avisa a mamá". No había ningún riesgo de confusión ya que no me hablo con mi madre. Luego nos fuimos los tres a un locutorio y desde Santiago creamos tres correos electrónicos en plataformas diferentes.

Vicent fue el primero en irse. Cuando nos despedimos de él sentí un vacío importante y me abracé a Robert. Fue en ese momento en el que me habló de un nuevo invento informático que había salido el año anterior. Se llamaba skype y me explicó como instalarlo en el ordenador de casa. Me dijo que gracias a él podríamos vernos todos los días que quisiéramos. Pensé que estaba fantaseando y se lo dije. Me llevó otra vez al locutorio y me enseño como se manejaba llamando a su mejor amigo del trabajo. Luego creó mi cuenta de skype.

También me pidió que me pusiera la conexión a internet más potente que pudiera. Dado que vivía con mis tíos, hablaría con ellos para convencerles de que la necesitaba.

Cuando regresé a Valencia aún estaba flotando y con el paso de los días me di cuenta de la brutal importancia de esa plataforma. Sentía que tenía siempre a mi lado a Robert. El juego siguió completándose poco a poco. Lo que no sabía ni imaginaba es lo que pasaría 5 años más tarde.

2ª PARTE: EL JUEGO

DEL 2 MARZO DE 2009 A 19 DE JULIO DE 2009

1. VICENT

El SMS indicando que tenía un paquete en el locutorio y el correo electrónico de Robert me había alterado de verdad. Algo que en estos últimos años rara vez me pasa. Tengo fama de frío y calculador. Ahora ni lo uno ni lo otro. Lo había impreso y los folios seguían el temblor de mis manos.

Para: Luisa(luisa.collad45@hotmail.com)
De: jeanne.duprex@yahoo.fr
París 2 de marzo de 2009

Querido Vicent. Te extrañará recibir un texto largo escrito por mí, pero lo que ha sucedido tengo que contártelo con detalle.
Hoy me han ofrecido la posibilidad de un despido incentivado. Recibí la información por correo electrónico a primera hora de la tarde. Como no me lo creía volví a leerlo una y otra vez mientras valoraba el cuándo y el cómo de mi marcha de la empresa.
Me sentía intranquilo sin saber exactamente por qué. Para calmarme he hecho mis cálculos económicos. Entre la venta de mi parte del piso a mi ex, lo que ya tenía ahorrado y lo que me van a dar con el despido podría realizar mi sueño de montar mi tienda de informática en el centro de Arlés. No he firmado mi aceptación del despido todavía. Quería contárselo a Adela y tengo tiempo para presentarla.
Sé que, cuando leas este correo, te alegrarás por mí. Estarás igual de convencido que yo sobre la actitud que tomará Adela cuando se lo diga: Me apoyará. Lo dejará todo y se vendrá conmigo.
Lo que no te he explicado es por qué te cuento todo esto a través de nuestro correo secreto.

25

Me extrañaba mucho seguir estando intranquilo. No quería tomar la decisión sin entender antes lo que me pasaba. Recordé las técnicas que me enseñaste en el Camino y me pregunté dónde estaban mis dudas.

Imagino que, al recibir mi escrito por esta vía, lo asociarás a nuestro entrañable juego. Ese al que mi amada le dio el acertado nombre de La Locura. Sí, es así, no estás equivocado. Robert Dupré, el que frenó hace un año el juego, ahora que la vida le pone todo a su favor es el que duda si propone activarla o no.

Me conoces lo suficiente. Sabes lo que me cuesta tomar decisiones. Por ello antes de nada me he puesto a valorar todas las posibilidades.

El año pasado no lo propuse por mi situación laboral de aquel momento, porque aún no había acabado mi trabajo para el juego y por la dura e inacabada negociación con mi ex mujer para la venta de mi parte del piso. En este momento todo concuerda para irme, y también, para poner en marcha nuestro juego.

Ahora, si nos atenemos a La Locura, el trabajo previo que debía de hacer para ponerla en marcha lo tengo hecho y he comprobado que funciona. Además, tendré la tapadera perfecta: Por una parte, me la proporciona mi empresa con el ofrecimiento del despido; por otra las obras que he de acometer en Arlés. Incluso tendré el dinero para empezar el juego, ya que no he de pagar todo al inicio de las mismas. Por lo tanto, estoy preparado.

Tenía que tomar la decisión y, cuando he llegado a casa, he empezado el análisis de mi situación. Aunque lo lógico era dejarme de "locuras" la duda persistía. Me di cuenta de que lo que me hacía sentirme intranquilo era la sensación de poder estar arrepintiéndome toda mi vida de no haber llevado a cabo nuestro juego. En especial, me hacía dudar la posibilidad de que el negocio no fuera bien y, viendo la situación económica actual, es una posibilidad bastante razonable.

Como no lograba tomar una decisión decidí meditar ¿Recuerdas que justo antes de declararme a Adela nos enseñaste la meditación sobre lo que más teme nuestra mente? Ha sido con ella como he tomado la decisión. A través de ella he comprobado que, lo que más miedo me da ahora que voy a vivir con Adela, es sentirme como un cobarde que no se atrevió a vivir La Locura.

Por eso te pido que, si aún es posible, activemos el juego. No sé si podrá ser, pero tengo que intentarlo. Quedamos que sería yo quien diera el primer paso y si lo doy es desde mi seguridad y mi confianza en ti para proseguir con La Locura.

Muchas gracias por existir amigo Vicent.

PD.- Cuando hayas acabado de leer este escrito Adela ya sabrá que te he pedido que actives La Locura.

Seguía temblando. En esta nueva lectura me di cuenta de que mi miedo residía en la última frase de su correo. Esa seguridad y confianza en mí me asustaba. Me dan miedo las confianzas ciegas y tanto Adela como Robert la tienen conmigo. Si activábamos La Locura volvería a ser el jefe de la banda, el experto. El hombre que lo sabe todo. Pero también el hombre que, si cometiésemos algún error, sería el culpable del fracaso.

Me vi abocado a sopesar la posibilidad de disparar La Locura pese al miedo que sentía. La situación económica había cambiado mucho desde aquel 2004 en que la ideamos. No tenía claro que la pudiésemos llevar a cabo. Lo primero que hice fue comprobar si aún podíamos activarla. Robert tenía razón, no solo podíamos, sino que nos venía aún mejor. Disponíamos de un día más para obtener el dinero.

Por mi cabeza empezaron a pasar los cálculos que estuve haciendo hasta marzo del año anterior, cuando Robert se frenó yo también lo hice. Dejé un año de lado nuestro juego. Ahora este volvía a remover sensaciones dentro de mí. Seguía dudando por mi miedo, y a la vez notaba que me estaba volviendo a atrapar.

Saqué todas las notas que había preparado en años anteriores. Las puse en orden sobre la mesa y volví a hacer los cálculos. Una parte de mi mente deseaba que no se pudiese hacer, pero todos los cálculos salían. Incluso la cuestión de la crisis económica nos favorecía en todo. Ahora era el momento de arrancar. Todo me cuadraba como a Robert.

Ahora que mi trabajo flojeaba le podría dedicar casi todo mi tiempo a La Locura. Otro aspecto importante era que el poco trabajo que tenía no me daba las satisfacciones de antaño. No es lo mismo tasar para crear o construir que tasar para malvender empresas o para liquidarlas. El ambiente de trabajo cada día me desagradaba más.

Paré de calcular y de hacerme castillos en el aire. Lo que tenía delante ya no era un juego. Arrancar con La Locura no permitía pasos atrás. Traté de serenarme. Respiré profundamente varias veces. Trataba de conectar con mi lógica. Me dije a mí mismo que lo que vamos hacer no era razonable. Ninguna locura lo es, pero los cálculos me dicen que puede funcionar. Aunque no sea sencillo. se podría hacer.

Pero seguía dudando. Me sentía indeciso y nervioso. En ese momento surgió en mi mente la imagen de un castillo de naipes que se desmoronaba. Aunque decidiéramos iniciar La Locura necesitábamos un cuarto jugador. Si Adela no lo encontraba, no tendríamos juego. Nos quedaríamos todos tranquilos, ya que, pese al intento, no habríamos podido seguir adelante.

De todas formas, ante la posibilidad de que La Locura se activara, seguí algo más sereno, buscando en mi interior la causa de mi miedo. Comprendí que tomar esa decisión por mí mismo tenía un coste asumible. No tengo descendencia, podía jugarme mis ahorros y cosas más graves en esta apuesta. Tomar esa decisión implicaba meter por medio a Adela, a Robert y a Cabeza Visible.

El corazón me latía mucho más deprisa de lo normal. El juego empezaba a correr por mis venas y me pedía ponerme en marcha. La Locura sí que era capaz de activarme. Ella me había hecho gozar estos últimos años. No había sido mi hobby. Había sido mi droga. Ahora le había perdido el miedo viendo que era una posibilidad y no una realidad.

Tomé la decisión de tratar de activar La Locura y me relajé. Mi mirada se fue a un cuadro de la Diosa Fortuna que tengo en casa. Con ella nos pasa lo que a los católicos con santa Bárbara. La tenemos presente sólo cuando la necesitamos o cuando nos sorprende una tormenta. No tenía ni idea del papel tan importante que iba a jugar en mi vida.

Me tocaba regresar al presente. Sabiendo que Robert había acabado su parte retoqué mis apuntes y los cuadernos en los que tenía escrito el orden de actuación de cada uno para desarrollar el juego. Luego los actualicé a las fechas de este año. Vi que teníamos que encontrar al señor o señora Cabeza Visible en el plazo máximo de un mes. De lo contrario no podríamos activarlo.

Se hizo muy tarde cuando acabé con las actualizaciones y no era el momento de llamar ni a Adela ni a nadie. El juego aún no había comenzado fuera de nosotros, pero en mi interior no quedaba rastro del miedo que me produjo el correo de Robert.

2. ADELA

Tenía ganas de ver a Vicent. Estaba hecha un flan desde que la noche pasada oí de boca de Robert "Avisa a mamá". Esperaba que él pusiera la serenidad y la cordura que yo no tenía desde la lectura del correo de mi amado Robert.

Me alegré muchísimo de su llamada, aunque me despertó sacándome de un profundo y tardío sueño. Quise que nos viésemos lo antes posible. Quedamos en nuestra cafetería habitual.

Cuando llegué vi a Vicent muy serio. No me gustó nada, ya que yo llegaba muy nerviosa y también con ansiedad, y esperaba de él que me aportase tranquilidad. Me dejó hablar. Le conté lo emocionada que estaba y cómo me saltaron las lágrimas cuando Robert me propuso irme a Arlés con él. Pero el final de la conversación fue como un golpe. Incluso tras colgar, seguía sin poder creerlo. Bajé corriendo al locutorio para leer su correo. Si Robert le decía en ese momento "avisa a mamá" es que estaba intentando activar La Locura. Luego ya no pude cenar y casi ni dormí.

–Vicent sabes que de los tres soy la que menos creyó que aquel juego se llevaría a la práctica.

–Te veo nerviosa. Sabes hasta donde hemos desarrollado lo que tendríamos que hacer. Somos imprescindibles los tres para que salga adelante. Si uno no juega, no hay juego. ¿Tus nervios se deben a que aún no te has decidido?

–Cuando leí el correo me costó reaccionar. No sabía qué hacer, me quedé mentalmente bloqueada. Quedabas tú, que eres la clave de todo esto. Estaba y sigo estando indecisa. Estuve a punto de llamarte anoche pero no sabía qué contarte ni cómo hacerlo. Me vino fenomenal que me llamases esta mañana.

Se quedó mirándome sin decir nada. Sabía que estaba pensando algo. Esperé interesada. Por experiencia sabía de sus cambios de rumbo en nuestras conversaciones. Esto siempre sucedía cuando usaba con frialdad su enorme inteligencia.

–Sabes que soy un poco psicólogo y mirándote veo un volcán en erupción en el que explotan el miedo por desatar La Locura y el deseo de activarla.

–No te equivocas del todo. Mi problema es que no termino de estar convencida.

–¿Convencida de qué?

–¿Acaso estás convencido de que podemos hacer esta locura?, ¿de que va a salir bien?

–Adela, cariño, a este juego le llamamos la Locura los tres a propuesta tuya. Si Robert la ha planteado es porque lo necesita. Con el correo que me ha enviado estoy seguro de ello.

Vicent se quedó mirándome fijamente unos segundos antes de proseguir. Seguro que detectó algo en mi cara y me preguntó:

–Dime: ¿Cómo estás tú?, ¿acaso no lo necesitas también? Te quieres ir ya junto a él y dar ese cambio de vida.

Me quedé pensativa unos segundos y le devolví la pelota a su tejado preguntándole:

–Ya hemos hablado de mí y de Robert. ¿Cómo te encuentras tú?, ¿cómo estás viviendo este momento?

–Yo tampoco estoy convencido del todo. Me pasa como a Robert. Quiero intentarlo. Con esta crisis lo estoy pasando mal. He empezado a vivir de mis ahorros. Antes de tener que dejar todo lo que he hecho profesionalmente e irme a vivir al Camino tengo que probarlo.

–Nos jugamos mucho, en especial Robert, y no quiero que le pase nada malo. ¡Sí, no me mires así, lo reconozco, me da miedo!

Vicent volvió a quedarse pensativo un rato y me sorprendió con lo que me dijo:

–Pues si no quieres que le pase nada malo, tratemos de hacerlo lo mejor posible. Vamos a organizarnos. Lo primero es localizar al "Cabeza Visible". ¿En qué servicio estás trabajando ahora?

–En hematología del hospital La Fe

–¿Crees que puede haber alguien interesante en esa unidad?

–Me parece que sí. Esta noche estoy de guardia. Trataré de enterarme de más cosas de su familia.

–¡Leches, para tener miedo ya tenías localizada una persona posible para "Cabeza Visible"!

–Desde que regresamos del Camino no he podido quitarme de la cabeza La Locura. Al principio me infundía mucho respeto. Me parecía enorme y lejana. Pero tenía aprendida la lección y me lo tomé como un juego. Desde entonces siempre que me contratan para algún hospital voy mirando candidatos a "Cabeza Visible". Te aseguro que vi muchos.

–¿Qué te hace pensar que este enfermo pueda ser interesante?

–Por las pruebas que le acaban de hacer tiene toda la pinta de un enfermo terminal. Además, por lo que he visto, es probable que pueda reunir los otros dos conceptos básicos que acordamos. Aún no hay nada. No he llegado a sondearle.

–Bueno, espero que tengamos suerte con él. Me gustaría que me llamases por la mañana antes de acostarte y que me dijeras cómo te fue con nuestro probable "Cabeza Visible".

–Seguro que te llamo. No sería capaz de descansar sin contártelo.

En la cara de Vicent la seriedad había desaparecido. Estaba sonriente. Me di cuenta de que me había metido en su juego. Él estaba con muchas más ganas de activar La Locura que yo y añadí:

31

–Llegué muy asustada, tenía miedo de que activáramos la Locura, y a la vez me moría de ganas de hacerlo. Ahora que os siento a los dos en marcha creo que podré con mi parte.

–Vas a tener que trabajar mucho, y en muchos frentes.

–Lo sé, pero ahora me siento muy apoyada. Quiero acabar ya con esta separación. Yo también lo he decidido y me la juego con vosotros.

–Confiaba en ti desde el primer momento, desde el momento en que ideamos la Locura. Cuando vi el brillo de tus ojos y cuando participabas aportando ideas. Aunque al principio querías dejarlo, cuando continuamos jugando fuera del Camino y te veía tan implicada legué a pensar que serías tú quien le pincharía a Robert para que desatara La Locura.

–No, Vicent, no. Yo estoy con vosotros y sólo me veo capaz de hacer mi parte. Yo no pincho a nadie en este lío en el que nos vamos a meter.

–Nadie te va a pedir que hagas más de lo que te toca.

–Vale, Vicent, pero alguien tendrá que coordinar todo, para dar los pasos en el momento adecuado, y ese eres tú. Necesito sentir que alguien velará para que todo salga bien, y sólo tú puedes hacerlo.

La seriedad volvió a su rostro. Noté que estaba asumiendo la responsabilidad de lo que podríamos hacer si encontraba a nuestro Cabeza Visible.

Antes de despedirnos, me explicó que, aunque aún nos faltaba el cuarto componente, acabábamos de activar La Locura, por lo que a partir de ese momento nos comunicaríamos a través de móviles de prepago. Los debíamos dar de alta a nombre de otras personas. Quedamos en enviarnos los nuevos números de teléfono a nuestros correos secretos.

3

No pude esperar a mi horario de noche. Tenía que verlo y llegué tres cuartos de hora antes al relevo. Me excusé diciendo que no me daba tiempo de ir a casa a cenar y llegar a tiempo al trabajo. Los nervios me atenazaban el estómago. No tenía nada claro cómo reaccionaría el paciente con el que iba hablar esa noche. No disponía de una estrategia de acercamiento y tenía que improvisarla. A mí se me da bien trabajar siguiendo pautas, pero eso de improvisar, no.

Como ya les habían dado de cenar y quería verlo antes de que se durmiese, entré en su habitación. Se llevó una sorpresa, Él ya no esperaba a nadie. Su compañero de la cama contigua había recibido el alta esa misma tarde. Miguel se encontraba en ese momento sin acompañante y, según me habían dicho las compañeras en el cambio de turno, eso pasaba bastante a menudo.

Le hablé con cariño. Le dije que quería ver cómo se encontraba, que en mi guardia de una noche anterior lo había visto solo y, si quería algo, que no dudara en llamarme. Al pobre hombre se le saltaron unas lágrimas en los ojos. Me cogió de la mano. Me puse a temblar cuando la cogió, pero me tranquilizó al darme las gracias y decirme que se encontraba bien. Note que se le empezaban a cerrar los ojos. La medicación pautada con la cena empezaba a hacer sus efectos.

Salí de la habitación sin saber si era correcto lo que acababa de hacer, si serviría para algo o no. Estaba muy nerviosa y traté de estar activa para tranquilizarme. Aproveché que el resto de compañeras hacían el relevo para leer su historia clínica con detenimiento. Un mes antes, tras un aspirado medular, le detectaron un síndrome mielodisplásico. Esta vez una bajada severa de leucocitos había facilitado una infección. Estaba tan débil que fue necesario que lo hospitalizasen. Como no remitió rápidamente tuvo que quedarse internado y recibir una transfusión de sangre.

Pensé en cómo explicárselo a Vicent e hice un resumen: "Los síndromes mielodisplásicos son la puerta de entrada a la leucemia. En el caso de Miguel es especialmente grave porque su estado físico deja mucho que desear". Así se lo pondría en el correo.

Pasé más tarde sin hacer ruido. Miguel dormía. Me pareció que había perdido una buena oportunidad. Estaba enfadada conmigo y temerosa de haber metido la pata. No podía centrarme en eso y seguí haciendo los trabajos del turno, incluso algunos que no me correspondían. Cerca de las tres y media de la mañana, en un rato de tranquilidad, vi la luz encendida en su habitación. Sonriente y decidida me fui hacía allí.

–Hola Miguel, ¿ya te despertaste? Es muy pronto todavía.

–Ya hizo su efecto la medicación, y ahora es un buen momento para el silencio.

–¿Quieres que me vaya? –dije con cara de frustración.

Él debió percatarse y, como quería que me quedase para conversar con alguien, enseguida me dijo:

–No, por favor, quédese un rato conmigo. Lo que quería decirle es que casi todos los días me despierto sobre esta hora y trato de disfrutar del silencio. Durante el día el ajetreo no respeta la tranquilidad.

–Veo que le gusta el silencio.

–Con el tiempo uno descubre que es lo único bueno que tiene la soledad.

–¿No tiene mujer?

–No –dijo sonriendo Miguel–. Nunca tuve mujer, alguna vez tuve algún hombre.

–¿Ahora no tiene pareja?, ¿tampoco familia?

–Pareja ya hace mucho tiempo que no tengo, no fui nunca muy afortunado con los hombres que pasaron por mi vida, y de familia me queda mi hermana. Aunque bastante tiene la pobre con el bruto del hijo que le ha tocado en suerte. ¡Ya podía haber salido a ella!, pero no. Es igual que su padre. Tiene la misma cabezonería y la misma intolerancia. Y encima el chico está ahora con un gripazo terrible.

Me sentía feliz de aprovechar su locuacidad. Me apunté mentalmente lo que más nos importaba: Que sólo tenía dos personas de su familia cercana y se llevaba fatal con el sobrino homófobo. Me dijo que adoraba a su hermana y que por ella haría lo que fuera.

Al despedirme, lo sorprendí diciéndole que tenía algo muy importante entre manos y quería quedar con él cuando recibiera el alta médica. Se frotó los ojos y luego se pellizcó. Me dijo que se lo repitiera, que creía estar soñando. Riéndome se lo repetí y le di el número del nuevo móvil para que me llamase.

Estaba convencida de que lo habíamos encontrado. Ahora hacía falta que quisiera colaborar.

Cuando llegué a casa encontré abierto el locutorio y escribí dos correos casi idénticos a Robert y a Vicent, contándoles mi alegría y el descubrimiento de Miguel.

4. VICENT

Miguel debía estar totalmente intrigado con la proposición de Adela. Nada más recibir el alta médica la llamó. Ella le citó para el día siguiente preguntándole si no tenía miedo de subirse a una moto.

A las 11.30 de la mañana, Adela lo recogió en su casa tal y como habían acordado. Yo los esperaba impaciente. Ahora llegaba la hora de la verdad. Sentí nervios en el estómago y pensé en Robert. Actué como él. Saqué de mis recuerdos uno de esos trabajos interiores que había hecho ya hace unos años y sonreí. Recité como un mantra la máxima que aprendí cuando me quedé solo en la vida hacía unos 10 años: "Para vencer un miedo hay que atravesarlo". Me sentí capaz. Volvía a confiar en mí mismo. Me dije que iba a sentirme bien pasase lo que pasase.

Antes de las 12 ya estábamos los tres reunidos en nuestra cafetería habitual. Tenía la ventaja de tener dos plantas superiores, que a esas horas estaban vacías, y que tenían siempre en funcionamiento la televisión con vídeos de viajes. Era prácticamente imposible que nuestra conversación fuese oída por nadie.

–Miguel, ahora que ya nos hemos presentado, he de decirte que Adela ya me ha contado tu estado clínico. Quiero que sepas que, si te hemos propuesto esta reunión, es porque los tres podemos salir ganando mucho si colaboramos.

–¿Acaso conseguiré vivir más?

–No, eso no depende de nadie de aquí.

–¿Entonces?

–Miguel, esto es una reunión de negocios.

–¿Negocios? ¡Con lo que me queda! ¿Para qué quiero yo negocios?

–Te lo plantearé de otra forma. Miguel, ¿te gustaría dejar resuelto algo importante antes de irte? Algo que se pueda comprar con dinero.

A Miguel se le escapó una sonrisa. Nos dijo que deseaba profundamente que su hermana fuese la propietaria de dos viviendas, la suya, en la que vivieron de pequeños con sus padres y la casa en la que ella deseaba vivir pero que el banco se la iba a embargar. Había cometido la imbecilidad de avalar la compra de la vivienda de su hijo y, al quedarse éste sin trabajo y no poder seguir pagándola, el banco, además de quedarse con la del hijo, se iba a quedar con la de ella.

–¿Cuánto dinero exige el banco para no quedarse con la vivienda de tu hermana?

–115.000 euros aproximadamente

–¿Sólo? –exclame yo.

–¿Cómo que sólo?, ¿me ofrecéis más?, ¿qué clase de locura debo hacer?

Adela y yo rompimos a reír a la vez y, ante la cara de pasmo de Miguel, Adela dijo:

–Miguel, nos has descubierto, vamos a proponerte una locura –dijo aún riendo.

Recuperando un poco las formas, yo añadí:

–No te preocupes, no estamos locos, aunque hagamos locuras. Nosotros tenemos una y para llevarla a cabo te necesitamos. Ésta es una locura de mucho dinero. Para llevarla adelante necesitamos tu plena colaboración y tu absoluta discreción.

–¿Me estáis diciendo que puedo conseguir lo que más deseo antes de irme por ayudaros en lo que me queda de vida, incluso con más dinero? De entrada, os digo que sí. Decidme, ¿qué tengo que hacer?

–No, Miguel, esto es muy importante, aquí no hay un "de entrada". Aquí si entras, si te contamos nuestro plan, es para comprometerse, aunque hagamos algo ilegal.

–Si me garantizas que no matamos a nadie y que no le robamos a nadie te digo que adelante.

–Si se obtiene dinero rápido puedes imaginar que tendrá que salir de algún sitio. Te prometo que no vamos a comente ningún asesinato y que no robaremos dinero a nadie que esté necesitado. ¿Con esas premisas estás dispuesto a comprometerte?

–Si esa es tu intención juro por mi madre y por mi hermana que es lo más sagrado que tuve y que tengo en esta vida, que jamás diré nada de lo que escuche aquí –dijo Miguel muy excitado.

–¿Te comprometes a seguir adelante con nosotros?

–No sé si me comprometo. Prefiero saber si soy capaz de hacer lo que me pedís antes de hacerlo. A mí ya sólo me quedaba esperar la muerte y me estáis dando algo por lo que vivir en lo que me queda de estar aquí.

Me quedé mirándolo unos instantes y mi intuición me dijo que era el hombre correcto para nuestra operación. Aun así, empecé a temblar. No me atrevía a hablar, así que sonreí sin decir nada. Viendo que estaba generando demasiada expectación respiré profundamente y le dije:

–Entonces te vamos a ser absolutamente sinceros, te vamos a contar "La Locura".

5

Mientras Adela terminaba de contarle a Miguel detalles de La Locura que yo había omitido traté de prepararme ante una posible respuesta favorable y regresé a mi mantra favorito: "Para vencer un miedo hay que atravesarlo". Me centré en volver a confiar en mí mismo y me dije que iba a sentirme bien pasase lo que pasase.

–Es lo más increíble que me han contado en mi vida. Estoy emocionado de que me hayáis elegido y eso que sé que lo habéis hecho por mi enfermedad. Tenéis toda mi disposición a colaborar, aunque no sé si seré capaz.

–No temas. Vas a poder. No son tantos meses –dije, ante la voluntad de Miguel, pero sin terminar de creerme lo que estaba diciéndole.

–¿Y mi hermana?, ¿y mi sobrino?, ¿qué hago con ellos? Vais a convertir mi casa en la sede de la estafa.

–No te preocupes, mándalos de nuevo a su casa, no los pones de patitas en la calle –dije mientras iba recuperando la calma y recitando por dentro: Lo vamos a conseguir.

–¿Y mi enfermedad? Cada vez estaré más débil.

–Miguel, por favor. Soy enfermera y me traslado a tu casa. ¿Crees que no seré capaz de cuidarte? ¿Qué no estaré atenta a tu medicación? Estoy a punto de terminar una sustitución por baja maternal en la planta en la que estuviste ingresado. Llevo estos últimos meses cuidando a pacientes con enfermedades parecidas a la tuya.

–Entendedme, me da un poco de miedo.

–Si no te diera miedo estaríamos más preocupados. Queremos decirte que formas parte del equipo, ya eres uno más y te vamos a apoyar y ayudar en todo momento. Sabes que te necesitamos en buena forma hasta el final –dije sorprendido de la entereza con la que me expresé.

–¿Qué le digo a mi hermana? No quiero preocuparla.

–Miguel, no te conozco mucho, pero en la noche que pasamos charlando en el hospital me demostraste que eres muy sensible, que eres inteligente y sabes cómo tratar a las personas. Noté cómo amas a tu hermana y que ese amor es compartido. Estoy convencida de que sabrás qué decirle para mantenerla a un lado sin hacerle daño.

–Ella no va a querer separase de mí sabiendo que estoy tan enfermo.

–Sabrás hacerlo. Si te hospitalizasen alguna vez ella podría estar contigo –dijo Adela.

–¡Vaya par estáis hechos! Con vosotros no sé si estar eufórico o aterrado. O ambas cosas a la vez. La verdad es que lo tenéis todo tan bien preparado que no me lo puedo creer.

–No digas más veces "tenéis", ahora es "tenemos" –dije tratando de ejercer de jefe.

–Tienes razón, tenemos todo tan bien preparado que la emoción me puede. Yo también os voy a ser absolutamente sincero. Hace unas horas estaba pensando en si valía la pena acortar mi vida para evitarme el sufrimiento final, en especial cuando ya estuvieran instalados mi hermana y mi sobrino en casa. En cambio, ahora, tengo unas ganas increíbles de vivir esta locura.

–No sabes cuánto me alegro de tenerte con nosotros, y con tantas ganas de vivir las emociones que nos esperan ahora. Sin ti todo esto sería imposible –dije mirándole fijamente a los ojos y tratando que se sintiera ya importante en el grupo.

–Yo también me alegro de estar en este equipo de locos.

–Miguel, recuerda que aún tardaré unos días en estar lista para ir a tu casa. Tómate tiempo para mandar a tu hermana y tu sobrino a la de ella.

–Dame fechas –dijo Miguel.

–Dentro de diez días seguro que me tienes allí.

–En diez días mi casa estará despejada –confirmó Miguel, aunque luego añadió con cara de susto.

No quiero asustaros. Ya sabéis que tendré que ir muchas veces al Centro de Salud y que...

–¡Miguel!, vamos a hacer todo lo que esté en nuestras manos para cuidarte. Los días en los que haga falta tu presencia ya procuraremos que estés libre de tu asistencia médica. Tu quimioterapia tiene sus plazos. Tranquilo que no pondremos ninguna cita para ti cuando estés en la quimio ni en los días de después. Soy el responsable de cuadrar los horarios –dije con seriedad cortando sus miedos.

Cuando salimos de la cafetería eran ya las 14 horas. Antes de subirse a la moto llamamos por teléfono a Ana, la hermana de Miguel, para que no se preocupara por su tardanza.

39

Al rato me llamó Adela. Me contó que Miguel al despedirse nos había dado las gracias tremendamente emocionado.

El equipo ya estaba conformado. Me vino a la mente una imagen que me hizo temblar de nuevo. Era una ruleta de un casino y se escuchaban las palabras *rien ne va plus*. El juego, ahora sí, había comenzado. Ya no estaba esperando que lanzasen la bolita. Ahora empezaban sus giros y acabábamos de apostar todo lo que teníamos.

6. ADELA

Ya le he hecho la maldad a Ruth. Mi queridísima prima va a sufrir en sus carnes su parecido físico conmigo. Sé que mis relaciones familiares son complejas. Tengo problemas con muchas personas de mi familia, pero tengo dos seres absolutamente adorables. Ruth, hija del hermano menor de mi madre y mi tía Ángela, con la que vivo en Valencia. Y me ha tocado hacerle un mal a una persona a la que quiero de verdad.

La había llamado para quedar en Madrid al día siguiente de la finalización de mi contrato en el hospital. La convencí para ir de compras juntas. Hacía tiempo que no nos veíamos y había muchas cosas que contarse, así que la dejé hablar casi todo el tiempo mientras íbamos de tienda en tienda. Ya en el autobús de vuelta a su casa, conseguí su completa atención con el truco de decirle algo muy importante al oído.

–Dime, Ruth, ¿piensas casarte o vas a seguir con Pablo así?

–Adela, ya te he dicho que no tenemos prisa ¿Desde cuándo te interesas tú por mi boda?

–No sé, siempre puede llegar el momento, ¿no crees?

–¿Estás hablando por mí o por ti?

–Por mí

–¡Quéeee!

En ese momento me acerqué a su oreja derecha, la del lado donde llevaba el bolso y le dije que dejaba de trabajar y me iba a vivir con

Robert. Mientras se lo decía le saqué la cartera de su bolso y la puse en el bolsillo de mi abrigo.

–¿Cómo puedes haber esperado todo este tiempo para decírmelo?

–En verdad quería esperarme a la cena para contarlo delante de Pablo. Pero quería sondearte con lo de la boda para no meter la pata.

–¡Cuenta!

–Bueno, sólo un pequeño adelanto. Robert se deja el trabajo.

–¿Cómo?, ¿se viene él a España? ¿Dónde vais a vivir si tú no tienes ni casa? –me dijo Ruth disparando las preguntas en menos de tres segundos.

Intentando calmarla le conté que Robert se iba a vivir a casa de su madre, donde iba a montar una tienda de souvenirs y de productos informáticos. La intención es que trabajáramos y viviéramos juntos. Adrede dije mal el nombre de la población. En vez de Arlés dije Airole. Era una de las órdenes de Vicent. No me quedó completamente claro el porqué, sólo sabía que era para dejar pistas falsas.

Me quedé mirándola complacida por la felicidad que me transmitía, sintiéndome cercana a ella y, sobre todo, valorando lo parecidas que éramos. Esa misma tarde, en dos de las tiendas que visitamos, las dependientas nos hablaron como si fuésemos hermanas.

Cuando llegamos a casa y empezamos a comentarle novedades a Pablo, aproveché para pedirle a Ruth una moneda de euro para comprar el billete de metro del día siguiente. Le dije que no tenía nada suelto. Ruth miró en el bolso y se puso a buscar la cartera.

Cuando comprobó que no tenía la cartera comprendió que se la habían robado. Le dije que debieron robársela cuando le contaba lo de irme a vivir con Robert.

Enseguida Pablo se puso a llamar a las empresas de las tarjetas para anularlas y yo la convencí para ir a la comisaría de policía a poner una denuncia.

Me costó hacerla salir de casa porque se quedó muy desanimada. Le dije lo importante que era ponerla por las maldades que podrían hacer con su DNI. La convencí definitivamente con la invitación a cenar para celebrar mi partida en cuanto pusiera la denuncia.

Al día siguiente, cuando llegué a Valencia, me sentía muy mal por lo que acababa de hacer. Tenía la sensación de que aún me sentiría peor con lo que íbamos a hacer a partir de ese momento. Vicent estaba esperando mi llamada. No la hice. No quería ni ver ni hablar con nadie. Me di un baño y me fui a dormir. Las cuatro horas en autobús de vuelta me habían agotado.

Cuando me levanté le escribí un correo a Vicent diciéndole que teníamos el DNI de mi prima, al que aún le quedaba año y medio de vigencia.

7. MIGUEL

Esperaba la llegada de Vicent. Sentía un respeto especial hacia él. En verdad esperaba la llegada de mi jefe. Apareció puntual llevando consigo una carpeta llena de papeles. Le invité a sentarse a la mesa del comedor. Era el único espacio de la casa donde podría extenderlos.

–Miguel, hoy toca papeleo. Este es el primero que tienes que firmarme. Es para crear la empresa uruguaya.

–Vicent, ¿es necesario todo esto?

–Hasta que no tengamos las empresas a tu nombre no podemos hacer nada. Tenemos que convencer a los bancos que representamos a otras grandes empresas del exterior.

Respiré profundamente. No pretendía esconder mi preocupación y le dije:

–Cada día que pasa tengo menos fuerzas. Tengo miedo de no llegar al final. Quiero que adelantes todo lo que puedas.

–¿Tienes miedo o estás ansioso?

–No sé si es ansiedad o estrés. Duermo mal. De noche no paro de darle vueltas a la cabeza con lo que vamos hacer y temo que no nos salga.

–¡Confía Miguel! Sobre todo, en ti mismo. No es casual que todo esté ocurriendo de esta manera. Que te hayamos conocido en el momento adecuado, que este cúmulo de circunstancias nos permita llevar adelante la loca idea que tuvimos. Permite que la diosa Fortuna actúe, no temas.

–¡Joder, Vicent! Si te dejan hablar convences a cualquiera que estamos haciendo lo más normal del mundo.

–No creo que el mundo en el que vivimos sea demasiado normal.

Me hizo reír. Continué poniéndole pegas mientras firmaba. Me había desmontado mis argumentos. Lo estaba pasando mal porque temía no llegar vivo o en condiciones hasta el final. Cuando uno está cerca de la muerte le es más fácil desprenderse de la vergüenza. Tenía más miedos dentro de mí y empecé a soltarlos.

–Vicent, he de confesarte algo. Tengo un odio enorme a los bancos. ¡No te puedes imaginar las que me han hecho pasar!

–¿Te atreverás a entrar en los bancos? –me preguntó con cara de susto.

–¡Sí, claro!, lo que temo es que se me note el rencor y la rabia que siento contra ellos.

Vicent exhaló el aire que tenía retenido mientras hablaba yo y me dijo:

–Me parece que tú, hasta ahora, has ido a los bancos a pedir. Ahora vas en una posición diferente. Vas a ir como un importante empresario. Tu misión será exigir servicios que les harán ganar un montón de dinero a esos bancos.

–Eso queda muy bonito, ¿pero cómo consigo hacerlo sin que se me note el rencor?

–Sonríe, simplemente mantente sonriente. Si alguien en el banco dice algo que te incomode, gira la cabeza, miras a Adela y te diriges a ella como si te negases a rebajarte a discutir con un empleado.

–¡Qué bueno! Esa me la apunto.

–Conviene que practiques antes de ir a los bancos. Por cierto, quiero que le digas a tu hermana que tendrá que ir con una persona a su banco. Así, les explicará cómo van hacer el pago para levantar el aval.

–¿Quién va a ir?

–Adela.

–Se lo diré. Por cierto, ¿sabes cuándo se instalará en casa?

–No tardará, pero cuando llegue ya no se llamará Adela y la verás un tanto cambiada.

–¿Cómo se llamará?

–Se llamará Ruth.

Después de aquello me sentí más preparado para el cambio en mi vida. Le conté que, además del arreglo con mi hermana, les había dicho a mis amigos que me iba a pasar unos meses al Pirineo a causa de mi enfermedad. Que ya les llamaría cuando regresase. Tenía una peña con la que me lo pasaba en grande, especialmente en las manifestaciones. Nos llamaban los "yayoflautas gays".

Estoy convencido que la conversación nos había venido muy bien a los dos. Ambos nos quedamos más tranquilos. Vicent se despidió y se marchó enseguida. Me contó que tenía que escanear los documentos para enviarlos a alguien en Argentina. Cuando salió de casa me dejó la impresión de que mi nuevo jefe era alguien en quien se podía confiar.

8. ADELA

Aquella tarde tocaba despedirme de mi tía Ángela. Al principio le estuve contando cómo me fue el viaje y le conté el "robo" de la cartera a Ruth. Me extrañó la relajación con la que se lo decía. Tuve que forzar un poco la emoción en mis palabras cuando le conté lo que pasó.

Le dije que me iba a vivir ya con Robert y me contestó que se lo esperaba. Dijo que, como llevábamos más de cuatro años juntos, le parecía lo más normal del mundo.

Será hermana de mi madre, pero ¡qué distintas que son! Ella no me juzga nunca, no pone peros. En cambio, mi madre estaría exigiéndome una boda católica previa para dar su bendición a mi marcha. De hecho, aún no se lo he dicho a mis padres. Es lo que más me cuesta.

Mi tía tiene la extraña habilidad de defender las posturas de todo el mundo y trata de ayudarme a comprender a mi madre. Me dice que ella actúa así porque me quiere y desea lo mejor para mí desde su óptica. Le contesté que hay amores que matan, y que la relación entre mi madre y yo estaba muerta hacía tiempo. También le dije que me habría encantado tener una relación con mi madre como la tengo con ella, sin cargas ni pasados conflictivos.

Con mis tíos entendí el verdadero significado de la palabra hogar. Son personas que trasmiten tranquilidad porque la viven. Creo que fue por ellos por lo que traté de estabilizar mi residencia. Sólo aquí, en Valencia, traté de consolidar mi puesto de trabajo. Nunca les molestó que no estuviese trabajando o que lo hiciese de camarera. Desde su actitud positiva valoraban mi espíritu emprendedor y que quisiera salir adelante sin pedirles ninguna ayuda.

Cuando le conté que no nos íbamos a París sino a la casa de su madre, a montar una tienda de informática en la que trabajaremos los dos, me dijo que le parecía maravilloso. En su opinión era fantástico que pudiera trabajar codo con codo con mi marido, con la ilusión de llevar adelante una idea nuestra desde el primer momento. Se interesó por si necesitábamos dinero para empezar. No por si teníamos que pedir un préstamo, sino por adelantarlo ellos. ¡Vamos! ¡Igualito que su hermana!

Le he explicado que no me lo llevo todo ahora, que ya vendré a por el resto. Su contestación fue que no me preocupase, ya que no tenían prisa por volver a dar uso a mi habitación. Sólo se preocupó por un par de cosas:

En primer lugar, por lo que iba hacer con la moto. Le pedí dejarla en el garaje del tío y que pensaba venderla más adelante.

En segundo lugar, por si me daba miedo irme a vivir a una ciudad extraña y sin amistades. La tranquilicé. Le dije que conocía a Jeanne, la madre de Robert, y que ella estaba encantada conmigo.

También le recordé que hablaba muy bien en francés y que tanto Robert como yo veníamos de lugares diferentes y que retomaríamos antiguas amistades suyas en Arlés.

Me di cuenta de que, por encima de todo, quería lo mejor para mí, y al verlo en ella sentí ternura. No puedo evitar compararla con mi madre: Doña Metomentodo está dominada por su miedo y, desde él, trata de limitar lo que los demás queremos hacer. En cambio, mi tía sabe que tengo que volar y me anima a ello.

Cuando todo esto pase mis tíos serán unos de los primeros invitados para venir a mi nueva casa. Con todo el amor que he recibido hoy de ella me siento mejor. Me sigue doliendo lo que le he hecho a Ruth y despedirme de Ángela, mi tía Ángel de la Guarda.

Le pienso dar mañana un abrazo inmenso. Uno que no pueda olvidar. Se merece eso y mucho más.

Bajé a escribirle un correo a Vicent, ya que no lo había llamado. Me apetecía contarle todo el amor que dejaba en Valencia. Vicent, aunque fuese el jefe, también era mi amigo. Al menos por ahora. De paso le dije la hora a la que le esperaba, y que le había dicho a Ángela que no moleste al tío ya que un amigo me llevaría a la estación. Luego subí a empaquetar lo que me llevo.

9. VICENT

A cada carta que me enviaba Adela me sentía más contento de trabajar con ella. Tenía una visión amplia de lo que sucedía alrededor. Nuestro equipo de La Locura necesitaba una mujer con esas capacidades. No me hacía falta saber todo lo que me contaba, pero con esa información me transmitía que no iba a estar hablando con su madre y que las llamadas a su tía serían esporádicas. Se iba a centrar en su trabajo. Ella y solo ella sería la mano derecha de Miguel. Yo debía seguir en la sombra.

Recogí a Adela al día siguiente. Tenía mala cara y sospeché que su enfado era conmigo. Lo supe cuando le pregunté si había perdido el nuevo móvil y su respuesta fue enseñármelo sin decir nada.

–¿Por qué no me has llamado?, ¿ha sido por lo de tu prima?

–Sí. Me siento mal. Habíamos acordado en nuestra Locura no hacer daño a nadie y me has obligado a hacerle daño, conscientemente, a uno de mis dos familiares más queridos.

–Sí. Te pedí que lo hicieras. Me dijiste que era la persona que más se parecía físicamente a ti. Espero que cuando acabe la Locura sabrás compensarla.

Seguía enfurruñada, aunque su gesto era algo más suave. La dejé con sus pensamientos mientras aparcaba y, antes de bajarse del coche, exclamó:

–¡Por qué ha tenido que ser ella la que más se parezca a mí!

–Teníamos que elegir a Ruth, para que todo fuese más fácil. No te podemos poner en riesgo. Ni a ti, ni a ninguno de nosotros.

Me quedé mirando el DNI de Ruth, y comparando con la cara de Adela le dije:

–Vuestras cejas y la forma del óvalo de la cara también son ligeramente diferentes.

–¿Crees de verdad que no notarán los cambios?

–No competimos contra otra persona para buscar el parecido, competimos contra una pequeña foto en un DNI. ¿Te has fijado cuánto tiempo dedican a comprobar la foto cuando te miran el carnet para un pago?

Adela no respondió y se quedó pensativa por lo que proseguí.

–Ayer fui a una tienda especializada en venta de productos para investigadores privados y para maquillaje de extras de cine. He comprado todo lo necesario con lo que fabricarte un parecido de cara más razonable.

–¡También eres maquillador profesional! –dijo riéndose.

–No, ni espero serlo. Me limitaré a ayudarte los días en los que tengas que identificarte con el DNI.

–Viendo tu lista de trabajo tampoco me van a quedar muchos días libres de maquillaje.

Nos reímos los dos con el tono de su frase. Nos sirvió para mejorar la complicidad entre ambos y seguimos preparando su transformación.

–¿Ya tienes la peluquería elegida?

–Sí, tengo cita para mañana y sé que venden tinte del mismo color para repasar.

–No te preocupes. Acuérdate de comprar también tinte negro lo más parecido al color actual de tus cejas.

–¡Querido cabeza cuadrada, eso ya lo tenía claro yo solita!

–¡Lo siento! No puedo evitarlo. Desde que iniciamos La Locura, todas las noches, reviso los pasos a dar al día siguiente para no olvidarnos nada de nada.

–Tú estás muy pendiente de mi disfraz. ¿Qué hay de los vuestros?

No le respondí. Me fui rápidamente a mi habitación y regresé con una barriga postiza bajo el jersey y una calva completa. Me acerqué a Adela cojeando y me dijo:

–Tremendo, te queda genial. No te pareces en nada al Vicent que yo conozco.

–Es la suerte de tener una cara tan redonda. Nadie sospecha que no soy gordo si llevo los brazos tapados.

–¿A mi novio lo vas hacer engordar también? –preguntó riéndose Adela.

–¡No! A él lo convertiré en pelirrojo.

El lunes diez de marzo, tras su paso por la peluquería y ya rubia regresó a mi casa. Se sometió a la primera trasformación de sus cejas. Luego se puso unas lentillas del color de ojos de su prima. Con la foto ampliada del DNI de Ruth de referencia, estuvimos un par de horas jugando con los retoques de maquillaje. Al final conseguimos un gran parecido entre ambas.

–Adela. Mejor dicho, Ruth, creo que, si después de este pequeño retoque vas con gafas de sol grandes y de cristal amarillo, das el pego en cualquier parte.

–¿Para qué, Vicent?

–Si vas en plan pija, la gente se fijará más en lo accesorio que en lo importante. Y sólo se fijarán la primera vez, a la segunda pensarán: "Ahí viene la pija" o "Ahí viene la pija de la empresa uruguaya".

–¿Tú tienes alguna idea buena o son todas retorcidas?

–¡Mujer! ¡Todas, lo que se dice todas, no!

Volvimos a reírnos y nos fuimos a comprar las gafas de sol juntos. Tras la elección de Adela, le pregunté:

–Que tal ves en un local cerrado como éste con las gafas puestas.

–Veo muy bien, habrá que ver dentro del banco.

–Eso es fácil, si crees que puedes ver bien con estas gafas, nos vamos ahora mismo a un cajero automático. Trata de sacar un poco de dinero con las gafas puestas. De paso, ahí dentro trata de leer un documento oficial de los que llevo conmigo. Yo te esperaré fuera del campo de visión de la cámara de vigilancia.

Tras su paso por el cajero automático, Adela me dijo:

–Leo todo perfectamente.

–Bienvenida Ruth, adiós Adela.

10. ADELA

Cuando Vicent llegó a casa me ayudó a maquillarme. Después me tocó despertar a Miguel. No había pasado una buena noche y le dejé dormir un poco más.

–¡Miguel, que ya es viernes y han acabado las Fallas!, ¡despierta!

–Ya voy, ya voy. ¡Estoy muy cansado! No he dormido nada bien.

–Vamos, Miguel, que hoy es el gran día que tú estabas esperando. El día que vas al notario con tu hermana.

–Sí, lo recuerdo perfectamente. ¿Por qué te crees que estoy tan cansado? Apenas he podido dormir de la emoción.

–Pues usa esa emoción para asearte, desayunar y ponerte listo para salir, que tenemos que ser puntuales –le dije mientras salíamos de su habitación.

–¿Hoy no nos lleva Vicent?

–No, yo no debo ir. De este grupo solo tú y Ruth seréis visibles para este notario –dijo Vicent metiéndose en la conversación.

–¿Cómo vamos a la notaría? –preguntó Miguel.

–En taxi –le dije y añadí–: y nos podemos permitir el lujo de pasar con el taxi a recoger a tu hermana. Así nos garantizamos que tu sobrino no viene.

–¡Ellos te verán! Al menos mi hermana.

–Sí, verán a Ruth y, llegado el caso me describirán, como muchos otros. No te preocupes. Tú solamente llámame Ruth. Cuando hables con tu hermana cuéntale lo que tiene que hacer en la notaría.

–Estoy convencido que te preguntará mil cosas en el taxi –dijo Miguel.

–Dile que en el taxi no, que en la notaría hablaremos con tranquilidad.

–Te coserá a preguntas en la notaría.

–Tú le dirás que cuanto menos sepa mejor, que no pregunte y que se alegre por lo que va a firmar. Habla con ella de tu enfermedad y de cómo se siente ella, de los recuerdos familiares, pregúntale por tu sobrino, lo que quieras. De cualquier cosa menos de lo que llevamos entre manos –dijo Vicent.

Este paso era muy importante. Me supo a gloria poder hacerlo yo. Vicent estaba aprendiendo a delegar. Ya sabía que yo de tonta no tengo ni un pelo. El que me preocupaba era Miguel. De todas formas, no creo que él haga nada mal por la cuenta que le trae. Noté que dejábamos a Vicent preocupado.

A primera hora de la tarde lo llamé. Le conté que todo había ido fenomenal.

–La hermana de Miguel se mantuvo callada en el taxi. Al parecer mi presencia, la de una rubia que le sacaba casi veinticinco centímetros de altura, la dejo muy sorprendida –añadí–. Ya en la notaría le expliqué a Ana lo que iban a hacer y le pedí que estuviese tranquila y que le hiciese al notario las preguntas que quisiese.

Ana estaba tan cortada que sólo se atrevía a preguntarle a su hermano.

–¿Cómo estuvo Miguel?

–Supo contar lo menos posible y me dio pie a que le explicase que lo que estaban haciendo era legal y justo. Si Miguel les había pedido dinero prestado a ella y a su marido, como no pudo devolverlo, era justo que la compensara a ella. Dado que lo único que tenía era la parte de la herencia que ambos habían recibido, lo lógico era que se le diera. Así, la otra mitad del piso en el que habitaba Miguel, pasaría también a ser propiedad de Ana.

–¿Cómo estuvo Ana?

–En la notaría se sintió intranquila casi todo el tiempo. Reconoció que nunca había hecho este tipo de gestiones. Las otras veces que había estado ante un notario, había sido en compañía de su marido o por su defunción. No le gusté para nada. Estuvo distante todo el tiempo.

–Normal. Ella cree que le estás robando a su hermano.

–Se tranquilizó cuando vio que en el acuerdo Miguel tendría el usufructo mientras viviera. Aun así, le pidió al notario que le asegurara que nadie iba a echar de la casa a su hermano.

–Ya puestos, ¿te preguntó por el notario? ¿Hizo algún comentario sobre la escritura?

–No. La leyó en silencio y luego les hizo preguntas a los dos hermanos para saber si entendían lo que estaban firmando. Cuando acabó le dio las copias a Ana.

–¿Se pusieron nerviosos delante del notario?

–No. Mantuvieron las formas los dos.

–Bueno, ya hemos salvado el primero de los pisos, ahora tendré que ponerme las pilas con el segundo –dijo Vicent.

–Cuando llegué a casa con Miguel, le dije que lo que acabábamos de hacer, lo debían de haber hecho ellos dos solos. De esa forma se pagaba a un notario, pero su hermana no tendría que pagar por la herencia.

–Es importante que Miguel vea que lo estamos cuidando a él y a sus intereses. No necesitamos que Ana nos quiera, aunque está bien que la hagamos sentirse más segura.

11. VICENT

Cuando colgué estaba mucho más tranquilo. Veía que no sólo Adela sabía estar en su sitio. La colaboración de Miguel estaba siendo muy buena. Las posibilidades de éxito con La Locura subían día tras día. En mi agenda iba tachando los hitos conseguidos. Estábamos cumpliendo el calendario previsto a la perfección. Había dejado días libres por si surgían problemas, y todavía no habíamos consumido ninguno de ellos.

Tras la cesión del piso, el miércoles 25 de marzo me reuní con mi viejo conocido Marcelo Mosquera. Un español nacido en Argentina con el que había hecho amistad. Esta se gestó en el grupo de ciclistas del Centro Excursionista de Valencia. Esperaba mi visita, ya que le llamé la tarde anterior.

–Ya hacía tiempo que no venís. Me sorprendió tu llamada. ¿Qué te trae por acá, negocios o placer?

–Marcelo, ya nos conocemos hace tiempo. Esta vez no vengo para hablarte de nuestras salidas con la bicicleta. He venido a que me asesores.

–Ya me imaginaba que sería así, cuando no quisiste hablar del tema por teléfono.

–¿Cómo te va? Sé que habías comprado con el boom de la construcción y te pilló con mucho dinero invertido cuando explotó la burbuja.

–Quédate tranquilo Vicent. Lo pasé muy mal el año pasado. Recién conseguimos vender una plaza de garaje y eso nos dio un respiro. Además, Cecilia se puso a trabajar en Altea con una inmobiliaria y así vamos tirando. Y vos, ¿también metiste plata en el asunto?

–Lo mío fue muy diferente. Sólo compre viviendas de una en una. Compraba después de vender la anterior. Cuando ya me costó bastante colocar la última me paré.

–Fuiste de los pocos que supo parar a tiempo.

–Por ahí tengo unos ahorros, aunque ahora ingreso mucho menos. Los tasadores casi no trabajamos en compraventa. Ahora nos dedicamos a la liquidación ¡Bueno, vayamos al asunto! Tengo un negocio entre manos y necesito montar una empresa radicada en un paraíso fiscal.

–¡Me dejás sorprendido!, era lo último que pensé que pudiera interesarte.

–Y no sólo eso, quiero que me informes de cómo mover dinero en los paraísos fiscales.

–Yo te puedo informar de cómo se monta una empresa como la mía, en el puerto franco de Montevideo. Vos podés abrir una *off shore* pagando sólo los impuestos y los gastos de inscripción en el registro público de comercio del Uruguay. Contame, ¿para qué la querés?

–He de montar una empresa aquí con una matriz extranjera. Ya que el dinero viene de fuera. Estoy trabajando para un grupo inversor. Quieren comprar participaciones en empresas por esta zona y me ha contratado para que les haga las gestiones.

–No sabés cuánto me alegro de que te estés moviendo y que te vaya medio bien. ¿Y la idea de abrir la *off shore*?

–Eso fue cosa mía. El dinero viene de paraísos fiscales.

–De lo que deduzco que no será dinero muy limpio.

–Mi contrato con ellos lo redacté yo, y ese sí que es limpio y con todo en regla.

–Bueno, ¿qué más querés saber?

–Lo primero, ¿quién me puede hacer la gestión sin desplazarme a Uruguay?

–Raúl. ¿No te acordás? Cuando viajaste a Argentina hace un par de años le llevaste los papeles que te pedí.

–Sí, es verdad ¿Raúl podrá hacer las gestiones de cambio de nombre sin tener que desplazarme hasta allí?

–Sí puede. Pero para eso él tiene que ser nombrado el apoderado de la empresa. Si el nuevo propietario mantiene los poderes con él, podrá seguir haciendo gestiones desde acá. Raúl se encargará de las de Montevideo.

–¡Fantástico! ¡Qué sencillo es!

–¡Viste! Cuando yo me abrí la mía, tampoco pensé que fuera tan fácil.

–¿Y para abrir una cuenta corriente en un paraíso fiscal a nombre de la empresa?

–Vicent. Si querés mover plata sin que te la encuentren, necesitás varias cuentas y varios paraísos fiscales. La plata entra por una cuenta y te la llevás rápido a otra. Si vas a meter plata en ella, abríte la cuenta en las Caimán o donde vos querás, y desde ahí la movés.

–¿Las cuentas se abren por Internet?

–Claro, hombre, no seas boludo ¿Que pensás vos?, ¿que hay que ir con una maleta llena de plata a las islas?, ¿crees que te dejarían salir del país así, sin más?

–¡No, claro! ¡Qué tonto soy! Por cierto, nunca te pregunté para qué creaste tu empresa.

–Es una cosa curiosa, me lo recomendó Raúl cuando tuve un pleito grave allá. Tuve que denunciar a un tipo que me estafó mucha plata y contraté a Raúl como abogado.

–¿Para qué la empresa?

–Para colocar en ella todas mis posesiones y poner de titular a Cecilia. Así, si el juez me pedía avales o garantías, yo no tenía nada.

–¿Fue Raúl quien la abrió?

–Sí. Entonces no había que pagar los impuestos que hay que pagar ahora.

–¿Cuánto hay que pagar?

–Se paga una cantidad fija anual por empresa, ahora son 2.000 dólares.

–¿Eso es sólo en Uruguay?

–No sé cómo funciona en otros sitios.

Me entretuve charlando con él de nuestras últimas salidas en bicicleta y le hice coger su agenda para que apuntase el día en que podríamos quedar. De paso le hice escribir mi visita de ese día, ya que había sido de carácter profesional.

Sonreí tras despedirme de Marcelo. Acababa de fabricarme mi primera coartada. Cuando llegué a casa le escribí a Raúl para comunicarle que ya podía ir a Uruguay a crear la *off shore*. No tenía nada más que decirle.

12

Hice una escapada a Perpignan. Había quedado allí con Robert, para que me diese en efectivo lo que habíamos acordado. Era necesario disponer de todo el dinero, antes de que me llegase desde Argentina la documentación de la empresa de nueva creación llamada Zajolay, en honor del presidente del gobierno y del líder de la oposición.

Dos días más tarde, con los documentos en mi poder, comprobé que la nueva empresa tenía de presidente a Miguel. Me puse en marcha para legalizar la empresa mixta hispano–uruguaya y sus filiales.

Pese a que tratamos de convencerle, que íbamos de visita turística al centro de la ciudad, Miguel no se quedó con nuestra broma. La falsa Ruth y yo, nos lo llevamos a otra notaría, al Registro Mercantil y a la Delegación de Hacienda. Miguel no quedó muy complacido. No le gustó ninguno de los sitios visitados. Luego, ellos dos se fueron a un banco para abrir la cuenta corriente a nombre de la empresa recién creada. Ingresaron casi todo el dinero en efectivo que habíamos aportado Robert y yo.

Les esperé en nuestro cuartel general. Miguel nos había dado copia de las llaves de su casa a los dos y teníamos otra copia lista para Robert. No tuve que esperar mucho.

—Buenos chicos, ¿qué tal fue en el banco?

–¡Qué ilusión que me llamen chico!

–Muy fácil, no hay nada como ingresar un pastón para que todo les parezca divino –dijo Adela yendo al baño a tratar de volver a su aspecto habitual.

–¿Conseguísteis las tarjetas y la conexión a Internet para trasferencias?

–Nos lo enviarán todo a la sede social provisional de la empresa, es decir, aquí –dijo con orgullo Miguel.

–Tenemos que poner en el buzón y en el timbre el nombre de la empresa matriz. Tienes que hacerlo tú. No podemos dejar nuestras huellas allí.

–Te das cuenta Miguel, Cabeza cuadrada lo controla todo. No se le escapa ningún detalle –comentó Adela desde el baño.

–Todos hacemos nuestro trabajo –le contesté.

–Sí, Vicent, pero da mucha tranquilidad tenerte cerca y supervisándolo todo, y ahora lo digo yo, no Adela.

–¡Ruth! –exclamamos al unísono Adela y yo.

–¿Cuál es el siguiente paso? Gran jefe cabeza cuadrada.

–¡Ruth deja ya lo de cabeza cuadrada! Ahora necesitamos un vehículo de empresa.

–¿Cómo?

–Sí, Miguel. Si queremos llegar a todos los sitios a tiempo, Ruth necesita una moto, no puede usar la suya. Eso sí, ahora no podemos hacer grandes gastos. Tendrá que ser un ciclomotor. Lo compraremos enseguida a nombre de la empresa recién legalizada.

–Me estoy aficionando a esto de la moto. Me hace gracia lo de ser empresario con chófer, aunque el vehículo sea un ciclomotor.

Nos reímos los tres con la ocurrencia de Miguel.

–Lo de la moto lo tendrás que hacer sola, haz la compra a plazos, hay que dejar lo máximo para el 15 de julio. También busca un garaje cerca de casa de Miguel para aparcarla. No podemos quedarnos sin nuestra herramienta de transporte urbano.

–¿Y el seguro? –preguntó Adela.

–A nombre de Zajolay y la usuaria Ruth. ¿Te quedaste también con su carnet de conducir, verdad?

–Sí, tuve suerte. Lo llevaba en la cartera.

–Por cierto, tenéis que pedir que instalen aquí una potente conexión a Internet. Miguel, eso lo puedes hacer tú mismo.

–¿Dónde tengo que ir? –dijo con cara de extrañeza.

Sonreí y le expliqué que lo podía hacer desde casa. Lo hizo inmediatamente delante de nosotros y se quedó sorprendido de lo fácil que era.

–Nunca lo había hecho –dijo Miguel.

–Si nunca has tenido un ordenador propio, no has necesitado hacerlo –le contesté y añadí dirigiéndome a los dos.

–Por cierto, hablando de conexiones telefónicas. Ahora que tenemos los papeles de las empresas tenemos que dar de alta tres teléfonos móviles. Ruth, cuando acabes con lo de la moto ve a una delegación y saca los teléfonos, a ser posible con llamadas gratuitas entre nosotros.

–Ok, jefe. ¿Algo más?

–Sí Hay que tener en cuenta que sabrán dónde hemos estado por la localización de los teléfonos móviles. Para llevarlos conectados fuera de esta casa tenemos que tener claro que no nos importa ocultar dónde estemos.

–¿A qué te refieres, Vicent?

–Que nunca deben estar encendidos en mi casa. Yo llamaré aquí desde mi móvil o de fijo a fijo

–¿Si tenemos que localizarte, te puedo llamar desde uno de estos móviles?

–Sí. No hay problema. Lo puedo justificar.

–Pero tú vas a utilizar uno de los tres.

–Sólo para que parezca que son tres los que están en la organización. En casa siempre lo tendré apagado. Además, cuando llegue Robert lo usará él.

–Muy bien, gran jefe

–Hablando de jefes, te quedas de jefa. Yo me voy de viaje a la provincia de Zamora. Voy a dar una señal para la compra de un edificio.

Tenía que prepararme otra coartada. Iba a firmar un acuerdo previo de compraventa donde yo le daba 10.000 euros de señal y 70.000 en la firma de la compra. En mi copia las cifras estaban invertidas. De esta forma demostraba que yo no podía disponer del dinero que, junto con el de Robert, se había usado para abrir la cuenta en el banco.

Ahora Adela tenía la misión de recorrer los distintos barrios de la ciudad. Trataría de localizar bajos comerciales vacíos. Sólo debían de tener una particularidad, haber sido anteriormente utilizados como tiendas de ropa.

13

Cuando regresé de mi viaje desde la provincia de Zamora, quedé con un amigo en su oficina. Era el empresario Diego Martínez.

–Buenos días, Señor Martínez –dije pomposamente al entrar en su despacho.

–Buenos días, Don Vicente Bru Collado. ¿Qué le trae por aquí?, ¿negocios o placer? –respondió Diego con sorna.

–Negocios.

–He de decirte que no compro, ya no compro nada.

–Lo sé, Diego. Tú y yo fuimos de los pocos que supimos bajarnos del carro a tiempo. No nos pillaron con pisos o terrenos antes de que explotase la burbuja inmobiliaria.

–Entonces, Vicent, si no quieres venderme nada, ¿a qué has venido?

–Pues lo lógico, si no vendo es porque he venido a lo contrario.

–¡Ostras! No me digas que ahora te has pasado al gremio del transporte.

—No. Te cuento. Ahora trabajo para una multinacional sudamericana que está interesada en invertir en empresas españolas.

—Entonces, ¿tu idea es que la multinacional me compre la empresa, o qué?

—No es exactamente la compra de la empresa. La multinacional Zajolay lo que pretende es invertir, pero no comprar. Y sí, la idea ha sido cosa mía.

—A ver, ¿qué me propones? —me dijo Diego con una gran sonrisa y sin la tensión de sus preguntas anteriores.

—Veo que estás interesado.

—De momento, no vas por mal camino. ¡Continúa, continúa!

—La opción que te propongo es que la empresa que represento entre en la tuya como socio inversionista.

—¿Cómo es eso? Acláramelo.

—En función de la cuantía de la inversión, lo que haría Zajolay sería quedarse un porcentaje sobre beneficios durante un número determinado de años.

—Para eso ya tengo al banco que me chupa la sangre.

—Creo que no me has entendido. He dicho sobre beneficios. Si no hay beneficios, no hay que pagar.

—Me gusta esto del socio inversionista. Y ese chollo, ¿por qué?, ¿quizá porque me conoces?

—Sí y no. Te he elegido porque te conozco, y también porque sé cómo está tu empresa y reúne los requisitos que quiere la multinacional.

—¿A qué requisitos te refieres?

—A que sea una empresa que puede funcionar y que los bancos la estén asfixiando. Se trata de sentarnos para ver cuánto dinero debes a los bancos y, en función de ello, hacer la inversión. Es decir, te quedas sin deudas bancarias y así puedes dar beneficios, que es lo que busca la multinacional.

—¿Y qué porcentaje de beneficios?

—Primero miramos cómo estás y después hablamos. Te adelanto que rondará el 20%

—¿Eres tú quien decide si se hace o no la inversión?

—Sí, seré yo quien haga la propuesta. Quien firmará finalmente es D. Miguel Escamilla.

—¿Un argentino, quizá?

—No, un español que es familiar directo de los dueños. Me parece que es un primo hermano de uno de ellos.

—¿Cuánto dinero habías pensado invertir?

—No estoy autorizado para decírtelo en este momento. Si lo preguntas por si no hay bastante dinero para pagar las deudas que tienes, no temas, hay dinero. Lo que sí quiere Escamilla son garantías.

—¿Qué tipo de garantías?

—Que no invertirá por el valor total de la deuda con los bancos, parte de esa deuda la tendrás que pagar tú.

—¿Con qué dinero?

—Con ese que tú y yo obtuvimos con las últimas ventas de pisos que hicimos. Yo vendí uno y tú un montón.

—Oye, que yo no puedo mover ese dinero, tú ya me entiendes.

—Eso tiene solución. Ya te la explicaré si llegamos a un acuerdo.

—¿Cuándo quieres que nos sentemos a hablar del tema?

—Cuanto antes, mejor. Te doy unos días para que prepares toda la documentación. Nos sentamos con quien te lleve la contabilidad o con tu asesor financiero, lo que tengas.

—Y una cosa importante, si llegamos a un acuerdo imagino que habrá una supervisión.

—¡Eso, seguro! Y también la necesidad de pedir permiso para volver a endeudarse.

—¿Serás tú el supervisor?

—Eso espero, por eso firme con Zajolay. Estoy harto de las tasaciones y encima me pagan mucho mejor.

14. DIEGO

Al día siguiente llamé a Vicent. Ya estaba listo. No tenía miedo de mostrar mi enorme interés en esa operación. Ante un amigo y benefactor como él no iba a ocultar nada y sabía que la confianza era mutua. Me dijo que vendría a la sede de la empresa esa misma tarde. Cuando llegó le hice pasar a mi despacho donde le esperaba con Andrés, mi contable.

—Le he hecho trabajar a marchas forzadas, como si fueras un inspector de Hacienda.

—¿Le has aclarado que no lo soy? —dijo Vicent sonriendo.

—¡Claro que sí! Le he dicho que ninguna mentirijilla, que encima de la mesa todo lo que se debe.

—De eso se trata, de dejar las cuentas a cero, como si empezáramos de nuevo.

—¿Deudas a proveedores y deudas al personal también incluidas?

—Sí, Andrés. Pon todo, e incluye lo que nos falta por cobrar también.

—Para que me haga una idea, Andrés, ¿cuánto debéis en total en este momento? — preguntó Vicent.

Él me miró, y asentí con la cabeza.

—Contando con las cantidades pendientes de amortizar de los dos préstamos, las deudas a proveedores y al personal serían en total 786.456,50 euros, aunque nos deben más de 950.000 euros.

—Veo que es un buen pellizco. Ahora, me gustaría que hicieras una previsión si seguís con esta línea de trabajo. Si a Diego no le importa, que te haga trabajar un poquito más, quiero que me hagas una estimación de lo que deberíais a mediados de julio —pidió Vicent.

Me quedé extrañado con la petición y vi la misma cara de extrañeza en Andrés:

—A mediados de julio es cuando Zajolay podrá depositar el dinero. Por eso queremos saber cuánto habrá que depositar —dijo Vicent.

—Tengo que hacer unos cálculos —dijo con presteza Andrés, al que ya le había explicado que esa operación nos podía salvar del cierre.

–No hace falta exactitud, lo que queremos es que nos des con un par de cifras, una mínima y otra máxima. Una estimación con realismo. Conocéis a vuestros clientes. Seguro que ya sabéis quién pagará en breve y quién no – dijo Vicent.

–Andrés, vuelve a tu despacho y regresa cuando lo tengas calculado. Se trata de que Vicent sepa la realidad.

Cuando Juan salió, me dijo Vicent:

–¡Estáis más jodidos de lo que me imaginaba!

–No te puedes imaginar cómo está el patio. ¡No paga nadie y sin gasóleo no puedo moverme! O lo pago al día o me quedo parado. Con el frenazo en seco de la construcción se han ido al traste muchas actividades y tenemos menos trabajo. Yo tengo los mismos camiones y los mismos impuestos. He reducido plantilla, pero la clave, como intuías cuando viniste, es que los bancos nos están asfixiando.

–Sabía que serías sincero conmigo, nos conocemos desde hace tiempo y ahora viene la pregunta del millón. Si ponemos el dinero, ¿crees sinceramente que puedes obtener beneficios?

–Sí. Peor de lo que hemos estado no vamos a estar. Los costes de los despidos que hice ya están contemplados en las cifras que te hemos dado y estamos convencidos que parte de las deudas nos las pagarán.

–Quédate tranquilo, no es problema de dinero. Zajolay puede aportar la cantidad que hemos hablado, e incluso más. La solución de tus problemas viene con esta pregunta: ¿Puedes aportar tú el 30% de la deuda?

–¿El 30%?

–Es la política de la empresa. Nosotros te vamos a pedir beneficios del 20% durante los próximos 10 ó 15 años, en función de la cantidad total que nosotros tengamos que aportar, por eso te repito ¿podrías aportar tú el 30%?

–¿No podéis quedaros con más porcentaje y yo aporto menos?

–No, podremos negociar algo del porcentaje sobre beneficios, pero el 30 % es innegociable y estoy convencido que lo tienes y que lo puedes poner.

–Claro que lo tengo, ¡ya lo sabes! Pero lo tengo en negro. Dijiste ayer que eso es fácil de arreglar.

–A la hora de firmar nosotros decimos que ponemos todo el dinero. Eso sí, haremos como si somos nosotros los que aportamos una parte en efectivo. Eso no cambiaría nada las condiciones del contrato. Los porcentajes sobre beneficios serían los que pactemos nosotros.

–¿Y de verdad no hay problema? Tío, que nos conocemos, ¿no será esto una forma de sacarme la pasta y no meter nada?

–Nos conocemos y no sería capaz de engañarte. Lo que hemos pensado es ir al notario para firmar nuestra entrada en tu empresa como socio inversionista. Allí mismo contamos tu dinero. Luego trasferimos el dinero que nos toca a las cuentas que nos digas. Después firmamos. En la firma tú te comprometes por escrito a pagar todo lo que se debe y a cancelar todos los préstamos que tienes con cargo a la empresa.

–¿Crees que no firmaría? Si tengo de aval hasta mis viviendas y mis coches. Si hubiese podido hacerlo, habría metido hasta mi suegra como aval.

–Menos mal que no lo hiciste porque entonces seguro que no pagas.

Nos estábamos riendo a carcajadas del chiste malo cuando llamaron a la puerta. Era Andrés.

–He hecho la estimación tan rápidamente, porque ya estábamos valorando hasta cuándo podíamos durar sin tener que cerrar. Para mediados de julio, calculo que la deuda acumulada no excederá de ninguna manera los 850.000 euros, pero creo que estaremos mucho más cerca de 800.000 euros. He incluido los gastos de cancelación anticipada de los préstamos.

–Muchas gracias Andrés, y ahora si nos dejas solos para cerrar los detalles te lo agradeceremos –le dije con una sonrisa de oreja a oreja.

Vicent sacó una pequeña calculadora del bolsillo y tras hacer unos cálculos, que me parecieron interminables, me dijo:

–Creo en la buena voluntad de Juan, pero no en la buena voluntad de los deudores. Por eso vamos a hablar de que invertimos 850.000 euros. De los cuales tú pondrás 255.000. Por esos 595.000 euros que pone Zajolay queremos el 20% de los beneficios durante 10 años ¿Estás de acuerdo?

–Sí, es mi tabla de salvación y lo sabes. ¿Cómo lo arreglamos en la firma?

–En los papeles ponemos que invertimos 850000 por el 20% de beneficios durante 10 años. Y es lo que firmaremos ante notario.

–¡Madre mía!, ¡eso sí que es un chollo!

–¡Y tanto, como que, a la hora de la verdad, lo que estamos haciendo es blanquearte el dinero!

–Vicent, estoy contento y, a la vez, un tanto mosqueado. No me termino de creer lo del inversor. ¿De verdad que no me estás tomando el pelo?

–No sólo no te estoy tomado el pelo, te estoy haciendo un favor enorme. Y, para serte sincero, tú puedes ayudarme mucho a mí.

–Dime qué puedo hacer.

–A mí me están dando una importante comisión por cada empresa en la que se incorpora Zajolay. Hay un montón de dinero por colocar. Quiero que me digas a quién más me puedo dirigir.

–Me pillas por sorpresa. Los primeros que me ha venido en mente son los colegas de golf que me hicieron caso cuando tú me convenciste de dejar de invertir.

–Me parece que son los clientes apropiados. Te pido que hagas propaganda de Zajolay. Diles que quien te informó que debían vender los pisos antes del crack es el representante de la inversora. Quiero empresas que no estén en quiebra o en suspensión de pagos, que se puedan salvar de esta crisis. Lo haremos con cantidades similares a la que usaremos para salvar tu empresa y en muy parecidas condiciones.

–Entiéndeme, no te voy a dar ninguna de mi sector, la competencia es la competencia, del transporte para Zajolay me encargo yo, y sólo yo. Hablaré y veré como está el tema con los otros.

—Recuerda que tenemos prisa, el dinero no tiene que estar parado. Tendremos que firmar a mediados de julio. Dame nombres y avisa que voy a verlos lo antes posible. No todo va a ser tan fácil como contigo, con el que tengo plena confianza, a los demás les revisaré las cuentas mucho más.

—¡Serás cabrón!, ¡me vas hacer trabajar para ti y sin cobrar! —le dije en plan jocoso.

—De amigo a amigo. Esto son comisiones para mí. A ti ya te ha tocado el premio gordo de la lotería.

—Está claro, lo entiendo ¿Cuántas empresas quieres?

—Las que puedas, si no hay dinero suficiente para todas, tendré más empresas donde elegir y no invertiremos donde no lo vea claro.

—Vicent, con sinceridad, ¿si no me hubieses rescatado la empresa a mí, a dónde hubieras ido?

—Te habría explicado en lo que estaba y te habría ofrecido participar con una parte de la comisión. Y quizá me habría atrevido a llamar a la puerta de conocidos, aunque no fueran amigos como tú.

Me relajé, espiré aire con profundidad. Sonriente y feliz le dije a Vicent:

—¡No te puedes imaginar lo contento que me quedo! Ahora voy a jugar con el factor tiempo. Ya les puedo decir a los proveedores cuándo cobran. Además, voy a reunir a los trabajadores y les voy a dar la alegría del siglo: Cobrarán en julio los atrasos. Creo que van a pasar unas vacaciones de puta madre.

15. ADELA

Aquella mañana, cuando me levanté, vi a Miguel en el sofá con muy mala cara. Le puse el termómetro

—¿Qué te ha pasado, Miguel?

—He tenido fuertes dolores en el vientre esta noche y estaba muy mareado.

—¿Por qué no me despertaste?

—No quería molestarte, llevas mucha carga de trabajo y necesitas descansar.

—No, Miguel, no. Así no vamos a ninguna parte, sin ti no podemos seguir. Todo lo que hacemos depende de ti. Tienes que despertarme si pasa algo. Yo estoy de guardia permanente, y sé alimentarme bien para tratar de no enfermar –dije con cara de reproche y añadí:

¿Cómo estás ahora?

—Sigo sin sentirme bien y estoy muy cansado.

Llamé inmediatamente a Vicent.

—Vicent, ven enseguida, Miguel está mal. Aún no sé en qué estado. Igual lo tenemos que llevar a urgencias, y en la moto yo no puedo.

—Tenía una cita con una empresa de Onda, pero me acerco allí un rato y, si es necesario, os llevo al hospital y de allí me voy. Es una empresa donde vamos a meter mucho dinero. Quiero empezar con ellos con buen pie.

—No tardes, te espero.

—No te preocupes, cuando acabe en Onda te llamo y si es necesario paso a recogeros.

Cuando llegó Vicent, ya estaba preparada con Miguel para ir al hospital.

—¿Qué le pasa a Miguel?

—Tiene fuertes dolores abdominales, para mí que se le hinchó el hígado. Tiene pinta de estar anémico.

—¿Es muy grave?

—Es muy grave lo que tiene, con estos síntomas igual hay que hospitalizarlo. Seguro que tiene una infección. Le tendrán que dar antibióticos y, si no mejora rápido, casi seguro que tendrán que hacerle una transfusión de sangre, como cuando lo conocí.

—Vicent, no te preocupes que aguanto. Tienes más cara de susto que yo –dijo Miguel.

—Gracias por decírmelo. Yo confío en ti, Miguel, pero no soy capaz de quedarme tranquilo cuando te pones mal –dijo Vicent.

–Quiero que sepáis que me siento muy a gusto en tan buenas manos. Si llego a saber lo rápido que me diagnostica Adela, la hubiera llamado anoche.

–¡Pues que no vuelva a suceder! ¡Llámame cada vez que lo necesites!

–Miguel, otra cosa. Cuando llegues a urgencias estarás con Ruth, tu sobrina. Ella es la que te está cuidando en casa. Y Ruth, ¡no eres enfermera!, o sea, no sabes nada de lo que le pasa ni porqué le pasa. No olvides llevarte tu móvil y el de Miguel.

–De acuerdo, de acuerdo. No me puedo permitir ningún fallo –dije contestándole a Vicent, al que veía muy nervioso. Dirigiéndome a Miguel, le dije:

–Lo que puedes hacer es llamarme, pedirme mimitos, que te traiga agua, lo que quieras. Soy de tu familia.

Miguel no respondió, pero casi se le caen unas lágrimas.

La semana que estuvimos en el hospital me sentí muy cerca de Miguel. Me contó muchas de sus aventuras amorosas de joven. Yo le conté cómo habían sido estos últimos cinco años de relación con Robert. Cuando faltaba poco para que le dieran el alta, Miguel me pidió papel y bolígrafo y se puso a escribir unos párrafos. Me pidió que los leyera cuando él ya no estuviera. No pude resistirme y cuando llegamos a casa me escondí en el baño para leer lo que había escrito.

"¡Querida Adela! Sé que este es mi final de trayecto. Estoy haciendo todo lo que me dijísteis porque quería hacerlo y me comprometí, pero vivir contigo todos estos días estaba siendo un regalo no incluido en nuestro acuerdo. Llevas conmigo tres semanas y has conseguido que me sienta feliz todos los días.

En toda mi vida solo he conocido a otro ser capaz de darme tanto cariño como tú: Mi madre, mi adorada madre. Y ahora que siento que la vida me abandona, me pone al lado otra intensa dosis de amor a través de otra mujer maravillosa. Una mujer entregada y feliz, que trasmite tanta alegría y vitalidad que me desborda.

Sé que buena parte del motivo de tu alegría es que falta poco para que tu novio llegue. Ese "francesito" con el que te irás a vivir cuando acabe La Locura. Tengo ganas de conocerlo. Quiero saber de primera mano si de verdad será capaz de hacerte feliz.

¡Has conseguido lo que nadie ha podido hacer en mi vida! ¡Me has hecho pensar como un padre! No le quiero quitar méritos a Vicent. Entre los dos me habéis cambiado la vida, pero a ti te quiero como solo un padre puede amar a su hija".

Tarde mucho rato en poder salir del baño. No quería que me viera la cara que tenía con todo lo que había llorado. Días más tarde les hice ver a Robert y a Vicent lo que Miguel me había escrito.

16

Al día siguiente de la salida del hospital fui al banco acompañando a Ana. Teníamos una cita con el director de la sucursal para tratar el embargo del piso. Habíamos tenido una relación bastante cordial la semana de hospitalización de Miguel turnándonos en su cuidado. Al volver al cuartel general encontré a Miguel y a Vicent sentados en el sofá.

–¡Hola preciosa! ¿Qué tal os fue en el banco? –preguntó Miguel.

–Bien. Me presenté como Ruth y les propuse la forma de pago al banco. Tu hermana, la pobre, no entendía nada. Al menos se quedó tranquila al ver cómo los del banco se interesaban en desprenderse del piso y dejar la puerta abierta para liquidar la deuda sin llegar al embargo.

–¿El banco está de acuerdo? –preguntó Miguel con cara de sorpresa.

Me encantó la cara de pasmo de Miguel. Estaba viendo cómo rescatábamos el piso de su hermana y casi no podía creerlo. Lo que hacíamos era tratar de cumplir con nuestra parte del trato con él.

–Nos dijeron que lo estudiarían, y que hablarían con el bufete de abogados argentino, para cerrar las garantías de la forma de pago.

–¿No pondrán problemas los argentinos? –dijo Miguel, que no terminaba de creerse que lo estuviéramos consiguiendo.

–No. Quédate tranquilo. Yo ya hablé con uno de los abogados argentinos de ese bufete. Se encargarán ellos de arreglarlo –dijo Vicent.

–Lo importante es que los del banco no se empeñaron en ejecutar la orden de embargo –comenté yo.

–Le estamos proponiendo que se quiten de en medio un piso, que les costaría mucho vender y con garantías de cobro –dijo Vicent.

–Ahora podemos quedarnos tranquilos, entre el abogado argentino y Vicent lo arreglarán con el banco. Además, me dijo nuestro querido cabeza cuadrada –ahora que no nos oye– que tenemos un plan B por si falla éste. ¡Tranquilo, Miguel! A tu hermana no la tirarán de su casa.

Me di cuenta que no le hizo ninguna gracia a Vicent que le llamara cabeza cuadrada. Supuse que quería mantener la imagen de equipo. Enseguida me preguntó:

–Cambiando de tema, ¿qué tal te está yendo con los locales comerciales?

–Está costando, aunque ya tenemos casi todos apalabrados o con los contratos firmados

–¡Eres una máquina de trabajar! –exclamó Vicent.

–Cuando no estaba en el hospital me movía rápido con la moto y había muchísima oferta. No ha sido tan difícil.

Dirigiéndome a Miguel le dije:

–¡Si te sientes fuerte hoy vamos hacer eso que tanto te gusta!

–Lo que me gusta es estar todo el tiempo contigo, cariño –contestó Miguel lanzándome un beso con la mano.

–Pues hoy lo vas a estar, pero en los bancos –le respondí.

–Entonces, tengo que ponerme guapo para seducir a algún cajero –dijo Miguel, parpadeando con coqueteo.

–Yo trataré de hacerte la competencia pareciéndome más a Ruth. ¿Me ayudarás con el maquillaje? –le respondí riendo.

–¡Cómo no, preciosa!

Me fijé en la cara de Vicent. Estaba encantado con la confianza y cercanía que teníamos Miguel y yo. Lo vi sacando papeles de su maletín y me fui al baño a retocar el maquillaje. Cuando ya estábamos listos para salir nos encontramos con ocho carpetas llenas de documentos encima de la mesa que nos había preparado nuestro jefe.

–¿Qué nos traes? –preguntó Miguel.

–Oro. Y no es precisamente del puro.

–¡A ver, explícate! –dijo Miguel, que quería enterarse de todo.

–Los papeles que hay que llevar a los bancos. Los que son correctos y también los falsos derechos de las franquicias que vamos a abrir.

–¡Ay, Dios! ¡Vamos a los bancos a engañarlos! ¡Cómo me gusta!

–Pues saca esa vena de actor que llevas dentro y ponte serio. Deja que hable nuestra primera actriz. Dedica tu tiempo a hacerte el importante. Tú has ido allí sólo para firmar.

–Eso lo tengo "chupao". Toda la vida poniendo buena cara a los clientes, ya tenía ganas de hacerme el importante por una vez.

Ya en el coche, Vicent se puso la peluca que le hacía parecer totalmente calvo. Fuimos al primero de los bancos. Paramos suficientemente alejados. Nuestro jefe no quería que las cámaras de vigilancia del banco lo grabaran ni a él ni al coche. Cuando regresamos empezó el interrogatorio.

–¿Os pusieron alguna pega?

–¡Qué va! Están enloquecidos por pillar clientes –contestó Miguel.

–¿Se tragaron lo de la franquicia?

–Casi ni lo leen. Se hicieron fotocopias de la escritura, de los poderes y de los DNI –dije yo.

–¿Les pedisteis las TPV?

–¡Claro!, nos contestaron que en tres o cuatro días estaban y nos las instalaban. Les propuse que vinieran a partir de primeros de julio. No sea que se retrasen los del teléfono –le contesté.

–¿Les dijiste que queremos el cobro de lo ingresado con las tarjetas al día siguiente?

–¡Claro, Vicent!, ¿Cómo quieres que se me olvide si, encima que

70

no paras de repetírmelo, me lo das en la lista de deberes? ¡Todos los días la jodida lista de deberes!

–Muy bien, Ruth, nuestra jefa de tiendas está en su puesto al cien por cien. ¿Y nuestro actor principal? –preguntó Vicent cambiando de tema después de la contestación que le di.

–En su papel, con cara de aburrido –dije yo.

–¿Qué quieres? No tuve que intervenir para nada. Si, en vez de tus papeles les ponemos aceite de ricino de carnaza, se lo tragan igual.

–¡Fantástico! Vamos al siguiente banco. Mientras os esperaba he vuelto a revisar la carpeta y lo lleváis todo. Recordad que se trata de la franquicia de Montagne. Con los bancos no podemos permitirnos ningún error –dijo Vicent.

–No te preocupes, Vicent, anoche Miguel y yo estuvimos ensayando.

–Adela, te veo mala cara ¿Te pasa algo? –me preguntó Vicent.

–Nada especial, que estoy muy cansada, que hace mucho calor ahí fuera y, entre que se me asa la muñeca y se me derrite el maquillaje, aún me pongo peor.

–Siento que tengas que llevar la venda en la muñeca. Era la mejor solución para que no se preocupasen demasiado por la firma de Ruth.

–Otra cosa. No nos atendió el director, no estaba. Llevó toda la gestión el comercial para empresas.

–En ese caso, en el próximo banco preguntar por los dos para que os atienda cualquiera de ellos. Creo que los comerciales tienen que hacer clientes, sí o sí. Seguro que ponen menos pegas –dijo Vicent muy ilusionado.

–¡"Tranqui" jefe! Que si sospechan de la franquicia, ahí saldrá Don Miguel Escamilla al quite. Tengo muy bien ensayado el papel del primo hermano del gerente de Montagne. Es por mí que han decidido abrir en Valencia, antes que en otras ciudades más grandes. Los dejaremos la mar de tranquilos.

17. VICENT

El mes de mayo y la primera quincena de junio, tuve una enorme carga de trabajo. Fui cerrando acuerdos de inversión con distintas empresas, en las que tuve que realizar muchos cálculos económicos. Encima, en el poco tiempo que me quedaba, tuve que preparar los proyectos para obtener las licencias de apertura de todos los locales. Tomar las medidas de cada local, hacer los planos, describir y dimensionar las medidas de evacuación y de protección contra incendios. No es que fuera un trabajo demasiado exigente, es que había que multiplicar por 24, que era el número de locales que pretendíamos abrir. Adela remató muy bien la faena de seleccionar los locales. Al final, muy pocos nos pidieron que pagáramos el traspaso, pero en esos casos, dejamos claro que lo pagaríamos cuando tuviéramos ingresos.

Cuando acabé con los proyectos, con gran alegría, acompañé a Miguel y Adela al Ayuntamiento para presentar las peticiones de licencias de apertura. Estaba encantado de entregarlas. Para cuando nos contestasen, ya habría acabado La Locura y no tendría que atender a los reparos que me pusieran los técnicos municipales. Me quedé con una copia de cada solicitud presentada para dejarla en cada local.

La tarde del domingo 14 de junio, llegó Robert. Aunque se moría de ganas de irse inmediatamente con Adela, tuvo que seguir el protocolo acordado y venir a mi casa. Saqué mi coche del garaje y metió su furgoneta. No era bueno dejar un vehículo con matrícula francesa por la calle si se quería conservar el anonimato.

Tras ducharse, pasamos su maleta a mi coche y nos fuimos a casa de Miguel. El reencuentro con Adela fue muy emotivo y apasionado.

–Venga, pareja de tortolitos iros a la habitación –dijo Miguel.

Se quedaron los dos un tanto sorprendidos y Miguel prosiguió:

–Yo me quedo aquí. Estaré muy bien acompañado por Vicent. Los mayores tenemos cosas importantes de las que hablar mientras los jovenzuelos se van a jugar.

Robert cogió en brazos a Adela y se la llevó a la habitación. Un dueto de risas, silbidos y voces de ánimo los acompañó.

–¡Ay, Vicent! ¡Qué bonito es el amor!

–Y todavía es más hermoso cuando lo siente alguien a quien quieres muchísimo.

–¿Te has dado cuenta cómo quiero a Adela?

–¡Claro!, veo cómo la miras, veo tu sonrisa cada vez que ella hace un gesto de atención hacia ti.

–Es, es... como si fuera mi hija.

–Te entiendo, Miguel. Adela es un ser adorable y tenemos la inmensa fortuna de que está siendo adorada.

–Y hablando del adorador, ¡cuéntame más cosas de Robert! Al fin y al cabo, se lleva a mi hija. ¡Tengo derecho! ¿No?

–¡Quédate tranquilo! –dije riendo–. Robert es la persona adecuada para ella. Y es el que ha hecho la parte más importante del trabajo que conlleva La Locura.

–¿Sí? Cuéntame lo que ha hecho.

–No. Ahora descansa un poco, ¡Ya sabes que te necesitamos fuerte y enérgico, señor empresario de multinacional!

Era imposible mantener callado a Miguel. Su curiosidad era desbordante. Me daba cuenta de la intensidad con la que estaba viviendo el brutal cambio que La Locura había hecho en su vida. En la espera le conté cómo organizaba el trabajo de cada día. Se quedó sorprendido por lo fácil que era hacerlo. Le expliqué que tenía prevista y ordenada cada cosa que debíamos hacer. Conforme íbamos realizándolas tachaba de mi lista e imprimía las que correspondían para el día siguiente. Así salía de casa preparado para dárselas a Adela. A partir de ahora haría también lo mismo con el trabajo de Robert.

Un par de horas después, Robert y Adela salieron de la habitación, sonrientes y abrazados.

–Miguel, ¿cómo que no te has acostado aún? –dijo Adela.

–Me quedé charlando con Vicent. Me ha tenido tumbado en el sofá todo el rato. Eso sí, sin forzarme.

–¡Venga Miguel, no te creemos! –dijo Robert.

–¡Eso es que se ha puesto envidioso! –dijo Adela.

–No lo estoy, lo que quiero es que me contéis cómo ha sido el trabajo tecnológico de Robert –dijo Miguel.

Adela con cara seria lo mandó a la cama. Miguel puso cara de niño castigado y se levantó para ir a la cama, justo antes de salir del salón se giró y le preguntó a Robert:

–¿Entonces, te has traído miles de tarjetas de crédito?

–No –dijo riéndose Robert y añadió–: Me he traído la información que lleva escondida cada una de esas tarjetas de crédito. Con ella podemos emitir los cargos sin necesidad de las tarjetas.

–¡Qué interesante, Robert! ¿Qué más has traído? –dijo Miguel muy interesado.

Ante los gestos de Adela, Robert no contestó. Ella se metió en la cocina y salió con una botella de cava de la nevera diciendo:

–Creo que es el momento de brindar.

–¿Por quién brindamos? –preguntó Miguel.

–¡Por Miguel y los tres mosqueteros! –dijo Robert.

A Miguel sólo le dejamos que se mojara los labios y lo mandamos a la cama. Robert nos confirmó que había traído todos los carteles exteriores de las tiendas. Luego hicimos que él se probase el disfraz que usaría para colocar esos carteles y le entregamos su móvil, indicándole dónde y cómo podía utilizarlo.

Tras ello nos repartimos los juegos de llaves de todas las tiendas que nos había preparado Miguel y nos fuimos a descansar.

Seguíamos cumpliendo los plazos previstos.

18. ADELA

Nuevamente disfrazada de Ruth el lunes 15 de junio fui a una empresa de trabajo temporal a contratar a 24 dependientes para las tiendas.

Íbamos con la pretensión de contratar uno por tienda. Dijimos que esto era de momento, para ver como respondían y por ello los contrataríamos sólo por tres meses. Con el paro juvenil disparado, casi me ponen una alfombra cuando me hicieron pasar con el gerente de la empresa.

Me preguntó por la multinacional, ya que no la conocía. Tras explicarle lo del grupo inversor le pareció muy bien. Lo que le extrañó fue nuestro criterio de selección. Pedimos que no hubiesen trabajado juntos previamente y que no fuesen hermanos. Les dejé claro que a Zajolay le interesaba que no hubiese relación entre los contratados.

Los costes por cada trabajador eran los esperados por Vicent. Pedimos que en el contrato que les hicieran quedara claro que Zajolay solamente garantizaba el pago de los tres primeros meses.

Conseguí lo más importante. Aceptaron nuestra propuesta de pagar a la empresa a partir del 15 de cada mes. Como debían incorporarse todos el 1 de julio y les daríamos una corta charla antes de empezar, les pedimos que se dieran prisa con la selección para poder entrevistarlos el siguiente viernes. No pusieron pegas con nuestras peticiones. Eran épocas de mucha demanda de trabajo y muy poca oferta. Nosotros éramos un bocado que no se les podía escapar.

Les conté todo a mis compañeros y fui efusivamente felicitada. Me encantó la cara de felicidad de Vicent. Lo que me asustaba era la cantidad de firmas con el nombre de Ruth que quedaban estampadas en los contratos.

Descansé un poco. El día era muy caluroso. Luego empecé la ronda de llamadas a varias ONG. Vicent quiso que fuese una voz femenina la que hablara con estas organizaciones. Nuevamente me convertí en Ruth Rielves, la directora adjunta del Grupo de Empresas Zajolay.

Se trataba de mostrarles que pretendíamos hacer un donativo importante, y no sólo por las ventajas fiscales. También pensamos hacer publicidad de ello. La intención era pagar una obra concreta y poder publicitar que la pagaba el grupo de empresas.

Siempre nos pasaron con algún responsable. Tenía anotado lo que tenía que contarles. Nuestro criterio era no pedir un tipo concreto de actuación. Queríamos que nos propusieran proyectos que fueran urgentes y que ya estuvieran valorados para saber lo que nos iban a costar.

El hecho de que la conversación se produjera con el altavoz del teléfono activado permitía que Vicent por medio de señas me indicara cuáles de las obras podrían ser financiadas por Zajolay y cuáles no.

Les contamos a todos que la selección y el pago de las obras los queríamos hacer a mediados del mes siguiente. Lógicamente todas las ONG quedaron encantadas. Conforme acababan las conversaciones. Vicent fue enviándoles el logo de empresa. Con el que, en teoría, íbamos a hacernos la publicidad.

Miguel nos miraba mientras estábamos en estas tareas con cara de extrañeza. No comprendía para qué lo hacíamos. Preferí dejarlo con sus dudas, sólo traté de tranquilizarlo.

Entretanto, Robert estuvo poniendo a punto en la mesa de la cocina el potente ordenador que habíamos comprado para él. Tenía que descargar varios programas y meter la información que se había traído de París, la parte digital de La Locura.

19

El viernes 19 de junio, tras alquilar un despacho en un edificio de oficinas, citamos en él a los seleccionados por la empresa de trabajo temporal. Miguel con el único traje de chaqueta y corbata que tenía y yo maquillada como Ruth, éramos la cara visible de la empresa.

Los citamos en 8 tandas de tres trabajadores. Una cita por cada franquicia. Nos interesaba especialmente que no se encontraran entre los distintos grupos.

En cada tanda siempre el mismo guion:

"¡Hola buenos días a todos!, mi nombre es Ruth. Soy la responsable de Zajolay para temas de personal, o sea que, a partir de ahora, ya sabéis con quién tenéis que hablar y quién os llamará.

Os hemos convocado aquí, en nuestras oficinas provisionales, para aclarar temas de trabajo. Ya sabéis por vuestra ETT que tenéis un contrato de 3 meses que empieza el próximo primero de julio. Cada uno de vosotros va a un centro diferente. Quizá os parezca extraño que vayáis sólo uno por centro. Estoy aquí para explicar esto y algunas cosas más.

En primer lugar, informaros que los establecimientos que vamos abrir, pertenecen a una cadena de origen uruguayo y argentino que se está expandiendo por Europa. El resto del personal que va a trabajar en cada uno de los establecimientos procede de Argentina. Todos tienen experiencia. El que será el responsable del local, ya lo habrá sido antes en su país.

Vosotros sois el contacto con lo local, con lo valenciano. Tendréis que hacer el trabajo que os toque como uno más. Cuando lleguen vuestros compañeros ya sabréis dónde estarán las luces, el agua y los contadores. También desde dónde se enciende y se apaga todo, etc. Por otro lado, estoy convencida que les traduciréis alguna palabra del valenciano que ellos no entiendan.

Esperamos abrir al público en septiembre, entre tanto, los primeros días estaréis solos. Vuestro trabajo consiste en limpiar y adecentar todo el local. Comprobar desperfectos y preparar una lista de reparaciones urgentes. Estaréis presentes cuando vengan a instalar o a dar el alta de luz, gas, agua, en el caso que no esté dada, y seguro que estaréis en las del teléfono, con Internet y la llegada de los datafonos. Nuestros locales están equipados con wifi en todo el mundo y aquí también lo estarán.

De momento no creo que tengáis que recibir equipos o materiales. Esto vendrá en su gran mayoría con el personal argentino ya en su puesto. Esperamos su llegada antes del 15 de julio. Será el futuro responsable del local quien tomará las decisiones de compras. Lo vuestro de momento es sólo informar. Y lógicamente de informarme a mí hasta el día que llegue vuestro responsable.

Ahora pasemos hablar de lo que os importa de verdad. Vuestro contrato".

En ese momento mantenía una pausa escénica que hacía incrementar la atención de los futuros trabajadores.

"Estáis contratados por 3 meses. Es intención de Zajolay renovar el contrato por otros 3 meses si no hay informe desfavorable del responsable de la tienda. Pasado ese período, parte de vosotros se integrará en la empresa con carácter indefinido. Para ello será necesario que estemos convencidos de que sois idóneos para el puesto de trabajo. Queremos dedicación. El responsable de la tienda y yo tenemos que estar convencidos de que sois los adecuados para el puesto de trabajo.

Ahora no puedo hablar por cada uno de vuestros futuros jefes, pero sí puedo hablar por mí. De momento soy vuestra única jefa.

En los primeros días, queremos que los locales estén listos para ser utilizados, que estéis en contacto conmigo ante cualquier problema, especialmente ante las visitas de los técnicos que tengan que dar el alta de todo. De momento, ya os hemos dejado un kit de limpieza. Antes de que os vayáis os vamos a dar un juego de llaves del local al que os hemos asignado y mi número de teléfono.

Pasaremos casi todos los días a ver cómo van los trabajos, y si no podemos pasar de día pasaremos por la noche. Tenemos otro juego de llaves. Os pido que tratéis de convencernos de que os sigamos contratando.

Vuestro horario hasta la llegada del responsable de tienda será de 9 de la mañana hasta las 2 del mediodía y por la tarde de 5 a 8. Hemos puesto este horario por ser el más habitual para los del gas, el agua, la luz y el teléfono. Lo más seguro es que entre el día 1 y el 3 ya esté todo instalado con excepción de los datáfonos, que los esperamos para la semana siguiente. ¿Alguna pregunta?"

Luego dejábamos un espacio para preguntas, que solían estar relacionadas con las vacaciones, otros derechos sociales y el uso de los teléfonos de las tiendas. Cuando no sabíamos responder alguna siempre nos remitíamos al convenio del sector.

A Miguel le pedimos que mantuviera la compostura y la seriedad. Entre un grupo y otro me comentaba que chicos le habían parecido los más guapos. Yo para mantenerlo entretenido le decía siempre que a mí me habían gustado otros. A las chicas también las valoramos y con ellas sí que coincidíamos en gustos.

Cuando regresamos a casa y lo comentamos, Vicent exclamó: "Vaya par de marujas estáis hechas". Luego nos tocó explicarle a Robert que significaba ser "maruja".

Fue una tarde muy tranquila y distendida. Nada que ver con el día siguiente.

20. ROBERT

El 20 de junio Miguel empeoró súbitamente. Le preguntamos a Adela y nos dijo que parecía una infección urinaria severa. Teníamos que ingresarlo de nuevo.

Cada vez que recibía una dosis de quimioterapia tenía una recaída importante. Me había contado Adela que la anterior vez que lo llevó al hospital también fue días después de una dosis. Varias veces, dado su estado de salud tan débil, no podían ponérselas cuando estaba previsto. Se las inyectaron sólo cuando había recuperado la suficiente cantidad de glóbulos blancos.

Esta ocasión, pilló a Adela sin fuerzas. Agobiada por la que le esperaba, nos comunicó su necesidad de descansar. Miguel, al ver tan mal a Adela, nos dijo:

–No os preocupéis por mí, yo aguantaré.

–No es eso. Necesitas atención médica, tienes que recuperarte. Estarás muy bajo de defensas, no podemos correr ningún riesgo y ahora menos –dijo Adela.

–¡Adela! Trato de comer más, pero no puedo. Como sólo por vosotros, por la vida que me estáis dando con toda esta Locura.

–Ahora lo importante es hospitalizar a Miguel, no cuánto come –añadí.

–De verdad que estoy reventada, no puedo más. Estoy atenta a toda la medicación. Vamos cada semana a la revisión y a las analíticas. Le han administrado toda la quimioterapia con mi supervisión

¡Menudas semanitas llevo! Ya parezco una enfermera más del Hospital. Le vigilo la alimentación, estoy atenta a cualquier síntoma, ya que puede tener infecciones bacterianas con más facilidad...

–¡Adela! ¡Déjalo ya! –le cortó Vicent y añadió–: No tienes que convencernos de nada. Sabemos todos lo que estás haciendo y tienes toda la razón. Necesitas descansar y centrarte sólo en tu papel de jefa de los 24 empleados que empiezan dentro de nada.

–¡Ni me los menciones!

–Nos vamos todos al hospital. Lo inscribes tú, aunque seré yo quien me quede a pasar la noche de acompañante. No tengo problemas, ya que llevo conmigo mi disfraz de calvo y el relleno.

–¿Por qué se queda en el hospital el gran jefe cabeza cuadrada? –preguntó Adela.

–Porque la que necesita descansar eres tú y porque hablo mejor el castellano que Robert. Por otra parte, prefiero que Robert esté contigo ahora. Estoy seguro de que en sus brazos descansarás mejor.

A Miguel le volvieron a dar arcadas. Así que nos fuimos los 4 con el coche de Vicent. Yo conducía, Adela me guiaba y Vicent sostenía a Miguel en la parte de atrás. Tras unos minutos de silencio, Vicent volvió a hacer una de sus preguntas sorpresivas.

–¿Qué te pasa, Miguel?, ¿de qué tienes miedo?

–Me siento en este momento hecho una mierda y tengo muchos miedos.

–De esos miedos, ¿cuál te pesa más?

–Miedo a que esto no salga bien y miedo a la policía, a lo que viene después.

–De tu miedo a que no salga bien podemos tranquilizarte, y te pido que te centres sólo en tu parte. Lo que me preocupa es tu miedo a la policía. Tenemos que hacer algo.

–¿Qué podemos hacer? –dijo Adela.

–Miguel se quedará sólo ante la policía y lo pueden presionar mucho. Debe sentirse fuerte para hacerles frente y, con estos bajones físicos, no sé si podrá soportarlo –dijo Vicent.

–¿A qué tipo de presiones le someterían? No creo que a un enfermo terminal se atrevan a tocarlo –dijo Adela.

–No me refiero a la presión física. La peligrosa es la psicológica. Os pongo un ejemplo: Pueden amenazarlo con encerrar a su hermana y con embargarle a ella todos sus bienes –dijo Vicent.

–Hay que hacer algo –dijo Adela asustada.

Tras unos segundos de silencio, tuve una idea que me pareció brillante y sonriendo me dirigí a Adela y le dije:

–¿Qué pasa si nos llevamos a Miguel con nosotros?

–¿A Arlés? –dijo Adela.

–Dónde si no. Los apartamentos estarán acabados para final del mes de julio, dejé la tienda para lo último. En última instancia, podemos alquilar un piso y nos quedamos los tres en él hasta que esté acabado nuestro apartamento. Sé que mi madre no dirá nada, más aún si le cuento que Miguel nos ayudó a que estemos tú y yo con ella en Arlés.

–¿Qué te parece a ti, Miguel? –dijo Adela.

–¿Seguir hasta el final con un ángel como tú cuidándome? Creo que no podéis proponerme nada mejor. Sí, sí y sí.

–Me parece buena idea de momento –dijo Vicent y añadió–: Pero, ¿qué pasa con la atención hospitalaria?

–Cuando estemos en Arlés, mientras Robert se encarga de las obras, yo podría estar mucho más tiempo con Miguel. Aunque ya no podríamos hospitalizarlo –dijo Adela.

–¿Tú qué opinas, Miguel? –dije yo.

–Yo ya he asumido que mi tiempo se acaba. El hospital sólo sirve para alargarme unos meses la vida. Yo, acabada esta movida, no quiero prolongar más mi existencia. Me conformo con lo que pueda hacer Adela.

–¿Crees de verdad que estarás más tranquilo si te vas con ellos, Miguel? –le preguntó Vicent.

–Sí, sólo de pensarlo ya me siento mejor.

–Pues así queda decidido –dije yo, contento con el resultado de mi aportación.

Sabía que con Miguel tan enfermo era muy difícil planificar todo. Veía a Vicent descolocado cada vez que debíamos hospitalizarle. Ahora con mi aportación sabía que todo el equipo estaría más relajado. Se respiraba en la furgoneta un buen ambiente tras la decisión tomada, hasta que Adela nos dijo:

–Chicos, ¿no os parece que nos olvidamos de algo importante?

–¿Qué? –exclamamos los tres a la vez.

–Miguel tendrá que despedirse de su hermana.

21. VICENT

Llevamos a Miguel a Urgencias del Hospital General, igual que en la anterior ocasión. Ahí no había trabajado Adela nunca, y convenía que no fuera reconocida. Cómo sabía de las costumbres noctámbulas de Miguel, me dispuse a descansar lo mejor posible en el sofá, para tratar de hablar con él de madrugada. Cuando su vecino de habitación y la acompañante durmieran.

Tenía una alarma con la vibración puesta en el móvil de Miguel a las 3 de la madrugada. Cuando desperté, Miguel no se movía. Fui a sentarme en la silla que había junto a la cabecera de su cama. En voz muy baja dije:

–¿Ya te despertaste?

–Sí, Vicent, esto es ya un hábito. Y últimamente con el estrés que me produce la Locura me despierto aún antes. No digo nada para que Adela descanse. Procuro quedarme quieto en la cama.

–Me parece que voy a tener que enseñarte técnicas de relajación.

–Me explicó alguna Adela. Las hago. Eso me ayuda a mantenerme en la cama, aunque sigo sin poder dormir.

–¿Qué haces?, ¿darle vueltas a todo en la cabeza?

–Sí, en especial salen mis temores: Cómo le irá a mi hermana, el miedo a la policía, mi odio hacia los bancos, mis malos recuerdos de mis relaciones de pareja.

–¡Olé! ¡Removiendo el miedo para nada!

–Así es, Vicent. Me encantaría pensar en cosas más bonitas. A veces trato de centrarme en Adela. Eso me ayuda mucho.

Tras unos segundos de silencio, proseguí:

–Miguel, ¿te has parado a pensar en tu enfermedad?

–¿A qué te refieres?

–Eres consciente de que tu enfermedad es de la sangre.

–¡Hombre, claro que sí!

–¿Te has dado cuenta en qué piensas cuando te despiertas?

–Sí, ¿por qué me lo dices?

–Piensas en el daño que te hicieron los bancos, en el daño que te hicieron tus novios, en el daño que te hizo la policía. Tu miedo a ellos viene de tu experiencia.

–¡Es cierto!, tenías que ver cómo nos trataba la policía franquista a los homosexuales, aplicando la ley de vagos y maleantes.

–¿Te das cuenta que te has dedicado toda tu vida a ir acumulando rencores?

–¡Eso le pasa a todo el mundo!

–No, Miguel, todos acumulamos rencor en un momento dado, pero hay gente que logra perdonar y perdonarse.

–¿A dónde quieres llegar?

–A que tus heridas están igual de abiertas que cuando te las hicieron y no logras cicatrizarlas.

–¿Y eso tiene que ver con mi enfermedad?

–Sólo te digo que estás fabricando dentro de ti mala sangre desde hace muchos años. Has fabricado también de la buena, aunque me temo que en menor cantidad.

–No sabría decirte ahora si fabriqué más de la buena o de la mala.

–Míralo desde este punto de vista: ¿Sientes rencor contra el mundo?

–Sí, lo siento. Me siento maltratado, siento una vida de maltrato tras de mí.

–¡Ahí lo tienes!

–¿Quieres decirme que me he creado yo sólo la enfermedad?

–Eso no lo puedo afirmar, lo que te digo es que toda enfermedad tiene una parte psíquica y otra somática, la que aparece en el cuerpo; poco podemos hacer tú y yo de esta última, pero quizá podamos hacer algo con la psíquica.

–¿Quieres decirme que si me libro del rencor mejoraré?

–No sólo lo digo yo. Eso ya lo sabes tú. Si vives sin rencor vivirás mejor. Eso sí que le pasa a todo el mundo.

–¿Cómo lo hago?

–Desde el perdón.

–¿Cómo perdono a la policía?

–Aquellos policías ya no están en activo. La ley que seguían ya no existe. Los archivos de los homosexuales fueron destruidos ¿Podrías destruir tus archivos de rencor? Te aseguro que lo único que consigues es dañarte a ti mismo.

–¿Cómo perdono a mis ex parejas?

–Deseándoles lo mismo a ellos que a ti. Deseándoles lo mejor y tratando de dejar ese pasado donde debe estar, en el olvido. Si lo traes al presente, sólo revives el dolor y no solucionas nada.

–¿Cómo perdono a los bancos?

No pude contener la risa, aunque conseguí no hacer mucho ruido.

–¿De qué te ríes?

–Que a esos no te hace falta perdonarlos. A esos ya no les tienes rencor.

–¡Es verdad, ya no siento lo mismo hacia ellos! ¿Cómo lo sabes?

–Dejaste de tenerles rencor el primer día que entraste en un banco con Adela. Ese día conseguiste saldar una deuda emocional con ellos.

La cara de Miguel se transformó con una enorme sonrisa. Me hubiera gustado fotografiarla. A los pocos minutos dormía plácidamente. Yo regresé a mi sofá a tratar de imitarle.

22

El lunes 22 de junio, fui a la notaría con la que firmaríamos todos los contratos de inversión. No fue difícil concretar la cita. No se hacían tantos contratos últimamente y los notarios tenían más huecos en sus agendas.

No tuve que esperar mucho, entre otras cosas porque era la primera cita de la mañana. Tras las presentaciones le dejé encima de la mesa el primero de los contratos. El que íbamos a firmar con mi amigo Diego Martínez. Tras un par de minutos de lectura en silencio, me dijo:

–Por lo que veo, lo que le trae por aquí es una gestión empresarial.

–Así es, represento una división del grupo Zajolay responsable de invertir en empresas. Hemos llegado a unos acuerdos importantes y queremos firmarlos con escritura pública.

–¿De qué se trata concretamente?

–El grupo Zajolay se va a convertir en socio inversionista de varias pequeñas y medianas empresas de la Comunidad Valenciana, y lo que queremos firmar es el acuerdo al que hemos llegado.

–¿De cuántas empresas se trata?

–Ocho, todas ellas de diferentes sectores.

–Eso implica ocho escrituras diferentes.

–Sí, además los acuerdos tienen cláusulas también diferentes.

–Muy bien, ¿cuándo quieren firmar los acuerdos?

–Queríamos hacerlo a mediados de julio. Para entonces estamos seguros de tener todo el dinero de la inversión en España, y así poder hacer los ingresos en las cuentas.

–¿Pagarán con cheques bancarios?

–No, nuestra intención es hacer las trasferencias bancarias desde aquí mismo.

–¿Cómo lo harán?

–Queremos alquilarle una sala o despacho que tenga conexión a Internet por cable. No queremos hacer las trasferencias vía inalámbrica. En esa sala nosotros comprobaremos la documentación que los empresarios nos aportarán, y si cumplen los requisitos del acuerdo, nosotros hacemos el ingreso en sus cuentas en el acto. A continuación, podremos proceder a firmar.

–En ese caso, tendremos una mañana con mucho ajetreo.

–Si no le importa, tendremos dos mañanas.

–¿Tanto tienen que comprobar?

–No. Lo que pasa es que entre una y otra firma nos acercaremos al banco. Tenemos que comprobar que los ingresos están en regla y que se cancelen inmediatamente los préstamos que tienen concedidos esas empresas. Es por nuestra seguridad y por la seguridad de los empresarios.

–Eso les costará un poco más.

–No importa. Queremos alquilarle la sala ya que, durante toda la jornada, un par de personas continuarán ocupándola.

–¿Necesitan también un ordenador o se traerán su portátil?

–Vendremos con nuestro equipo informático.

–¿Qué días quieren ustedes alquilar la sala?

–El 15 y 16 de julio. Comprobará usted que son miércoles y jueves.

–¿No podría ser el jueves y el martes de la siguiente semana?

–No, queremos quitarnos de en medio este asunto enseguida. Cada día que pase es más dinero que hay que pagar en préstamos. La inversión asciende a diez millones de euros. Si suma usted los retrasos en la firma de las empresas comprobará que, en un solo día, sube mucho la cantidad de dinero que hay que pagar a los bancos.

–En ese caso, yo podré firmar las escrituras el jueves y será el señor Gil quien firme el miércoles.

–Por nosotros sin problemas. Siempre y cuando él esté al tanto de nuestras necesidades.

–Pasemos entonces a los acuerdos. ¿Tiene usted ahí las cláusulas de los mismos?

–Le traigo ocho carpetas en las que se incluyen las firmas de los preacuerdos. Pretendemos que, con el lenguaje adecuado, pasen a ser acuerdos definitivos.

Tras una ojeada por parte del notario de las 8 carpetas me dijo:

—Veo que llevan ustedes el trabajo bien preparado.

—Los acuerdos suponen un desembolso muy grande. No podemos equivocarnos. Queremos que sean rápidos por lo que ya le he dicho.

—De todas formas, por si hay alguna pega. ¿me da usted una dirección y un teléfono?

—¡Cómo no! Aquí tiene mi tarjeta. Por cierto, para la firma del acuerdo definitivo vendrá el propio D. Miguel Escamilla, que es el presidente de Zajolay. Dado que es él quien firmará. ¿Quiere usted su número de móvil?

—Sí, por favor.

—Ya le aviso que muy probablemente sea Ruth, su mano derecha, la que conteste al teléfono.

23

El 24 de junio me llamó uno de los empresarios. Juan Armenteros, de Juanlux, la empresa de perfiles de aluminio, estaba muy preocupado. Con la excusa de confirmar la cita en la notaría me preguntó:

—Entonces, ¿hemos de llevar el efectivo allí?

—Así es, tal y como acordamos. No hay cambios. Desde Argentina han hablado con D. Miguel Escamilla y les han dado el visto bueno a todas las operaciones. Nos han asegurado que tendremos el dinero, lo más tardar, el lunes de esa semana. Por tanto, el miércoles estará todo.

—Es que no me apetece movilizar el efectivo para nada.

—No se preocupe, señor Armenteros. Tenemos su número de móvil. Confirmaremos la llegada del dinero el mismo lunes 13.

—Verá, con la que está cayendo, nos parece tan extraño que quieran participar.

—En estos últimos días he podido hablar con D. Miguel más detenidamente, le he trasmitido las dudas que genera el proyecto a los propietarios de las empresas y me lo ha dejado bien claro. El dinero hay que moverlo. Allí quieren invertir y les pareció que este era el momento de hacerlo en España. Entre nosotros, Juan, ¿tú hubieses aceptado la participación en tu empresa de unos desconocidos en el 2004?

–¡Ni de coña!

–Es en los momentos de crisis donde los inversionistas pueden hacer grandes negocios o pueden perder.

–Lo que me extraña es lo del efectivo.

–No te extrañe, es la garantía de que vosotros os implicáis de verdad en la empresa, de que no la vais a dejar caer, o qué vais a tratar de vendérnosla si ya no rinde. Si vosotros ponéis de vuestra parte eso significa que vais a intentar que la empresa siga funcionando.

–Sí, ya lo entendí cuando viniste, aun así, no deja de parecerme raro.

–Juan, ¿cuántas veces has firmado una operación como ésta?

–Nunca, siempre me he relacionado con bancos.

–Nosotros no somos unos usureros, no vamos a por vosotros. Le daremos un buen pellizco a los beneficios, si los hay claro, y en caso contrario, os habremos ayudado.

–¿No habrá algo ilegal detrás de todo esto?

–¡Ay, Juan, Juan! Me alegro que confíes en mí y me lo preguntes directamente, pero... ¡qué cabezón que eres!

Juan se rio abiertamente. Aproveché para seguir a lo mío.

–Juan, yo no conozco personalmente a los que están detrás de Zajolay, sólo conozco a Escamilla, que es primo hermano de uno de los propietarios. Sé que es un grupo inversor y que, de paso, aprovechando que Escamilla está aquí, van a abrir en Valencia delegaciones de sus empresas. Los he visto trabajar también en esa línea. Dentro de poco seguro que empiezas a ver por la ciudad tiendas de ropa de unas cadenas nuevas. Todas del grupo Zajolay. Con lo que yo he visto te aseguro que esta gente sabe lo que se hace. –Dejé de hablar un par de segundos y añadí–: Lo que no me atrevo a decir es si todo el dinero que ponen es limpio o no. Allí no puedo poner la mano en el fuego. A los empresarios los conoces más tú que yo.

Tras reírse un rato, Armenteros me contestó:

–La verdad, me tranquilizas un poco. Pero es ese sexto sentido que tenemos los empresarios el que me dice que hay algo que no está claro.

–¿El qué?, ¿que te pidan que metas tú dinero en negro?, ¿el que sepan ellos que tú lo tenías?

–Quizás sea eso.

–Pues ellos no lo sabían. Sabían que hay mucho dinero negro en el mundo empresarial tras el estallido de la burbuja inmobiliaria. He sido yo el que ha ido mirando con qué empresa era adecuado comprometerse y con cuál no. Por supuesto que podría haber acudido a otras empresas, Han sido mis contactos los que me han llevado hacia ti.

–¿Y tú que sacas con esto?

–Dinero, comisión por cada operación y espero que más, bastante más.

–¿A qué te refieres?

–Espero ser la persona encargada del correcto uso y funcionamiento de estas inversiones.

–¿Aún no tienes claro que vas a ser tú?

–El Sr. Escamilla me pidió primero que firmáramos con las empresas, y después negociaríamos.

–No tienen más huevos, el único que conoce a fondo la operación eres tú.

–Así es, por eso confío. Por cierto, aprovecho tu llamada, te aviso que Zajolay aparecerá allí con una máquina de contar dinero que detecta billetes falsos. No quieren hacer el ridículo en el banco. Compruébalos todos antes de ir a la notaría.

24

En los cuatro últimos días de junio colocamos en locales recientemente alquilados los carteles de próxima apertura. Las marcas de

Montagne, Kevingston, Cheeky, Extra Large, Caro Cuore, Kosiuko, Chimmy Churry y Rapsodia aparecían en locales repartidos por los distintos barrios de la ciudad. Imaginé que para los inmigrantes argentinos sería una sorpresa muy grande.

Los carteles tenían los logotipos oficiales de sus empresas. Todos tenían algo en común. Estaban fabricados del mismo material, un grueso plástico autoadhesivo. Era lo más rápido de colocar y, al tapar los antiguos carteles, no había que desmontarlos. Los trajo Robert desde Marsella. Los colocamos entre los dos, madrugando mucho, con los monos de trabajo y nuestros respectivos disfraces. Procuré cojear un poco de la pierna izquierda. Me salía muy bien ya que había actuado en la obra de teatro que organizaba la falla de mi hermano. En ella representaba a un protagonista con esa misma cojera. En unas pocas instalaciones nos acompañó Adela, disfrazada de Ruth, haciendo de encargada de la colocación de los carteles. Nos interesaba que algunos vecinos la vieran y que pensasen que era la jefa de la nueva tienda.

El miércoles 1 de julio, Miguel tenía otra sesiónde quimioterapia. Esta vez sí que cumplió con los mínimos requeridos de defensas y sí que se la pusieron. Volví a ser el acompañante. Me disfracé de calvo y con mi barriga de quita y pon fui yo quien llevó a nuestro empresario. Cada vez me salía mejor la cojera ¡Lo que hace la práctica!

–¿Estás ya acostumbrado a estas sesiones?

–¡No Vicent! Es imposible habituarse a esta porquería. Me están metiendo veneno. Me prolonga la vida, pero no deja de ser veneno.

–Al menos estarás contento. Esta es la última del tratamiento.

–Si los análisis dicen que esto que me meten me sienta bien, los médicos podrían decidir ponerme más dosis.

–Dejemos que los médicos decidan lo que quieran –dije con una sonrisa–

–Gracias por recordarme que esta es la última, Vicent –respondió también sonriente Miguel.

–Te pido que no desarrolles rencor contra la quimioterapia ahora –y exclamé–: ¡Ni contra los médicos!

–No, Vicent, quédate tranquilo. Aprendí la lección del hospital. Los enfermos terminales aprendemos rápido o no aprendemos –dijo haciendo un gesto de estar muriendo.

–Muy bueno, Miguel. Veo que cada vez sacas más tu sentido del humor.

–Es mi mejor arma para disfrutar lo que me queda.

–Me alegra verte con esa actitud. Ahora toca representar el papel de enfermo. Tienes que simular la intención de volver a seguir con los análisis y los tratamientos.

–Me dedicaré a pensar que ésta es mi última dosis. Me ayudará. Estoy seguro.

–Sí, Miguel. Pero no te pongas ansioso con las ganas de acabar o se te hará eterno.

El resto de la jornada aprovechó para contarme sus andanzas con los novios y con la policía. Me describió apasionadamente todo el trabajo que hizo para conseguir poner en marcha su bar y cómo le fueron poniendo trabas y costes, la administración y los bancos, hasta que acabó perdiéndolo.

Yo le conté pocas cosas, ya que él estuvo especialmente locuaz. Me explicó con todo detalle las buenas relaciones con sus amigos homosexuales para defender los derechos de los jubilados. Aunque nunca quiso llegar a nada en política, le encantaba que le escuchasen como si fuese uno de ellos. También me habló de su desencanto con los gobernantes de los dos partidos mayoritarios y, de paso, me dio un mitin sobre las injusticias que padecen la mayoría de los jubilados.

Creo que le sentó muy bien que le escuchase. Me hizo pensar en mi futura jubilación. Estaba muy tranquilo ya que, con nuestra Locura, esperaba que nunca tendría esos problemas. Si todo salía bien.

25. MIGUEL

El jueves 2, me sentía muy débil y mareado. Sólo Robert estaba en casa cuidándome y trabajando con su ordenador. Vicent se había ido a ayudar a una Adela desbordada por nuestro personal de las tiendas. Cuando vi que paraba, hablé con él.

–Robert. Me preocupa Adela, está realmente cansada. ¿Por qué habéis elegido tantas empresas, tantos locales? ¿No podemos sacar más dinero en cada cargo a tarjeta y trabajar desde menos tiendas?

–Miguel, tantas empresas, y tantos locales, son necesarios para no despertar sospechas. No se tienen que dar cuenta, de lo que hacemos hasta el final. Ahora hay mucha gente que recibe avisos en sus móviles cuando tienen un gasto en la tarjeta. Nosotros hemos elegido un banco que cobra por cada SMS que envía. Por eso casi nadie tiene activado ese servicio que da el banco por compras por debajo de 50 euros. Así casi nadie se enterará de los cargos hasta fin de mes.

–¡Ella está muy cansada!

–Lo sé, Miguel, pero vale la pena cansarse ahora y no tener problemas luego. Si los tenemos, nos desmontarán la operación.

–Aun así, creo que forzáis mucho a Adela.

–Miguel, desde hace casi 5 años soy el novio de Adela. La conozco. Hablamos y nos vemos todos los días usando el ordenador. Además, nos juntamos cada dos fines de semana más o menos. Te aseguro que a ella le viene bien que sea así su trabajo.

–No te creo.

–Ella es muy intensa, con mucho nervio. Necesita estar en actividad, la calma le hace daño. En calma, en vez de ser puro nervio, es nerviosa. ¿Me entiendes?

–Ahora que lo dices me parece que tienes razón. Sólo la he visto nerviosa cuando hemos estado esperando a que Vicent acabara los planos y documentos para las licencias municipales de los locales.

Yo solo estaba bien cuando me tumbaba en el sofá. Comprobé que Robert también tenía ganas de contarme cosas. En la larga y pesada jornada habló mucho de Arlés. Se lo pedí yo. Quería saber cómo era el lugar donde viviría Adela. Donde yo iría a pasar mis últimos días. Por fin estuve con un Robert hablador. Tuve suerte ya que era un tema fácil para él. Puso mucho cariño en las descripciones. Incluso me enseñó en la pantalla del ordenador imágenes de Arlés. Pude ver la plaza donde estaban haciendo las obras de la tienda.

También me di cuenta de que Arlés era el sitio elegido para morir y que ahora quería seguir viviendo. Sentí que era un contrasentido asumido. Vivir intensamente para ir a morir en un lugar desconocido. Dejé estos pensamientos, que me hacían respirar con ansiedad, y me quedé mirando a Robert.

Me caía muy bien ese mozo alto y guapo que había elegido mi Adela para vivir. Era mucho más tranquilo fantasear con la maravillosa vida que le esperaba por delante a mi Adela del alma que pensar en mi muerte.

26. ADELA
Viernes, 3 de julio

Mi vida pasó, de estar llena de trabajo, a ser estresante de verdad. El lío que habíamos montado se desataba. Atender a 24 jóvenes llamando a la vez a un único teléfono era bastante ocupación. Con cada llamada venía una petición o una propuesta. Igual pedían mejoras en la iluminación como mandaban ideas sobre la forma de organizar el almacén en las tiendas de ropa.

También llamaban para avisar de un pequeño desperfecto en alguna pared o en el suelo. Aunque la llamada más repetida era para informar sobre el estado de los aseos. Prácticamente en todas las tiendas pedían hacer arreglos. Desde el primer día era evidente que todos los contratados deseaban seguir en sus puestos.

Tuve que soportar aquel chaparrón de llamadas, dando largas sobre las visitas a los distintos locales. Siempre contestaba: "En cuanto pueda iré". Estaba atenta para detectar una información en concreto. Sólo nos importaban las llamadas que informaban de las últimas altas. Necesitábamos culminar a tiempo todas las de telefonía. No podían retrasarse. A la semana siguiente entraban los datáfonos.

Sola, ante la avalancha, iba confeccionando una lista con toda la telefonía instalada. Aquel viernes tenía que meter prisa a las compañías telefónicas. Como Miguel se sentía peor, Vicent se quedó en casa por si tenía que llevarlo al centro de salud. Le llamé para pedirle ayuda. Le encargué que, con uno de los móviles de la empresa, pudiera representar a Zajolay exigiendo las instalaciones de telefonía donde aún no había llegado.

Sabía que Robert estaba activando un programa de control remoto. Donde ya habían instalado la telefonía nuestros empleados tenían las pequeñas notebooks enchufadas para que mi novio pudiera conectarse a ellas a distancia.

Aquella noche nos reunimos los cuatro en casa de Miguel.

–Tenemos que repasar las tareas de cada uno. Se avecinan días difíciles –dijo el jefe y yo exploté:

–No puedo más, estoy reventada. Me duele la cabeza, no tengo ganas de cenar y apenas comí. ¡Estos pesados me llaman hasta cuando no es horario laboral!

–Adela, cariño, ¡ten ánimo! ¡Ten fe en nosotros! Estos días han sido complicados porque estaba la quimioterapia de Miguel y sus efectos secundarios. A partir del lunes ya tendrás a nuestro querido Miguel al cien por cien para ayudarte –me contestó Vicent.

–¿Cómo lo hacemos? Hay todavía varios sitios donde han de instalar el teléfono y sólo somos dos –le dije a Vicent.

–No te preocupes, son de distintas compañías y no vendrán a todas las tiendas a la vez. Vamos hablando por los móviles y así no iremos los dos al mismo local.

–Bueno, yo me voy a dormir ya. No estoy para reuniones.

–No olvides llevarte el listado de tareas para mañana.

–¡Joder con tus putos listados!, ¿tú no duermes?, ¿cuándo los haces?

Después de reírse un poco me dijo:

–Mi mente no para nunca, ni cuando duermo. Ese es mi secreto. Los produzco en la noche y luego sólo necesito imprimirlos cuando llego aquí –dijo guiñándole un ojo a Miguel.

–¡Venga, pequeños! ¡"Vamos a la cama que hay que descansar para que mañana podamos trabajar"! –añadió Miguel cantando la vieja canción televisiva.

Y le hicimos caso. De camino a la habitación le hice una matización:

–Que conste que la canción decía madrugar, no trabajar.

–La autoridad del mayor siempre es autoridad, y hay que respetarla. Mañana no te libras, Adela.

–¡Nooo! –me quejé a la vez que sonreía ante la ocurrencia de Miguel.

Me fui a la cama con la sensación de estar haciendo lo que tocaba. Me sentí arropada y abrazada por Robert. Mi genio de la informática desarrollando el golpe perfecto. También tenía la sensación de seguridad que me aportaba la mente de Vicent. Luego pensé en Miguel. El pobre sufriendo los efectos de la quimioterapia y dedicándose a mejorar las relaciones humanas en nuestro equipo. ¡Qué más puedo pedir!

27. VICENT

El sábado 4 de julio, tras conseguir las últimas instalaciones de la telefonía, Adela y yo fuimos a un bar a tomar café.

–Adela, cariño, vamos a preparar lo que hay que decirles a los chavales. Ahora pasamos al contraataque.

–¡Adelante!, continúa ejerciendo de cabeza cuadrada.

–Se trata, sobre todo, de lanzarles preguntas y darles todo el trabajo que podamos.

–¿Qué preguntas?

–Preguntas sobre las altas y si han guardado bien todos los papeles. Y darles trabajos como hacerles medir las mesas y los mostrado-

res para los logos de las empresas. Les diremos que ese material viene de Argentina.

–¡Para, para! Todo esto me lo vas a pasar por escrito, ¿no?

–Sí, a ti y a Miguel. El lunes seréis los dos los que os repartiréis
las llamadas que se reciban y los encargados de darles trabajo.

–Entonces, ¿para qué me cuentas todo esto ahora?

–Para que veas con claridad la misión que tenemos entre hoy y
mañana. Vamos a hacer una lista con las faenas que les podamos dar
a los chicos en cada local. Desde exigir que se repase lo que no haya
quedado suficientemente limpio, hasta cualquier trabajo manual. En
cada visita tenemos que evaluar lo que falta. La consigna es ser exi-
gentes.

–Mejor así. Si están ocupados no llaman.

–Darles largas con las reparaciones o cualquier otra mejora. La
excusa es: "hasta que no venga el encargado de la tienda no podemos
decir nada, es él el que decidirá".

–¿También dijiste que midieran ellos los mostradores para los
logos, no?

–Sí.

–¿Con qué los van a medir?

Sin decirle nada le enseñé dos grandes bolsas y le entregué una
de ellas a Adela y le dije:

–Ahí tienes las cintas métricas, una para cada local. Por cierto,
que midan también los escaparates. Diles que no llamen para dar las
medidas. Ya pasarás por la noche a recogerlas. Indícales un sitio para
que las dejen escritas.

–¡A sus órdenes, mi sargento! –dijo Adela imitando el saludo
militar.

–Y otra cosa. Cuando pares a comer, avisa. Quiero comer contigo y cerciorarme que comes lo suficiente.

–Me parece que te voy a cambiar el título de cabeza cuadrada, a
partir de ahora vas a ser "el puto jefe".

–Llámame cómo te dé la gana –dije en tono suave intentando
rebajar la tensión y añadí–: Pero hazlo.

En ese momento recibí una llamada del móvil de Miguel. Era Robert. Me informó que Miguel se sentía muy mal. Se le había llagado toda la boca, estaba mareado y muy débil. También le costaba respirar y hablar.

Enseguida pensé en la quimioterapia. Me consolaba que ya no tendría que recibir más dosis. Al menos Robert no había dudado. Me dijo que se puso su disfraz de pelirrojo y se lo llevó en taxi a urgencias del hospital.

Le pregunté a qué hospital lo había llevado. Estaban en La Fe. Ese era el hospital donde había trabajado Adela. Seguro que Robert miró la cartilla de la Seguridad Social de Miguel y lo llevó a su hospital de referencia. Siempre lo llevábamos al Hospital General para que no reconocieran a Adela. Me quedé bloqueado por un momento sin saber qué hacer.

Tras unas cuantas respiraciones profundas, decidí que sería yo quién acompañase a Miguel. Pasé por casa a coger mi disfraz. Apagué mi móvil, me puse una camisa de manga larga y una gorra y me fui también en taxi a La Fe.

Menos mal que, en mi revisión de los lugares que debíamos visitar, también había localizado las cámaras de vigilancia de este hospital. Con la gorra bien encajada en mi cabeza, me presenté allí a sustituir a Robert, procurando que mi rostro no quedase grabado. Hice mi entrada triunfal cojeando con soltura de la pierna izquierda.

Robert regresó al cuartel general a seguir con su trabajo informático. Al poco llamaron al acompañante de Miguel Escamilla y me presenté. Me informaron que su estado era muy preocupante. Estaba extremadamente débil. Tenía casi ausencia total de hierro en sangre y la boca llena de llagas.

Como Miguel casi no podía hablar, yo les conté que hacía poco que le habían puesto una dosis del ciclo de quimioterapia. Me dijeron que lo sabían y que estaban esperando al oncólogo de guardia. Entre tanto, le habían puesto dos goteros, uno con sangre y otro con alimentación y suero. Le vi muy mala cara y vi mucho miedo en sus ojos.

Empecé a maldecir por dentro. Dentro de 13 días habría acabado todo. Si lo metían en la UCI tendría que llamar a su hermana y se nos desmontaba nuestra Locura. Encima, para ella seríamos los culpables de lo sucedido y nos acusaría de estar acelerando su muerte.

Traté de sobreponerme y me acerqué a Miguel cogiéndole la mano. Me sonrió débilmente. Estuvimos mirándonos hasta que empezó a llorar. Le acaricié la mano sonriendo y se calmó. Me hicieron salir cuando llegó el oncólogo. Era el que habitualmente había atendido a Miguel. Se sorprendió por mi presencia ya que esperaba la de su hermana. Comprendí que debíamos llamarla en cuanto Miguel mejorara lo suficiente.

Al rato me llamaron y el médico me explicó que Miguel estaba bastante grave. Lo iban a llevar a la sala de observación y que, en función de cómo evolucionara, lo ingresarían en vigilancia intensiva o lo subirían a planta. Me dijo que, si llegan a tardar un poco más en ponerle sangre, podría haber tenido un accidente cerebro-vascular e incluso podría haber fallecido. El médico siguió hablando, aunque ya no lo escuchaba. En mi cabeza sólo estaba la imagen de Miguel muerto. Cuando me recuperé de la impresión, escuché al médico decir que estarían haciéndole análisis cada hora, para ver cómo evolucionaba su hematocrito.

Reaccioné rápido. Le dije al oncólogo que había venido a Valencia a estar con mi tío y que pensaba seguir en el hospital por si mejoraba y lo llevaban a planta. Estaba dispuesto a acompañarlo todo el tiempo después del susto que se había llevado. Lo que quería era que el médico supiera que Miguel no iba a estar solo ni un momento.

Cuando me fui a la sala de espera recordé la puesta en marcha de la Locura, cómo temblaba al leer lo que escribieron o al escuchar a Robert y a Adela confiar en mí ciegamente, como si fuera Don Perfecto. Pues Don Perfecto no había contemplado la posibilidad de que se le muriese Cabeza Visible antes de tiempo. Era imposible controlarlo todo y yo había pretendido hacerlo. Tenía que improvisar y, con lo negativo que me sentía, no se me ocurría nada.

Maldije por dentro mi intuición. Esa que en el café Tertulia me dijo que Miguel era el hombre adecuado para La Locura. Aquello solo eran las ganas de ponerla en marcha.

Por otro lado, estaba la parte emocional. Buscábamos a alguien para utilizarlo y lo que obtuvimos fue un nuevo amigo. Un ser maravilloso que estaba dándonos lo mejor de sí para que La Locura funcionase. Me daba cuenta de que, cuando pensé que Miguel se nos moría, el interés por La Locura pasó a un segundo plano. Estaba perdiendo a alguien muy querido y eso me dolía mucho más de lo que imaginaba.

Tenía que volver a ser el jefe frío y calculador. Era necesario empezar a llamar a mis compañeros para contarles la situación. Cuando me serené, empecé por Adela. Le conté lo que pasaba con Miguel suavizando las palabras del médico y, aun así, se puso a llorar. La dejé llorar un poco y luego abordé el tremendo problema que teníamos: Sólo Miguel o Raúl podían firmar los contratos en nombre de Zajolay.

–¿Podría venir Raúl a firmar? –pregunto Adela.

–Raúl no firmaría bajo ningún concepto. No lo podía engañar y tampoco quería hacerlo.

–¿Podríamos intentar cambiar los poderes para poner a Ruth de apoderada?

–Me temo que tampoco serviría. Para eso tendrías que volar a Uruguay y disponer del pasaporte de Ruth, cosa que tampoco tenemos. Si Miguel no puede ir a la notaría estamos perdidos.

–¿Qué hacemos entonces?

–Solo podemos esperar que mejore y continuar con el trabajo como si Miguel estuviera en perfectas condiciones.

–¿De qué nos servirá seguir con La Locura sin él?

–Imagina que se recupera y no podemos ir a la firma porque no hemos hecho nuestra parte. A estas alturas no podemos dar marcha atrás.

–¡Si no podemos firmar te lincharán los empresarios! ¡Pondremos en riesgo a Ana! –Estaba diciendo Adela cuando la corté.

–¡Para, Adela! No te pongas nerviosa. Aún no sabemos lo que va a pasar. Sólo podemos esperar y confiar. Si se recupera nos acompañará. Si se recupera más tarde, siempre podemos pedir un aplazamiento por enfermedad.

–Entonces la policía podrá pillarnos.

–No seas negativa. Confía en mí. Confía en Miguel. Y si no te basta, reza. Quiero que llames a Robert y le trasmitas calma y confianza, no tus nervios. Él no nos puede fallar ahora y tiene que estar tranquilo. Ahora estará nervioso sin saber el estado de Miguel. Llámalo y disfraza la gravedad de su estado.

–No soy capaz de mentirle.

–En ese caso le llamaré yo, pero te pido discreción. Si te pregunta dile que hay que esperar y que yo, que estoy en el hospital, confío en su pronta recuperación. Ninguna de las dos cosas es mentira.

Hablé con Robert. Se sentía muy mal por haber llevado a Miguel al hospital que no debía. Me tocó animarle a continuar con su trabajo y le pedí que olvidara lo sucedido. Lo importante era que con su rápida actuación había salvado la vida de Miguel.

Cuando colgué me surgieron muchos dilemas. El más importante era qué decirle a Ana. No podía retrasarme mucho en llamarla si, al final, se llevaban a Miguel a la UCI. Aunque si no se lo llevaban, me interesaba no decirle nada y quedarme yo con él.

Por si tenía pocos problemas, estaba sudando muchísimo y empezaba a notarse que mi barriga era postiza. Después de pasar por el baño, para quitarme todo el sudor posible, tuve que salir del hospital e irme a un bar con aire acondicionado. Comí un bocadillo y regresé al hospital rápidamente.

Recibía llamadas de Adela cada media hora. Siempre con la misma conversación: Le decía que se tranquilizara, que aún no tenía noticias. Que era importante que nuestros chicos en las tiendas no detectasen sus nervios, y mi promesa de llamarla en cuanto supiera algo.

A la quinta llamada ya no respondí. Me surgió la idea de hacer partícipe de la situación al notario y, si era posible hacerlo, que

Miguel delegase por enfermedad su firma en Ruth Rielves. Era solo una opción y eso dependía de la evolución de Miguel. Sabía que la decisión que tomasen con él no podía demorarse mucho. Enfrascado en mis pensamientos, en cómo presentarme con este problema ante el notario, me tocaron en el hombro. Salté sorprendido. Me tranquilicé enseguida al ver que era el oncólogo.

Me dijo que había dudado, hasta el último momento, para tomar la decisión de no llevar a Miguel a la UCI. Me dijo que al final, la ligera subida del hematocrito, le permitía que lo enviara a planta.

—Miguel está muy desmejorado desde la última vez que lo vi. Tienen que cuidarlo más y obligarle a que se cuide. Me alegro mucho de verlo con más compañía que su hermana. Ella no puede con todo. Le pido que él se quede permanentemente acompañado. Lo necesita no solo por su atención médica. Estoy convencido de que, si se siente solo, no hará nada por vivir más.

—Quédese tranquilo, no me iré de su lado hasta que me releven.

En la hora que aún tardaron en subirlo a la planta de oncología, me dio tiempo a llamar a Adela, a Robert y a Ana. Tranquilicé a la hermana de Miguel explicándole que no estaba tan grave y que nos relevaríamos para cuidarlo. Tras un tira y afloja, ella se empeñó en estar de día con él, a lo que no me opuse. Si yo estaba con él por la noche tendría más tiempo para seguir con La Locura.

Al llegar junto a Miguel a la planta él me hizo señas y vi que estaba alarmado. Le di papel y bolígrafo y me escribió: Esta es la planta donde he estado ingresado y donde conocí a Adela. Ella no debe venir a acompañarme. Alguna ex compañera la podría reconocer. Las enfermeras sí que se acordaban de él. Yo me presenté ante ellas como hijo de un primo de Miguel.

Cuando ellas salieron de la habitación lo tranquilicé, susurrándole al oído que Adela no iría a estar con él. Que de momento seríamos su hermana y yo los acompañantes. Me guardé la nota en el bolsillo y pensé cómo actuar.

El médico conocía a Miguel e insistió muchísimo en que no hablara. Tenía que estar hablándole mucho rato y no encontraba un tema adecuado. Fue él quien lo eligió. Me pidió por señas papel y bolígrafo y escribió: ¿Cómo se te ocurrió en el Camino iniciar La Locura?

Tenía tiempo por delante y conté con detalle mis recuerdos de aquel maravilloso e inigualable Camino de Santiago. Cómo empezaron su relación Adela y Robert. Por qué empezamos con un juego y cómo acabamos metidos de lleno en él. Acabé diciéndole:

–Miguel, esto es como una película de ciencia ficción. Casi sin darte cuenta has entrado dentro de un juego y estás atrapado en él, igual que nosotros tres.

Miguel volvió a pedirme papel y bolígrafo y me escribió: Yo no estoy atrapado. Estoy ayudándoos conscientemente a que ganéis en este juego. No lo hago sólo por interés económico, lo hago porque os quiero y por lo que me habéis aportado en los últimos días que me quedan de vida.

28. ADELA

Miércoles, 8 de julio

Vicent insistía en que Miguel estaba mejorando lentamente. Yo tenía serias dudas de que estuviera en condiciones para los días claves de la Locura. Por otra parte, no podía transmitir mi desesperanza a los chicos y chicas de las tiendas. Tenía que seguir hablando todos los días con ellos.

Además, tenía que mantener animado a Robert. Se sentía mal al haber llevado a Miguel al hospital que no tocaba y tenía miedo que La Locura no saliera por su culpa. Dejé a Robert nervioso en nuestro cuartel general a la espera de los TPV. Hoy era el día acordado para que los entregaran.

Agraciadamente los chicos empezaron a avisarme que estaban llegando a las tiendas. Cada vez que me llegaba una llamada le escribía un mensaje de texto enseguida a Robert para que sintiera lo importante que era y lo que todos lo necesitábamos.

Había quedado con Vicent que cuando los contratados fueran a comer iríamos a recogerlos. Salimos a la hora de cierre y aún nos dio tiempo de bajar al bar de la esquina a comer de menú. Allí nos repartimos el trabajo de la tarde. Al ver la cara de cansancio de Vicent, que aún no se había acostado, le mandé a dormir a su casa.

Por la tarde, mientras seguían llegando más TPV, llamé a las tiendas donde los habíamos recogido para decirles que había sido yo quien se los llevó. Les expliqué lo peligroso que era dejar un material, ajeno a la empresa, en mitad de un trabajo de preparación del local.

Aquella tarde entraron 8 datáfonos más. Ya teníamos 20. Me fui a casa de Vicent a despertarlo y a contárselo. Fuimos a una cafetería para que Vicent se espabilara con un buen café. Volví a conectar el móvil y entró un SMS. Procedía del móvil de Robert, en el texto sólo había una palabra: ¡Bingo!

Me abracé a Vicent y empecé a llorar. Llevaba demasiada tensión acumulada. Fui consciente de ello cuando me di cuenta que no podía parar de llorar. El pobre Vicent no sabía qué hacer para que dejase de hacerlo.

Cuando me calmé le pedí que se marchara al hospital y me fui al cuartel general. No tenía hambre, lo único que quería era irme a la cama y dormirme abrazada a Robert.

29. VICENT

Jueves, 9 de julio

Esa mañana salí del hospital, dejando a un sonriente Miguel con Ana. Le había informado del "bingo" de Robert. La noche anterior Adela había recogido los otros datáfonos. El comedor de casa de Miguel estaba lleno de ellos. Sólo seis estaban desmontados, aunque todos los demás seguirían el mismo camino.

Adela se había ido temprano a la oficina. Tenía un encargo fundamental. Llamar a todas las tiendas donde ya habían entrado los TPV. En las llamadas se les informaba que había un pequeño problema con la legalización de los documentos de inmigración del personal argentino que debía llegar a las tiendas. Por ello se había tenido que retrasar una semana entera su la llegada a España.

Debía contarles que, como disponían de una semana de vacaciones, la tomarían a la semana siguiente. Es decir, que trabajarían ese día y el siguiente. Después ya no tendrían que regresar al trabajo hasta el lunes 20 de julio. Además, por si fuera necesario hacer alguna hora de más cuando llegase el resto de la plantilla, que dejaran de trabajar a las 12 de la mañana del viernes.

Se les pedía puntualidad a todos para ese lunes, ya que sus futuros compañeros estarían esperando para entrar en la tienda. Como era de imaginar ninguno puso pegas a irse de vacaciones, aunque sólo llevasen menos de dos semanas trabajando.

Todo fue bien. A primera hora de la tarde teníamos todos los datáfonos en casa de Miguel. Volvimos a comer en el bar habitual. Luego Adela terminó de enviar de vacaciones a los empleados que aún no había llamado y les dio trabajo, para mantenerlos ocupados ese día y el siguiente.

Apagué mi móvil y me acosté en la cama de Miguel, Robert convirtió la casa en una especie de taller de reparación de TPV. Los terminó de desmontar todos. Cuando desperté, cables, restos de plástico y carcasas de los datáfonos ocupaban todo el salón comedor, en el que destacaba, como un rey, el ordenador de Robert. A él estaban conectados algunos cuerpos centrales de los datáfonos desmontados.

Para ello, Robert disponía de dos baterías de puertos USB. Se había formado una pequeña montaña de material informático en una esquina del comedor. Mirase donde mirase del suelo, sólo se veían restos de los TPV y de trasformadores.

Me quedé mirando el espectáculo y pensé: ¡Cómo hemos dejado el comedor! Parece la habitación de un informático loco. En verdad somos 4 los locos y sólo uno de ellos el informático. No sé cómo vamos a organizarnos con este lío aquí.

Adela llegó poco después con cara de agotada. Se quedó boquiabierta ante lo que vio.

–¡Dios, la que habéis liado!

–La ha liado Robert. Si lo hago yo, estarían todos rotos no desmontados. Además, he estado durmiendo casi toda la tarde.

–¿Qué hacemos? Yo estoy hecha polvo y necesito descansar. No puedo pasar ni a la cama ni al baño –dijo Adela.

–Si os parece, vais a dormir a mi casa –ofrecí yo.

–A mí no sólo me parece, creo que es la única opción.

–¡Venga, no te quejes, Adela! Somos unos ladrones de guante blanco y estamos en la parte final. Imagina que lo nuestro fuera hacer un túnel hasta una caja fuerte. Ahora mismo estaríamos bajo tierra cavando, sacando escombros y metiendo puntales.

–Vicent, lo tuyo es grave, tu imaginación es perversa y retorcida.

–Adela, yo también te quiero.

Tras una mirada de desdén de Adela, y para quitar hierro al asunto dije:

–Venga, que estamos todos agotados. Recoger lo que os haga falta, apagad los móviles y vayámonos –tras unos segundos añadí, encaminándome a la puerta y con el móvil en la mano–: Hoy tenemos cena de lujo ¿Qué queréis, pizza o chino?

Aquella noche Miguel me esperaba despierto, lo cual me sorprendió. Normalmente dormía cuando llegaba, ya que le estaban dando calmantes. Si se despertaba entre las tres y las cuatro de la madrugada nos comunicábamos. Yo hablando en voz baja y él escribiéndome. Esta vez hizo esfuerzos por mantenerse despierto, ya que quería darme la noticia.

Su doctor le había dicho que estaba mejorando. Que trataría de empezar a darle líquidos en breve y, así, la alimentación ya no sería sólo intravenosa. Quería decírmelo él, ya que sabía que Ana no me contaría nada. Como también le daban calmantes, tenía miedo de no despertarse de madrugada y no poder contármelo.

Me alegré muchísimo. Por él y por la voluntad, que me demostraba, de querer colaborar con nosotros por encima de todo. También por escucharle. Era la primera vez que me hablaba desde que lo ingresamos en La Fe. Le dolían las llagas al hablar, pero ya quería hacerlo. Notaba sus ganas de estar disponible para la firma de los contratos.

Le pedí que dejara de hablar y le puse la libreta y el bolígrafo en las manos. De paso comprobé que también la usaba para relacionarse con su hermana. En nuestra comunicación le tranquilicé contándole otro plan, que no involucraba al notario, que se me había ocurrido sobre la marcha.

Si para el día de la primera firma aún no le habían dado el alta, yo iría al hospital con su traje de chaqueta y corbata y me lo llevaría directamente a la notaría. No diríamos nada a nadie y así podría firmar. Él no tendría que hablar en la notaría. Yo representaría a la empresa en todo momento.

Le gustó mucho la idea y, sabedor que podríamos resolver la situación, se durmió muy rápidamente. Esa madrugada no se despertó ni yo tampoco. Fueron las enfermeras las que lo hicieron a las 7 de la mañana. Salí del hospital relajado, descansado y contento. Esa mañana Miguel empezaba a recuperar el color en su cara.

30

Viernes, 10 de Julio

Había llegado el día D. La hora H sería a las 15:15. Esa tarde, lo que habíamos estado gestando durante casi 5 años y realizando durante 4 meses, llegaba a su fin. La tensión acumulada por la emoción del momento, por la enfermedad de Miguel y el cansancio, nos puso a todos nerviosos, como pude comprobar un poco más tarde.

Como aún tenía sueño me acosté en mi casa hasta las 10 de la mañana. Cuando me despertó la alarma de mi reloj fui a la de

Miguel. Al llegar, noté que algo no iba bien entre Adela y Robert. No me quise meter entre ambos y traté de romper la tensión llevándome a Adela de allí. La excusa que puse fue que teníamos que ser optimistas e ir a comprar para la cena de celebración. Cuando dije "Va a funcionar todo a las mil maravillas" no protestaron ninguno de los dos.

Ya en la calle, le conté a Adela la lenta mejoría de Miguel y el plan previsto para sacarlo de allí. Nos fuimos a una tienda de lujo de un cercano centro comercial a comprar la cena de nuestra celebración. Pasado un buen rato y con el carrito medio lleno noté más relajada a Adela. Le pregunté qué había pasado entre ella y Robert.

Me contó que se habían enfadado por una tontería. Robert estaba haciendo todo el trabajo y moviendo cosas de un sitio a otro sin pedirle ayuda y se le cayó un datáfono al suelo. Le dijo, de malos modos, que era muy bruto y que le podía pedir ayuda, que ella estaba allí para eso. Le contestó también mal. Además, creyó que le había llamado burro en vez de bruto.

–Sigo estando mal. Al final me mandó a la mierda.

–¿Cómo reaccionaste?

–Le dije: Te podías haber ahorrado lo de mandarme a la mierda y él me contesto: Y tú te podías haber ahorrado tus gritos y comentarios, así no te habría mandado a ningún sitio. Así hasta el momento en que llegaste tú.

–Imagino que la discusión ha sido larga.

–Sí, hemos estado un buen rato discutiendo.

–Te has dado cuenta lo terrible que es la razón.

–¿Por qué lo dices?

–Porque los dos pretendíais tenerla y por tanto imponerla.

–Es verdad –me contestó Adela tras unos segundos pensándolo.

–Hay un dicho entre los economistas en el que decimos que la razón es lo más barato que existe. Como todo el mundo tiene suficiente nadie compra.

–¡Tú y tus dichos!

–Y tú tratando de vender tu razón.

Tras unos segundos pensando cambió de tema y me preguntó:

–¿Tú no tienes pareja?

–No. ¿Por qué me lo preguntas?

–Porque te noto resentido con la razón. ¿Es por culpa de ella que no la tienes?

Noté la doble intención en su tono de voz y le dije que no. No tenía ganas de entrar en esa materia. Era un tema doloroso para mí y muy cercano a la discusión entre ella y Robert. Aun así, ella prosiguió con sus preguntas.

–¿No la buscas?

–No, ya no busco. He aprendido que las parejas aparecen ellas solitas cuando toca vivir una relación. Cada vez que he buscado he acabado viendo princesas donde había doncellas, e imagino que también me confundí al revés, viendo como doncella a alguna princesa.

–¿No te preocupa la soledad?

–Antes sí, tenía miedo de quedarme sólo, ahora ya no. Simplemente porque no me siento sólo.

–Sí, no se puede decir que estemos solos últimamente, pero ¿cuándo acabe La Locura no te sentirás solo otra vez?

–No estoy solo porque tengo amistades muy cercanas. No las conoces porque no quiero involucrarlas en La Locura. Tampoco conoces mi pasado, lo que he sufrido ni cómo conseguí recuperarme. Quédate tranquila, que no me sentiré mal. Si algún día encuentro a mi pareja, seréis los primeros en saberlo.

La mención a mi pasado y mi filosofía de la vida, esa que tanto le gustaba a Adela, me había servido para sacarla de sus pensamientos negativos. Fuimos a mi casa, descargamos la cena y regresamos al cuartel general, donde esperaba encontrar un Robert más tranquilo que el que había dejado allí hacia una hora y media.

Estaba más relajado. Nos contó que había realizado una prueba al azar usando la ruta de otro TPV y también funcionó. Adela preparó una cafetera y tomamos café en la cocina. Estábamos haciendo tiempo a que se fueran todos los chicos de las tiendas.

A las 12,30 horas tanto yo, con mi disfraz de calvo regordete, como Adela con el aspecto de Ruth, comenzamos a visitar cada uno la mitad de los locales. Antes de entrar en ellos debíamos comprobar que no quedaba allí ninguno de los muchachos contratados. Nuestro trabajo era conectar cada una de las notebooks para que fueran manejadas en remoto por Robert. Él debía comprobar que la conexión estaba funcionando. La última de las conexiones me tocó a mí y salí de la tienda a las 15 horas y 8 minutos.

Cuando llegué al cuartel general ya pasaba de la hora de inicio de las operaciones bancarias. Me informó Robert que todas las notebooks estaban en funcionamiento. Apenas hubo fallos con los PIN de las tarjetas en toda la tarde. Adela se había ido a mi casa y a las 8 de la tarde nos llamó para confirmarnos que la cena, con vino y delicatesen, estaba lista y que la traía en mi coche. Preparé la mesa de la cocina. El único sitio de la casa con suficiente espacio para cenar los tres.

En el comedor había un par de elementos nuevos, dos enormes y potentes ventiladores, comprados esa misma tarde, que repartían su aire sobre todos los aparatos. En el mes de julio nos eran mucho más fácil realizar estas compras de última hora, ya que usábamos las tarjetas de crédito de los bancos donde nos ingresarían en breve el dinero.

Mientras cenábamos Robert nos contó que estábamos enviando un cargo por minuto desde cada uno de los ordenadores. Que aproximadamente estaban entrado 70.000 euros a la hora en nuestras cuentas bancarias.

Nos fuimos los tres en mi coche. Me llevaron al hospital a relevar a Ana y ellos se fueron a dormir a casa. El no haber recibido noticias de Miguel en todo el día me tranquilizaba. Adela ya había preparado la ropa que debía llevar el miércoles Miguel. Todo seguía su curso.

31. ROBERT

Sábado, 11 de julio

Cuando llegué al cuartel general me conecté para ver el estado de las cuentas corrientes de Zajolay. Me llevé una gran alegría al verlas. Me sentí orgulloso de mí mismo. En ese momento era, como dicen los españoles, el rey del mambo. Me di cuenta que me había ido al otro extremo. Después de sentirme una basura cuando me equivoqué al llevar a Miguel al hospital la Fe, ahora estaba creyéndome un ser casi perfecto.

Traté de centrarme y cuando llegó Vicent le di las novedades con un tono lo más tranquilo y neutro posible. Él me comentó que Miguel estaba mucho mejor y ya le habían desaparecido los mareos.

Con esas buenas noticias llamé por el teléfono fijo a Adela con el altavoz conectado.

–Cariño, pon el champagne en el frigorífico para la cena.

–¿Ya tenemos dinero?

–Sí, todo lo previsto. Además, ha llegado Vicent diciendo que Miguel está mucho mejor. En cuanto estés lista ven al cuartel general.

–¡Una ducha rápida y voy para allá! ¡Te amo, ladrón de bancos y de corazones!

–Yo también te amo y me siento inmensamente feliz en este instante.

–¿Eso es por mí o por el dinero?

–Por todo, mi amor, por todo –dije riendo.

Vicent no me dejó colgar. Le pidió a Adela que trajera consigo una de sus carpetas. Había olvidado en casa la lista con los pagos que debíamos hacer. Eso de mal dormir tantos días seguidos le estaba afectando, incluso al gran jefe cabeza cuadrada. Mientras se tomaba un café tomó nota de las cantidades ingresadas en cada banco.

Cuando llegó Adela Vicent ya estaba realizando la primera de las transferencias. Tras besarnos, ella le preguntó al jefe:

–¿Por dónde empezamos?

–¡Uy Adela! Para mí que tu ducha ha sido muy rápida. Sigues igual de dormida que antes de dártela. Creo que sólo te pintaste para parecerte a Ruth –le contestó Vicent con sorna.

–¡Amor!, tienes que hacer una ronda por los cajeros automáticos –dije yo, y añadí para que Adela no se sintiera mal–: Creo que empezamos todos a estar muy cansados. Menos mal que tenemos el fin de semana por delante y ya no están los dependientes llamando.

Observé una sonrisa de satisfacción en la cara de Adela. Aún la llevaba cuando salió con su casco en la mano para hacer su ronda motorizada.

Vicent me comentó que la transferencia que intentaba realizar era para pagar el piso de Ana. Le costaba muchísimo hacerla. Decidió no seguir. La conexión a internet de la casa de Miguel no daba más de sí. Los cargos que estaban emitiendo desde las notebooks consumían todos los datos.

Después de comer, Adela se ofreció voluntaria para preparar la cena de los tres, con lo que se fue a casa de Vicent. Conseguí que él no se preocupara con las transferencias. Le dije que era mucho más práctico que, cuando estuviéramos en la notaría, entre un acuerdo y otro, podría hacerlas todas yo.

Me dijo que ya había empezado con la transferencia a Argentina y que seguiría con ella. Me dejó todas las demás, y mucho más tranquilo se fue a acostar a la habitación de Miguel. Lo tuve que despertar para que se fuera al hospital. En cuanto llegó me llamó desde el teléfono de Miguel para decirme que esa noche no pudo darle la alegría de lo que habíamos ingresado. Ya dormía cuando él llegó.

32. VICENT

Domingo, 12 de julio

Al despertarse por la mañana, Miguel me dijo que se encontraba un poco mejor, aunque el día anterior no había sido capaz de tragar líquido. Le dije que lo volviera a intentar, que las llagas no iban a poder con él. El contarle que el dinero estaba entrando le puso muy contento.

Nada más llegar a casa me dejé caer en la cama y me desperté casi a las 12 del mediodía. Cuando me levanté, vi a una somnolienta Adela preparándose para ir al cuartel general. Ese domingo sólo hubo trabajo para Robert. Adela se fue a acompañarle y yo fui al hospital de nuevo, para permitirle a Ana ir a comer con su hijo y, así, estar un rato diurno con Miguel. La convencí también de que el lunes viniera un poco más tarde. No puso pegas ya que nuestro paciente estaba mejorando bastante.

Y así era. Miguel se encontraba bastante bien. Esa mañana ya había podido beber agua. Me regaló una larga sonrisa mientras me lo contaba. Desde antes de su última recaída no se la había visto. Sentí que estaría en forma para el miércoles y el jueves, los días en los que lo necesitábamos de verdad, y me relajé.

Le conté que el lunes aprovecharíamos para llamar a los bancos. Teníamos que encargarles que tuviesen lista una buena cantidad de dinero en efectivo. Necesitábamos que fuera su voz la que lo pidiera.

Adela preparó una cena temprana para poder estar juntos los tres. Robert vino y dejó los ordenadores realizando los cargos de las tarjetas. El programa que había instalado pararía los mismos a la hora prevista, igual que hizo el día anterior. Según nuestros cálculos no solo íbamos cumpliendo nuestros objetivos, sino que nos sobraría dinero.

Lunes, 13 de julio

Cuando regresé del hospital, y vi las sonrisas en las caras de Robert y Adela, no tuve que preguntarles. Los ingresos en las cuentas corrientes estaban siendo escandalosos. Y eso no fue lo mejor del día. Cuando llegué al hospital, al mediodía, me enteré que el oncólogo le permitía a Miguel irse a casa, siempre y cuando se quedase en la cama y con cuidados permanentes, dado que seguía con un siste-

112

ma inmunológico muy debilitado. Le dejaba salir porque su boca había mejorado y ya podía alimentarse sin goteros, aunque sólo fuera con purés o líquidos.

La diosa Fortuna seguía sonriéndonos. Por la tarde, informé a mis compañeros y Adela se fue a mi casa a prepararle la cama a Miguel. Lo tendríamos acostado hasta el gran día. El miércoles 15 estaba presente en la mente de todos.

En el relevo de la noche, tras la confirmación por parte de las enfermeras de que Miguel saldría del hospital el martes, quedé con Ana para que ella no viniera. Yo lo llevaría a mi casa en cuanto le dieran el alta.

Esa noche Miguel durmió profundamente. Era como si inconscientemente quisiera guardar fuerzas para los días más importantes. Lo habíamos pasado muy mal. Ahora ya se veía la luz al final del túnel. Al día siguiente él se despediría del hospital La Fe para siempre.

33

Martes, 14 de julio

Ese martes, no sólo era la fiesta nacional francesa. En nuestro cuartel general también estaban de fiesta. Me llamaron para decirme que, ya a primera hora de la mañana, en siete de las ocho cuentas de Zajolay-Moda, la cantidad de dinero ya se expresaba en cifras de siete dígitos.

Todavía en el hospital, Miguel llamó a todos los bancos para solicitar a cada uno de ellos que al día siguiente tuviesen preparados otros 7.000 euros en efectivo, igual que había hecho el día anterior. Indicó que pasaría Ruth a por el dinero a última hora de la mañana.

Luego salí a la calle para llamar a los empresarios y decirles que todo estaba en orden, que el dinero había llegado. Cuando regresé nos avisaron del alta de Miguel y nos fuimos a mi casa. Me costó convencerlo para que se acostara. Su cansancio le hizo rendirse y acabó acostándose en mi cama ya que allí disponía de mi teléfono fijo.

Viendo que la cosa funcionaba bastante bien, Robert se animó a dejar las máquinas trabajando solas y comimos los cuatro juntos en mi casa. Tras una conversación animada en la comida, llegó la sobremesa.

–Hay algo que se me escapa en todo esto que estamos haciendo –preguntó Miguel sentado en la cama–. Si el dinero en efectivo que estoy pidiendo sacar estos días es para que recuperéis todo lo que habéis invertido vosotros dos, ¿para quién es el dinero que estamos sacando de los cajeros automáticos?

–Para ti –le contestó Robert.

–¿Cómo que para mí?

–¿No has decidido irte con Adela y Robert? –dije yo.

–Pues cubriremos todos los gastos extras que se ocasionen con tu estancia en Francia con ese dinero –dijo Robert.

–¿Qué haréis con lo que sobre? Yo no voy a durar mucho.

–Imagino que tu heredera legal será Ana –dije yo.

–Sí, claro.

–Pues se lo haremos llegar. No inmediatamente, pero le llegará –sentencié.

Miguel se puso triste, y se le escaparon unas lágrimas.

–¿Qué pasa, Miguel?, ¿te sientes mal? –preguntó Adela.

–No. Me ha venido a la cabeza la despedida de mi hermana, es un trago que no me apetece pasar.

–Miguel, has de hacerlo, no podemos dejarla sin más –dije yo.

–Lo sé, pero hacérselo pasar mal a mi hermana no me apetece, y pasarlo yo así de mal tampoco.

–Tienes que llamarla para quedar con ella –dijo Adela.

Miguel respiró hondo y cogió el móvil de Adela. No me importaba que una sola vez se usase uno de los móviles de empresa desde mi casa. Podía justificar su visita como preparativo de lo que vendría al día siguiente.

–¿Para qué día quedo?

–El sábado por la mañana –dije yo.

–¿Dónde?

–En tu casa, si ella deja alguna huella no pasará nada. Las tuyas y las de ella no me preocupan –le contesté.

–¡Nos verá ella! –dijo Robert.

–No. Miguel, dile que no use su llave, que llame al timbre. Cuando suba ella "Ruth" la hará pasar a tu habitación. En cuanto entre ella deja la puerta casi cerrada.

Aquella tarde me pasé por la notaría para dejar allí la máquina de contar dinero; luego, una vez más, cambié el dinero del pago del piso de Ana de banco y de país. Robert, que regresó al cuartel general con Miguel y Adela, comprobó el buen funcionamiento de su obra. Adela y Miguel estuvieron preparando el equipaje que nuestro empresario se llevaría a Arlés.

34. ROBERT

Miércoles, 15 de julio

Los baños en casa de Vicent estaban colapsados desde las siete horas. Esa mañana Adela estaba con su maquillaje para parecer Ruth en uno de ellos. En el otro, yo me veía diferente. Además de la peluca pelirroja que me consiguió Vicent, me puse a juego una pequeña y corta perilla del mismo color.

Vicent, con una lupa en una mano y las pinzas de depilar en otra, iba repasando toda la cara para que no quedara el menor atisbo de pelo negro visible. Por suerte, aún en pleno verano, iría de manga larga con mi traje de chaqueta y corbata a la notaría. Me libré de la depilación de mis brazos, tan solo me tuve que afeitar las manos. El toque final fue el recorte de los pelos del cuello, que revisó con cuidado el gran jefe cabeza cuadrada.

Adela se fue temprano a hacer la ronda de bancos y, en cuanto acabó, fue a casa de Miguel. Ella era la responsable de que las máquinas siguieran en activo. Me llamó para informarme que había seguido fielmente la guía que le había preparado. Que había conectado todo y puesto los ventiladores en marcha y, lo más importante, comprobó que los cargos en las tarjetas seguían emitiéndose.

Miguel, Vicent y yo fuimos a la notaría en coche. Los tres vestidos con trajes de chaqueta y corbata, llevábamos dos voluminosos maletines. En uno de ellos estaba una pequeña notebook. Era la pieza clave. Desde ella iba hacer todas las transferencias.

Miguel dijo que se sentía débil y un poco mareado. Vicent le comentó que le dejase a él llevar todos los trámites, que interviniese lo mínimo posible. Yo le dije que se apoyase en mí. No convenía que mostrase públicamente familiaridad con Vicent.

Llegamos temprano, tal y como acordamos con el notario. Nos abrió un empleado y rápidamente nos instalamos en un despacho donde solo estaban la máquina de contar dinero, una mesa y cinco sillas. Conectamos inmediatamente a la red el ordenador. Ya estábamos listos para la siguiente fase de La Locura.

Diego no tardó en llegar y lo hizo elegantemente vestido y acompañado por su asesor, que llevaba fuertemente agarrado un maletín. Diego y Vicent se dieron un abrazo con una gran sonrisa y a continuación nos presentó a Miguel y a mí. Diego hizo la presentación de Juan. Los cinco pasamos al salón donde estaba la máquina de contar dinero.

–Diego, aquí tienes el contrato que el notario ha revisado. Quiero que te lo leas con detenimiento. Entre tanto, Juan y yo podemos contar el dinero –dijo Vicent.

–Me parece perfecto.

–Si hay la más mínima duda en lo que lees, no te la guardes, dínosla ahora mismo.

Al acabar, sin que Diego pusiera ni una sola pega y comprobar que estaba todo el dinero, cambiamos de salón. Vicent, entre tanto, le comentó a Diego el "pequeño cambio" de última hora que se había producido, y nos sentamos alrededor de la mesa redonda del despacho del notario.

Este leyó las cláusulas del contrato. Todos estuvieron de acuerdo y realicé la transferencia automática a la cuenta de la empresa de transportes. Le hice ver a Diego que el dinero procedía de otra cuenta del mismo banco. Antes de salir, el notario dijo:

–La validez de lo que acaban de firmar está supeditada a dos hechos muy importantes. El primero es que la transferencia que haya hecho Zajolay sea efectiva, y el segundo es que la empresa de transportes Diego Martínez, SL, liquide todas las deudas relacionadas en el contrato. Si cualquiera de las partes incumple esos acuerdos, lo que acaban de firmar no tendrá validez alguna. ¿Les ha quedado claro?

–Sí –dijo Diego.

–Sí, totalmente claro –dijo Miguel.

Una vez fuera del despacho Vicent dijo:

–Bien, Diego, vayámonos al banco y así comprobaremos que ya llegó el dinero y empiezas hacer los pagos.

–Vale, cabrón ¡Mira que hacer cambios de última hora!

–¿Qué quieres?, ¿acaso el resultado para ti no es el mismo? Además, ante el notario quedamos fenomenal.

–Venga, vamos al banco, que ya quiero quitármelos de encima.

–Sí, que yo he de volver pronto para la siguiente firma.

Las operaciones del día siguieron con leves retrasos. Diego tranquilizó a los demás empresarios. Les fue llamando y les contó que ya había liquidado sus deudas. Yo ya no pasé a las firmas ante el notario. Me quedé con la misión de realizar todas las transferencias. Los empresarios salían del despacho en el que yo me encontraba con el ordenador, cuando ya habían hecho la transferencia a sus cuentas en los bancos donde debían dinero. Entre uno y otro, yo iba haciendo todas las transferencias pendientes. No íbamos a dejar ningún pago por hacer.

35. ADELA

Jueves, 16 de julio

Tras hacer el recorrido por los bancos, para volver a sacar el dinero que pidió el día anterior Miguel, me senté ante el ordenador del cuartel general. Comprobé un tanto escandalizada la cantidad que habíamos ingresado.

Llamé a Robert por si Vicent estaba con el notario. Estaban contando dinero. Le dije lo que habíamos ingresado. Tras unos momentos en los que sólo oía la máquina contadora de billetes volví a escuchar a Robert. Venía de hablar con Vicent. Me dijo que parase de hacer más cargos. Sólo tenía que apagar el ordenador.

Llamé al Ayuntamiento para la recogida de residuos voluminosos en casa de Miguel. Luego, me dediqué a llamar a las ONG con las que había contactado. Habíamos ingresado en las cuentas de Zajolay mucho más de lo que esperábamos e íbamos a colocarlo en 10 organizaciones diferentes.

Tenía los modelos que me había dejado Vicent y sólo tuve que rellenar los datos de las obras que íbamos a financiar y la cuantía que aportaba Zajolay.

A la hora de comer les llevé la documentación que había preparado. Vicent la revisó y luego la firmó Miguel.

Tras la comida me fui a una oficina de correos a enviar a todas las ONG los contratos y una carta firmada por Miguel. En ella explicaba cómo, cuándo y dónde quería que nos devolvieran los contratos aceptados por ellos.

Cuando acabé y antes de ir a casa de Vicent llamé a Robert. Estaba solo y ya había acabado con las transferencias. Pudimos hablar de nuestros planes de futuro. Ninguno de los dos estaba tenso como en los días anteriores. Veíamos el final de La Locura como una fiesta.

Me dijo que tardarían en volver a casa ya que él y Vicent tenían que desmontar las instalaciones en la notaría y pasar por las tiendas a recoger todas las notebooks. Teníamos que llevarlas a sus cajas originales, que seguían en el cuartel general. Nuestro gran jefe llevaba para ello en el coche su disfraz de calvo rellenito.

Cuando ellos también llegaron a casa de Vicent les recibió el aroma que salía de la cocina; la mesa del comedor estaba preparada para la cena y con velas encendidas; un agradable sonido de música instrumental salía del equipo de música. Miguel, que regresó a casa en taxi, me había ayudado. Ahí estaba yo con una gran sonrisa y con el delantal de cocina de Vicent puesto para recibirlos.

– ¿Qué pasa aquí? –dijo Vicent.

–Nada, que ahora que me voy a vivir con mi novio he de demostrarle mis habilidades culinarias.

–No te creo.

–Pues créetelo, Vicent. Adela cocina muy bien –dijo Robert.

–¡Qué callado te lo tenías!

–¡Claro!, si te lo llego a decir me haces trabajar aún más –dije yo.

Nos reímos los cuatro y Vicent prosiguió:

–Miguel, eres un traidor. Entiendo que Robert se lo callara, ya que protegía a su chica, pero no decirme nada de estas habilidades de Adela.

–Robert protegía a su chica y yo a mi niña.

–Me rindo. Me conformaré con probar sólo hoy lo que cocina Adela. Si esta sólo la mitad de bueno de como huele ya me conformo.

Cocino bien gracias a las enseñanzas de mi tía Ángela. Robert también se maneja bien en la cocina, pero hoy me tocaba el triunfo a mí.

En aquella deliciosa cena vi la cara de felicidad, cansancio y relajación en mis tres compañeros. Sabía que la mía no debía ser muy diferente a la de ellos. No hubo mucha sobremesa. Nos fuimos a dormir pronto. Al día siguiente no teníamos la puñetera lista de deberes, aunque sabíamos perfectamente cuál sería nuestro trabajo.

36. VICENT

Viernes, 17 de julio

Casi todo el día lo pasamos en casa de Miguel. Robert y yo nos encargamos de bajar los muebles grandes y la mesa del comedor. Desde el Ayuntamiento le habían dicho a Adela que se lo llevarían los de la recogida municipal esa misma tarde. Nos deshicimos de unos trastos viejos y algo carcomidos y nos ahorramos limpiar un montón de huellas dactilares. La elección de los muebles que se tiraban la había hecho Miguel. Sabía que su sobrino los consideraba horrorosos y, si era él el que acababa viviendo en esa casa, no los echaría de menos.

Limpiamos a fondo con guantes en las manos. Miguel trabajaba sentado. A él le encargamos las partes accesibles desde su posición de los muebles y de los armarios empotrados. Yo me encargué de la limpieza a fondo del baño. Mi experiencia de trabajo en albergues de peregrinos me ayudaba. Adela repasaba toda la cocina, armario por armario, pieza por pieza. Robert iba repasando desde la puerta de la calle hacia el interior limpiando a fondo toda superficie lisa que encontraba.

Miguel recibió varias llamadas en su móvil. Pudimos comprobar que eran de los bancos.El fijo de casa también sonaba. No atendimos ninguna llamada.

Por la tarde, antes de ir a mi casa, Adela y Miguel hicieron su ronda diaria por los cajeros automáticos. Robert y yo nos fuimos de compras al supermercado con la lista que nos dejó preparada Adela. Nos esperaba una nueva cena de fiesta. La diferencia es que esta vez tuvo más colaboradores en la preparación.

–Hoy no te quejarás, Adela. Todos trabajando a pleno rendimiento –dijo Miguel sentado leyendo una de las muchas novelas que tenía en el mueble del comedor.

Él ya había puesto la mesa. Nos dejaba hacer a nosotros tres en la cocina. No había espacio para nadie más.

–¡Qué cara que tienes!

–Déjalo, Adela. Desde que ha probado eso de ser un rico empresario, se le ha subido el pavo a la cabeza y sólo le gusta mandar y ver cómo trabajan los demás –dije yo.

–¡Mira quién habló! ¡Míster mandón echándole las culpas a Miguel! –dijo Adela.

–¡Aún te quejas con lo bien que mando yo!

–¡Buuuu! –fue el coro que recibí de mis tres compañeros.

Fue una cena para recordar lo vivido. Salió lo más intenso, lo más emotivo y lo más agotador. Nos reímos con los momentos más divertidos y con Miguel evocando escenas en los bancos. Cuando el cansancio se apoderó de él nos dijo:

–Parad de beber ya, que mañana aún os queda trabajo.

–¿Veis como tenía razón?, ¡ya está mandando! –dije yo.

–Si es que todo lo malo se pega –dijo Adela.

–Queda trabajo, pero no mucho. ¿No es así, Vicent?

–Así es, Robert. Os habréis dado cuenta que hoy tampoco os he sacado mi lista de tareas para mañana.

–Estoy convencida que hemos bebido tanto sólo para celebrar que Vicent ya no tiene más trabajo que darnos –dijo Adela que, con la influencia del alcohol, se la había soltado la lengua.

Nos reímos con ganas los cuatro.

–Vale, admito que soy un mandón y un pesado. Si lo he sido es porque me lo pedisteis desde un principio.

–No teníamos ni idea de lo pesado que te ibas a poner, si no, no te dejamos –dijo Robert.

Continuaron las risas.

–Os daba las listas de deberes y no os contaba los trabajos de viva voz porque estaba convencido de que no me escuchabais nunca. Me tomabais por un pesado y pasabais de mí.

–Tranquilo, Vicent, seguimos pasando de ti –dijo Adela.

–No entiendo cómo te tomaban por el jefe, cuando el jefe soy yo –remató Miguel.

Pese al cansancio aún nos costó irnos a la cama. Ninguno quería perderse por nada del mundo la felicidad y el bienestar que trasmitíamos todos alrededor de la mesa de mi comedor. Cuando al fin todos se fueron a dormir aún conecté mi ordenador. Me quedaba una tarea más. Entré en la página web de un banco extranjero y volví a cambiar por enésima vez de cuenta el dinero que viajaba por el mundo camino de Uruguay. Con este movimiento por fin llegaba al destino que Raúl había elegido para su dinero.

37. MIGUEL
Sábado, 18 de julio

Este día tocaba repaso de la limpieza en mi casa y lo más importante, la despedida de mi hermana. Me sentía muy extraño. Tenía una sensación de muerte, era como si me despidiera de ella y de la vida a la vez. Estábamos todos pensativos. Como era habitual cuando nadie decía nada era el jefe el que rompía el silencio.

–Hay que dejar a los hermanos solos un rato y tenemos que decirle a ella lo que pasará en breve.

–Vicent, yo no me veo capacitado para explicarle a mi hermana todo lo que va a suceder, lo de la policía y todo eso.

–No te preocupes, se lo explicaré yo.

–¿Te disfrazarás?

–¡Claro! Ya me conoce como calvo, gordo y con cojera. Lo que interesa es que me describa así.

Tras un desayuno de risas y complicidad, en el que pude dejar de lado mi sensación de muerte, nos fuimos los cuatro a mi casa. No dejé de tener presente, como si de una losa se tratara, que horas más tarde estaba citada Ana.

Ese día, lo más importante era llevarse todo lo que sobraba en la casa. Lo que no fuese lógico que estuviera en ella y lo que pudiera contener nuestras huellas: los envases de los productos de limpieza, los embalajes del material comprado. Repasamos la limpieza, una vez más, todo aquello que fuera liso y susceptible de permitir la lectura de alguna huella. Todos, igual que el día anterior, estábamos trabajando con guantes de goma. La diferencia era que hoy llenamos muchas bolsas grandes de basura con papeles, plásticos, bolígrafos, las llaves de las tiendas, lápices, etcétera. Teníamos que repasar y eliminar cualquier objeto que pudiera tener alguna huella.

Cuando ella llamó al timbre desde el patio, Robert y Vicent se subieron por la escalera de la finca al rellano del piso superior. Ya en la puerta de casa, una Adela disfrazada por última vez de Ruth la acompañó a mi habitación donde yo la esperaba. Nos dejó solos y entornó la puerta.

Le dije a mi hermana, con la voz que me salió, en la que no puse la convicción necesaria, que me iba con ellos y que esperaba morir alejado de ella.

–Miguel, ¿sabes lo que me estás haciendo?

–Sí, lo he pensado mucho, no es una decisión precipitada, te lo aseguro.

–Miguel, por favor, olvídate ya del dinero, del piso, de todo. ¿Sabes lo que quiero?, ¿sabes lo que en verdad me importa?, ¿te has parado a consultarme?

–Tienes razón, no te he consultado. Si lo hubiera hecho sé que no me hubiera metido en este lío. Ahora quiero que me escuches.

–¡No! ¡Escucha tú primero mis sentimientos, aunque sólo sea por un momento! Me has dejado de lado durante todo este proceso, porque te pusieron una zanahoria delante. ¡Salvar el piso! A cambio me he tirado un montón de tiempo sin verte, sin cuidarte, sin poder estar contigo. Me han privado del amor de mi hermano por una vivienda.

Ana no pudo continuar hablando y se puso a llorar.

–Ana, mi amor, mi ternura, mi cielo. Yo siempre me he sentido querido por ti. Eres muy parecida a mamá. Y conmigo has tratado de ser aún más parecida. No te han quitado de mi lado. Nos hemos estado viendo todas las semanas, como hacíamos antes de la enfermedad, como hacíamos cuando iban a embargar tu piso.

123

Paré de hablar. El llanto de Ana me rompía el alma. Solo sentía una profunda tristeza observando a mi hermana llorar. Alcé la vista y me di cuenta que Vicent nos observaba. No me agradaba sentirme observado en ese momento. Aunque también era consciente del poder de persuasión del jefe. En lo que yo no pudiera convencer a Ana él podría hacerlo.

–Sólo nos veíamos todos los días cuando comenzaste el traslado a esta casa. Recuerda que no nos veíamos más para evitarnos las broncas con Juan. No nos han quitado al uno del otro, nos devolvieron a nuestra normalidad anterior.

–No digas eso. No es cierto. ¡Yo sentía que tenía que estar contigo y no he podido cuidarte ni un momento! ¡Apenas he pasado unos pocos días en el hospital contigo, como si ellos fueran más familia que yo!

Ana continuó llorando y la dejé llorar un rato más.

–Ana, mi cielito, ellos no son mi familia, pero se han portado conmigo como si lo fueran. En especial Ad... Ruth. Ruth ha sido como una hija para mí. He estado muy bien cuidado, te lo he dicho muchas veces. Me he sentido bien con ellos.

–¿Y yo qué?, ¿cómo he estado todo este tiempo? Te lo digo. He llegado a hartarme del piso. Me he dado cuenta que me he cegado por un montón de ladrillos, lo mismo que le pasó a Juan. Además, esto es lo pasado, Miguel. Lo grave es lo que viene ahora.

–¡Ana, hermanita mía! Lo que viene ahora es la muerte.

Ana continuó llorando. Lo hizo con más intensidad desde que pronuncié la palabra muerte y gritó:

–¡Y ni llegando la muerte me dejas estar a tu lado!

–Lo que no quiero es arrastrarte con mi muerte. ¡No lo entiendes, Ana! Lo que hemos hecho hasta ahora, y encima que todo ha salido bien, se iría al traste si me quedo. Me tengo que ir y lo voy a hacer –dije con convicción.

–¡Miguel, que no te volveré a ver con vida nunca más!

–Ana, por eso estamos aquí y ahora, tú y yo.

–Sí, con esos ahí afuera.

–Sí, con esos ahí afuera porque yo estoy con ellos, porque yo me comprometí. Y porque sigo sintiendo ese compromiso bien fuerte me voy. No los voy a dejar en la estacada. Ellos me han dado lo que les pedí, de hecho, me han dado mucho más.

–¿Y a mí que me quitan a cambio?

–No te van a quitar nada, mi amor. Te querré hasta el último instante, te tendré presente hasta el último aliento.

Con la voz quebrada le dice: ¡Me dejas sola!

–Voy a morir. Voy a dejarte sola de todas formas, en cambio con mi ausencia te salvaré.

Nos fundimos en un abrazo. Las lágrimas de los dos se entremezclaron. Estuvimos así un buen rato. Sabía que era el último momento de la vida en que la iba a ver y no podía parar de llorar. Deseaba que me sintiera a su lado, aunque sólo fuera en aquel instante.

Al final fue ella la que aún llorando se soltó del abrazo.

38. VICENT

Estuve pegado a la puerta de la habitación escuchando todo lo que hablaron. Allí mismo y con ayuda de Robert me disfracé de calvo y gordo, vestido con el mono con el que fui a pegar la propaganda a los locales.

Los dejé llorar. Les hacía falta. Cuando ambos se levantaron para salir de la habitación, Adela se llevó a Miguel a que le diera el aire, Robert les esperaba abajo. Le pedí a Ana hablar un rato con ella antes de que se fuera, lo que aceptó sin poner pegas.

Me encontré a una Ana mucho más serena. No le vi ninguna cara de sorpresa, ya que me conocía de los cambios de turno del hospital. Empecé la conversación yendo al asunto principal que quería tratar con ella.

–Ana, ahora que Miguel se va, vendrá la policía.

–¿De verdad?, ¿vendrán enseguida? –dijo con un tono de preocupación.

–No sabemos cuánto van a tardar. Pero queremos decirle unas cuantas cosas para evitar que la involucren en todo este lío.

–Lo que está diciendo me asusta.

Noté que quería poner distancia. Lo imaginaba y seguí con mi discurso como si no me importase.

–Lo primero, Ana, es que trate de no ponerse nerviosa y contestar a lo que la policía le pregunte, tratando de dudar lo mínimo posible. Tiene que imaginarse a sí misma como una persona que no sabe nada de nada.

–¡Uf!, no sé si podré.

–¡Podrá! En primer lugar, porque no sabe nada y en segundo lugar por una serie de trucos que tiene que usar en cuanto la interroguen.

–¿Cuáles?

Noté que empezaba a parecerle interesante lo que le contaba. Su aspecto era de más relajación que al principio de nuestra conversación.

–Lo primero, ponga distancia entre ustedes dos. Miguel la hizo a un lado. Se las daba de ricachón. Ya no quería nada con usted. Hágase la herida en su orgullo.

–Eso creo que podré hacerlo. En verdad estoy dolida, por no dejarme acompañarle hasta el final.

–La entiendo, pero compréndalo, es lo mejor para todos.

–¡Siga! ¡Dejemos eso! Ya lo hablé con mi hermano y no me convenció. Tampoco lo hará usted. ¿Qué más tengo que hacer?

–Tiene que decirles, en la primera declaración, que el piso en el que estamos es suyo y sólo suyo. Si no lo comprobaron antes aún causará más efecto. Tenga preparada la escritura para que la vean.

–¿No tratarán de quitarme la parte que era de Miguel?

–Tiene que dejarles bien claro que primero se hizo el cambio de titularidad y que después apareció Ruth y todo lo demás.

–Eso es fácil.

–No crea que nada es fácil o difícil, trate de esperar a que la policía mencione el "piso de Miguel" para decirlo. No se precipite.

—Muy bien. ¿Qué más?

—Lo demás es bastante sencillo. De la trama sólo conoce a Ruth y que me ha visto a mí. Les tiene que decir que no sabe mi nombre, lo cual es cierto. Ruth no los acompañó al notario. Si se lo preguntan, cosa que dudo, fueron solos y por iniciativa de Miguel. Tiene que tratar a Ruth como la asquerosa que sacó a su hermano de su vida.

—No tragarán, seguro que sabrán que Miguel es homosexual.

—Usted haga su papel de herida y si le dan la opción de contarlo, dígalo. Diga que Miguel es homosexual. Se trata de que sientan que dice la verdad.

Ana se quedó pensativa por un momento y luego me dijo:

—Primero me tengo que creer yo todo lo que voy a decir.

—Practíquelo. Acabará creyéndoselo. Lo único que no será cierto es lo de Ruth en la notaría y la fecha de nuestra aparición en la vida de Miguel.

—¿Eso es todo?

—No, falta lo más importante: Nunca, por nada del mundo, ha de relacionar su vivienda con el embargo de la vivienda de su hijo. Ese aval nunca existió.

—Pero en el banco... ¡La policía puede enterarse!

—Con el banco está todo arreglado. Ellos no hablarán. Su piso está libre de cargas. Y si la policía va al registro de la propiedad lo encontrará así.

—La verdad, me deja mucho más tranquila con lo que acaba de decirme.

—No nos olvidemos de su hijo.

—¿Qué pasa con él?

—Nada, eso es lo bueno, sólo ha de decir toda la verdad y hacer constancia del odio que le tiene a su tío. Lo único que tiene que ocultar es el aval que se hizo cuando se compró el piso. Por mucho que odie a su tío, callará. Si abre la boca sabe que se perjudica y que la perjudica.

–Quedaros tranquilos, hablaré con él y haré que comprenda el sacrificio que estamos haciendo Miguel y yo. En el fondo de este asunto el gran beneficiado será él.

Me di cuenta de que Ana sentía que la habíamos ayudado económicamente. Acababa de tener la confirmación de que su casa volvía a ser suya plenamente. Noté el cambio de actitud a partir de que mencioné el registro de la propiedad. No tuve que usar el miedo, ni asustarla con que podía perderlo todo si no colaboraba. De todas formas, aún me quedaban cosas que hablar con ella.

–¿Está más tranquila ahora, Ana?

–¡Cómo decírselo! –Tras una pequeña pausa añadió–: No estoy más tranquila, estoy más serena.

–Quiero hablarle de la decisión de Miguel antes de irme.

–¿Cómo que la decisión de Miguel? Miguel habrá dado el visto bueno. La decisión es de ustedes.

–Se equivoca. Le explicamos a Miguel lo que tendría que pasar si se quedaba, cómo lo presionarían, especialmente con quitarle todo a usted. Él quiso desaparecer, no quería volver a tener que enfrentarse con la policía.

–Vale, le convencisteis… como se dice ahora: Le comisteis el coco para que decidiera irse. ¿Es eso?

–No, Ana, no es eso. Le dimos la libertad de elegir. En todo momento se la dimos y él, y sólo él, eligió irse.

–¿Ahora quiere echarle la responsabilidad a él para quedarse tranquilo?

–No, para nada. Quiero que entienda a Miguel. Yo comprendo su dolor de no poder acompañarlo hasta el final como le apetecería. Mejor dicho, como considera su deber. En cambio, Miguel tratará de protegerla, de cuidarla y de dejarle todo lo que pueda sabiendo que le queda poco.

Noté que dudaba. Le había tocado donde Miguel no había llegado y la vi con una inseguridad en sí misma, que no había mostrado en ninguna de las dos charlas de aquella mañana.

–¿Y yo?, ¿qué hago yo?

—Cuidar a su hijo. Pensar en él. Miguel en el fondo también quiere ayudarle, aunque eso nunca lo reconocerá. La bronca la tienen los dos, no sólo Juan. Los intransigentes son ambos. Usted que está en medio lo sabe.

—¡Por Dios! ¿Es usted psicólogo?

—No, aunque hay muchas personas que me lo han preguntado. Debo parecerlo.

—Pues si tiene cualidades de psicólogo, atiéndame, ¿cómo me quedo yo?

—Formalmente se lo expliqué cuando le hablé de cómo comportarse con la policía. Emocionalmente tengo que pedirle disculpas. Yo puedo hablarle a su mente, no a sus emociones. No puedo rescatar para usted a su hermano. Tampoco soy Dios y no puedo alargarle la vida, pero puedo pedirle que piense en él.

—¿Qué quiere decirme?

—Piense que el enfermo es él.

—Eso ya lo sé.

—Piense en cómo respetamos en todo el mundo las últimas voluntades de un enfermo terminal.

—Eso es chantaje emocional, ¿no?

—¿Quién le hace el chantaje emocional, yo o el enfermo?

—Desde luego, tiene razón, aunque sigo sintiéndome desplazada, robada, malhumorada y desquiciada.

—Ya le dije que sólo puedo hablarle a su mente. Me voy a meter en un terreno espinoso con esta pregunta: ¿Se siente amada por Miguel?

—¡Madre de Dios! ¡Si esto no es chantaje emocional no sé lo que será!

—Quizá es su ego el que no quiere ver lo que pasa. Es él el que se siente desplazado, robado y desquiciado. En el fondo usted sabe que lo mejor para Miguel es que no tenga que enfrentarse a la policía con el miedo que eso le produce. Bastante tiene con tener que enfrentarse a la muerte.

Ana se puso nuevamente a llorar. Esta vez lo hacía callada y cabizbaja.

–Me encantaría poder seguir mucho tiempo más con usted. Sé que estas lágrimas que le caen ahora son sanadoras. Pero he de seguir conversando con usted ahora. No tengo mucho tiempo.

–¿Qué más quieres ahora? – añadió Ana entre lágrimas.

–Ana, he de tratar de convencer a Miguel que se queda bien. De que sabe que lo mejor es que se venga con nosotros.

Tras pensárselo unos segundos añadió:

–Dígaselo. Trasmítale esa paz a Miguel. Quiero que descanse en paz. Y sobre todo quiero enterrarlo yo. Enterrarlo aquí, en su tierra.

–Le prometo que, cuando fallezca, avisaremos a la policía. Así te tendrán que traer su cadáver. Por otra parte, le prometo cumplir todas las últimas voluntades de Miguel. Hay cosas que aún no le puedo contar y le afectan.

Esta vez Ana me sorprendió con su perspicacia.

–¿Más herencia?

–Sí, el empresario Don Miguel Escamilla no la olvidará en su testamento no formal.

39. ADELA

Domingo, 19 de julio

Por la mañana estuvimos bloqueando el ascensor del edificio. El trayecto del 6º piso al garaje se hizo muchas veces. Había mucho material que se venía de viaje a Francia. Las 25 notebooks, guardadas en sus cajas originales, ocupaban mucho espacio. En el almacén de una tienda de productos informáticos pasarían totalmente desapercibidas. Como viajábamos 3 personas con todo el equipaje era muy complicado encajarlo todo. Había que aprovechar cada hueco.

Me libré de buena parte del trabajo porque fui a hacer la última ronda por los cajeros automáticos de los bancos para terminar de vaciar las cuentas. Cuando regrese vi que Robert y Vicent habían resuelto el problema del espacio con el montaje de la baca del coche de Vicent en la furgoneta de Robert. Afortunadamente el modelo servía para ambos vehículos. Las maletas más voluminosas con la ropa de los tres viajeros fueron a parar allí. En el maletero quedaron todos los elementos informáticos y una pesada y vieja maleta de cuero. En el asiento trasero quedaban el resto de los bultos y el hueco justo para Miguel. El pobre quería llevar encima de él todos los libros que le acababa de regalar nuestro querido jefe.

Nos reímos cuando Vicent comentó que, con la furgoneta así de cargada y con la matrícula francesa, pareceríamos unos norteafricanos regresando a Francia tras las vacaciones.

Acabado el trabajo les dije que tenía ganas de llegar a Francia. Deseaba volver a mi color de pelo y de cejas original y nunca más volver a teñirme de rubia. Sabía que las despedidas se pueden hacer eternas y no quise esperarme. Me lancé a los brazos de Vicent por sorpresa. Tras una escasa vacilación noté que él respondía abrazándome con fuerza.

–Gracias, gracias, gracias, sin tu cuidado esto no habría salido.

–Tampoco habría salido sin tu intensa dedicación, sin el genial trabajo de Robert y sin el empeño de Miguel.

–¿Cuándo volveremos a vernos?

–Aún tardaremos un tiempo. Estaremos en contacto mediante los correos secretos. Os informaré de todo y estar atentos, puede ser que os visite la policía a vosotros también.

Luego fue Robert quien abrazó a Vicent. No le salían las palabras. Robert estaba muy emocionado. Consiguió que se emocionase también Vicent. Al final se arrancó hablar:

–Tu cerebro es espectacular. Lo has organizado todo perfecto.

–Hemos sido un gran equipo y seguiremos siéndolo. Cuidaros. ¿Lo lleváis todo?

–Sí, Vicent, quédate tranquilo.

–¿Lleváis el dinero en efectivo que sacamos de los cajeros?

–Sí. Está en la guantera. Es mucho dinero. Seguro que nos sobra para cubrir los gastos que pueda generar la atención a Miguel.

Quedaba la despedida de Miguel. Se quedaron mirándose a los ojos. Otra vez Vicent se quedó mudo y tuvo que ser Miguel el que hablara.

–¡Cabrón, como me sigas mirando así me va a costar más despedirme de ti que de mi hermana!

–Soy un cabrón feliz y contento de ver a Adela y Robert juntos, yéndose a vivir juntos. Pero triste al verte partir.

–¿Quieres que llore?

–Lo vas hacer y yo también. En cuanto arranque el coche.

Se dieron un abrazo enorme, intenso, con lágrimas en los ojos. Ambos sabían que era el último abrazo que se daban y querían que dejase una huella. Así me lo definió Miguel más tarde cuando ya estábamos en ruta.

Medio llorando, Miguel añadió:

–¡Joder! ¿Cómo os puedo querer tanto? A mí me convencisteis para meterme en esto por dinero. Me habéis dado más de lo que pedí. ¡Sois unos jodidos ladrones! Además de dinero a los bancos a mí también me habéis robado el corazón.

Con esas palabras fuimos los cuatro los que nos pusimos a llorar. Se volvieron a abrazar Miguel y Vicent. Robert y yo nos incorporamos al abrazo y formamos un montón de cuerpos y brazos, como si fueran un único cuerpo.

Cuando ya subíamos al coche, Vicent dijo:

–¡Miguel!

–¿Qué, Vicent?

–Te quiero.

–Y yo a ti.

Cuando al fin arrancó el coche volví a llorar. Enseguida me di cuenta que mis compañeros de viaje también lo estaban haciendo. El primer correo que me escribió Vicent me dijo que él se quedó un buen rato llorando antes de poder regresar a casa.

40. VICENT

Un par de horas más tarde de la partida de mis amigos llevé el ciclomotor de la empresa a un descampado. Cuando regresé a casa hice un par de llamadas, para comprobar que todo estaba preparado en Lubián. En un rato me subiría a mi coche para un largo viaje hasta la comarca de La Sanabria. La firma de la compra de mi futuro albergue me esperaba. Tenía que arreglar unos detalles con el propietario.

Al día siguiente iríamos al notario. Tenía por delante un largo viaje lleno de paradas. Debía visitar muchos contenedores en un buen montón de municipios, Todos ellos de otras comunidades autónomas que se atravesaban en la ruta. Tenía que seguir deshaciéndome de los restos de los datafonos desmontados, los teléfonos móviles, las tarjetas de crédito y débito, la despiezada máquina de contar dinero y de todos los cuadernos que usamos para ejecutar La Locura.

Si hasta ahora el trabajo había sido muy intenso y costoso, ahora empezaba de verdad el mío. Tenía mucho que hacer por delante. Y empecé a anotarme:

–Limpiar mi casa a fondo como hicimos con la de Miguel

–Planificar la reunión con los empresarios.

–Planificar las relaciones con la policía. Para empezar, tenía que provocar que me encontraran.

–Escribirme con Raúl desde un locutorio, para que coincidiera todo lo que los dos dijéramos a la policía.

–Preparar lo que tenía, y no tenía, que contar de mi relación con Miguel y con Ruth, destacando que ella era su única ayudante.

–Preparar toda la documentación a presentar a la policía, fabricando una nueva agenda escrita con distintos bolígrafos. En ella estarían los datos que podría aportar a la policía y que, quizá, me la pidieran.

Escribiendo estas notas levanté la cabeza y vi ante mí el cuadro de la Diosa Fortuna y exclamé con una sonrisa:

–Gracias Diosa por todo lo que nos has ayudado. Espero que sigas haciéndolo. Ahora te necesitaré todavía más.

Me quedaba otro capítulo muy importante, la improvisación. Ella me serviría para hacer frente a lo que la policía fuera descubriendo. Confiaba en mi capacidad de respuesta. Me daba miedo la confianza que los demás ponían en mí, pero no lo hacia la que ponía yo. Tenía que estar especialmente atento con eso, ya que era un riesgo que podía costarme muy caro.

3ª PARTE: EL DESMONTAJE

DEL 15 JULIO DE 2009 A FINAL DE SEPTIEMBRE DE 2009

1. EDUARDO

Me gusta mi trabajo. Me encanta hacer caer delincuentes de todo tipo, que creen que se las saben todas y los pillamos por sus "pequeños" delitos económicos.

Me gustaba lo que llevaba entre manos. Teníamos atado a un gran narcotraficante, que trabajaba en la zona de Algeciras, por sus errores a la hora de declarar a Hacienda sus posesiones. En un par de días iríamos a detenerlo, sólo esperábamos la orden del juez. Sonó el teléfono y la llamada no era la del juzgado.

—Inspector jefe García, venga a mi despacho inmediatamente.

No me gusta mi jefe. El comisario Pablo Mínguez es muy exigente y suele tener el don de la oportunidad para joderte las investigaciones. Su llamada en momentos como este, en el que estoy a punto de resolver un trabajo de varios meses, suele traer un cambio de caso y dejar el éxito a otros. Cada cual tiene sus habilidades y el Sr Mínguez es, para mí, un experto tocapelotas. Veremos dónde me manda esta vez.

Al entrar en su despacho con el correspondiente "Da su permiso" el comisario Pablo Mínguez sólo me dijo:

—García, aquí tiene un regalito vía Interpol —dijo mientras estiraba el brazo hacia mí con un fax.

Pude leer las dos primeras líneas: "Estafa millonaria con tarjetas de crédito. El origen de las emisiones procede de unas cadenas de tiendas radicadas en Valencia". Y, enseguida, se puso a hablar con una extraña sonrisa. ¡Bueno! Una sonrisa ya era extraña en la cara de mi comisario.

–Tenemos un buen paquete aquí. Un banco francés ha sido estafado con tarjetas de crédito. No saben si falsas, copiadas o con la información extraída del propio banco. El caso es que todos los cobros han ido a parar a unas pocas empresas radicadas en Valencia. Empiece a investigar sin hacer mucho ruido. Los franceses ya nos han mandado material más que suficiente. También han remitido un escrito de suplicatorio del juez francés, que lleva el caso allí, al juez español de guardia para solicitar una orden judicial. Te quiero en esto a tiempo completo. Tendrás que pasar lo que llevas a otros inspectores, dime a quién lo quieres pasar y yo te firmo el reparto.

Empecé a leer con detenimiento toda la documentación enviada. Mientras notaba la mirada del comisario sobre mí. Me sentía muy inquieto con su actitud, ya que no era habitual.

–Una cosa más, García. Este tema no puede trascender hasta que tengamos detenidos. ¿Quedan claros los motivos?

–Quedan claros, señor comisario.

–Le voy a ir buscando alojamiento en Valencia. Además, le cuento extraoficialmente que el comisario responsable de la delincuencia económica y fiscal de Valencia está a punto de jubilarse. Una buena y rápida resolución de este caso me permitiría hacer un informe favorable para que usted pueda ganar el concurso de esa plaza. Tendrá que hacerse cargo dela investigación como si usted fuera el comisario.

No me podía creer lo que estaba oyendo. Acaba de perder toda su importancia el caso de Algeciras y cualquier otro caso, excepto lo que tenía en las manos. Acababa de oír, por primera vez, algo agradable de boca del Comisario Mínguez. Con la pila de años que llevo en su comisaría, jamás lo he visto ni agradable ni agradecido. Aunque lo mejor de todo era que si conseguía ese puesto, lo perdería de vista.

No podía dejar pasar esta oportunidad. Me fui al despacho saqué toda la documentación del caso de Algeciras para dársela a mi segundo. Solo le dije que él llevaba el caso a partir de ese instante. Lo dejé con la boca abierta y me encerré para centrarme en mi nuevo trabajo.

Ya me conocían en mi unidad y sabían que sólo solía encerrarme cuando estaba trabajando en algo importante, y también cuando regresaba del despacho del comisario. Por una cosa o por otra, los de mi equipo sabían que había motivos para mi encierro y no me molestaron.

Al parecer habían clonado miles de tarjetas de crédito de un banco francés. Todos los cargos eran entre 48 y 49,95 euros, en casi todas las tarjetas emitidas en París. Todas de la misma empresa de tarjetas y del mismo banco. Todos los gastos hechos desde la ciudad de Valencia.

Les han estado sacando dinero varios días sin que se enterasen. Los estafadores eligieron el fin de semana previo a la fiesta nacional francesa, que caía en martes. Un período donde está casi todo cerrado en Francia y en el que las tarjetas se usan mucho. Todo perfecto para hacer el trabajito.

El hacker era extremadamente bueno. Hacer un agujero de ese tamaño en la seguridad de uno de los bancos más grandes de Francia o en la compañía de tarjetas líder en aquel país no lo hace uno cualquiera.

El banco francés ya se había puesto, extraoficialmente, en contacto con los bancos españoles donde se había ingresado el dinero y habían comprobado que en Valencia los datáfonos usados ya no estaban trabajando. Esto no me gustaba nada, ya que no podré pillarlos con las manos en la masa.

Puse, inmediatamente, a parte de mi gente a trabajar. Había que comprobar en el Registro Mercantil de quién eran esas empresas y dónde estaba su sede. Comprobaron la procedencia de los cargos y detectaron que tenían cuentas en al menos 8 bancos diferentes. Aquello parecía muy bien organizado.

Debía preparar el informe para el juez de guardia. El asunto era importante y no podíamos retrasarnos en intervenir. Era necesario registrar el domicilio social de las empresas y llevarse el material para analizarlo. Empecé a redactarlo.

Cuando estaba en ello, entró mi experto en seguimientos de propiedades y me dijo que, detrás de Zajolay (nombre del grupo de empresas propietaria de todas las cuentas), sólo había dos nombres. Uno de los nombres residía en lo que era el domicilio de la empresa. La sorpresa fue que el otro domicilio estaba en Madrid.

Aún no me había desplazado a Valencia y podría hacer una visita. Los datos personales de Ruth Rielves en el ordenador me indicaron que la visita, casi seguro, sería de cortesía. Comprobé que Ruth había presentado una denuncia por el robo de su cartera, en el que se incluía el DNI y el carné de conducir, hacía unos cinco meses.

El cuerpo me pedía ponerme ya en movimiento. Quería pedir de inmediato los permisos para el registro de las sedes, pero tocaba esperar. Tenía conocidos en las unidades de droga y crimen organizado y en la de delincuencia económica y fiscal de Valencia. No era la primera vez que trabajaba con ellos y sabía que me sentiría cómodo. Además, tenía que tratarlos bien si al final acababa siendo su comisario.

Ya era tarde y tenía que prepararme la maleta para trasladarme a Valencia, aun así me apetecía realizar una visita a Ruth. No estaría de más empezar por ella. Pensé que, poco antes de la cena, sería un buen momento para que estuviese en casa.

Al llegar al domicilio pude comprobar que el edificio era modesto. Mis sospechas se confirmaban. Comprobé que junto a los pulsadores del interfono aparecían los nombres de los residentes. En el 4º B aparecían Pablo y Ruth. Llamé.

–¿Es usted Ruth Rielves?

–Sí, yo soy. ¿Quién es?

–Soy Eduardo García, inspector jefe de la Brigada de delincuencia económica y fiscal de la Policía Nacional. Desearía hablar con usted unos minutos.

–Suba –dijo Ruth abriendo la puerta inmediatamente.

2

Una vez acomodados en el sencillo comedor de la casa, comencé el interrogatorio.

–¿Dónde ha estado durante los últimos cinco meses?

–Aquí. Trabajo en Madrid y vivo con mi novio en Madrid, ¿por qué?

–¿No ha ido usted a la costa para nada?

–No. No he tenido vacaciones. Y cuando tengo vacaciones tampoco suelo ir a la costa. ¿Dígame el porqué de este interrogatorio?

–Está usted relacionada con un hecho delictivo.

–¿Quién, yo? –dijo sorprendida–. ¿Qué se supone que he hecho?

–Varios delitos muy graves que la comprometen muy seriamente.

–¿Qué dice? Yo no he hecho nada. Ni en los últimos cinco meses ni en los últimos 26 años.

–Vamos a ver. Dice usted que no se ha movido de Madrid en los últimos cinco meses. ¿Hay alguien que pueda acreditarlo?

–Mi novio, con el que he dormido todos los días, y mi empresa donde no he faltado ni un sólo día a trabajar. También mis padres, que me han visto todas las semanas al menos un día, y un montón de amigos con los que hemos salido casi todos los fines de semana y...

–Pare, pare. Ya lo comprobaremos. Su novio no está en casa. ¿Tardará mucho en llegar?

–No creo, hoy es viernes y viene a casa en cuanto acaba en el gimnasio.

–¿Usted con o sin su novio ha viajado a Valencia últimamente?

–Yo no. Y, teniendo en cuenta que Pablo duerme conmigo todos los días, él lo tiene muy complicado de ir y volver en el mismo día.

–¿Su novio trabaja en Madrid?

–Sí, es funcionario de la Comunidad de Madrid.

Me rasqué la cabeza. Ya esperaba que no fuese Ruth la que estaba buscando, no daba el perfil de ser la delincuente estafadora. Desde luego, la denuncia presentada por ella no era falsa. Nadie se pone unas coartadas de ese calibre si no las puede demostrar. Llegó Pablo a casa y ratificó los datos que le había aportado Ruth. Sólo, para completar el expediente, pregunté:

—Disculpe Ruth; por casualidad ¿no le habrán robado recientemente su DNI?

—Síiiii —exclamaron a la vez Ruth y Pablo.

—¿No tendrá por ahí guardada la denuncia?

—Sí, la tengo. Me lo robaron en marzo, cuando estuvo de visita mi prima que vino precisamente de Valencia. Me robaron la cartera en el autobús cuando regresábamos cargadas de compras y lo denunciamos enseguida.

No leí la diligencia. La conocía perfectamente y no hacía ni una hora que la había leído. Le dije a Ruth:

—Guarde este documento como si fuera oro en paño. Es posible que la tengamos que volver a interrogar. No se preocupe, sólo la citaremos en calidad de testigo. Al parecer una persona se ha hecho pasar por usted, y con su DNI ha cometido un montón de delitos.

—¡Vaya por Dios!

En ese momento hice la pregunta que había provocado mi visita a Ruth:

—¿Pudo usted ver a la persona que le robó?

—No, no vi nada. Posiblemente me robaron cuando estaba contando mi prima, que se iba a vivir al extranjero con su novio. Estábamos las dos súper emocionadas cuando me lo contaba y aprovecharían ese momento.

—¿Entonces su prima no sigue viviendo en Valencia?

—No. Volvió allí para recoger sus cosas y se fue al pueblo de la madre de su novio. Me dijo el nombre del pueblo creo recordar que se llama Airole.

—¿Cuándo se apercibió del robo?

–Al llegar a casa. No, recuerdo que fui a buscar en el bolso y entonces fue cuando me di cuenta que no estaba la cartera.

–¿Y se fueron enseguida a denunciar?

–Sí, salimos a cenar con la prima de Ruth. Creo que fue idea de ella ir a cenar cerca de la comisaría, así denunciábamos y cenábamos más tranquilos –dijo Pablo.

–Pues en verdad su prima le hizo un gran favor.

Cuando regresé a casa comprobé en el ordenador que la prima de Ruth no se había ido al país origen de la estafa. Airole es una pequeña población del norte de Italia. No tenía nada que investigar en esa línea.

3

Me llevaban más ventaja de la que deseaba. Necesitaba moverme rápido. Me fui a Valencia inmediatamente. Mínguez ya había hecho las gestiones para que me asignaran el personal que quería de la Unidad de delincuencia económica y fiscal de Valencia. También me dejaron el despacho de su comisario, que estaba de vacaciones estivales. Sonreí imaginándome que sería el mío en un futuro no muy lejano. No estuve quieto durante el fin de semana. Moví todos los hilos que pude y conseguí estar preparado para intervenir el lunes por la mañana. La documentación presentada en el juzgado por una estafa de mucho dinero surtió efecto inmediato.

El 20 de julio, a las 8 horas y 30 minutos, nos presentamos en el domicilio de Miguel Escamilla. Conmigo venían 5 policías y el secretario judicial. No sólo tenía la orden de registro, sino también la de detención de Miguel. Estaba asombrado. No estoy acostumbrado a la impresionante velocidad que imprimen los dueños del dinero a estos procesos.

Nadie nos abrió la puerta. Me imaginaba que no pondrían facilidades. Siguiendo con el procedimiento habitual hice llamar a un cerrajero. Mientras esperaba su llegada y también durante el trabajo del mismo los vecinos empezaron a curiosear y hacer preguntas sobre lo que pasaba. El resultado para ellos fue el inverso. Aproveché para preguntar por Miguel, por las personas que habían visto por allí y por sus últimas actividades.

Me enteré de que, en estos últimos meses, Miguel había estado viviendo con una mujer rubia, alta y guapa. Esto había extrañado al vecindario, ya que todos ellos sabían que Miguel era homosexual. También habían visto puntualmente algunas visitas y las últimas dos semanas hubo mucho ajetreo en la casa. Me anoté que uno de los vecinos escuchó a un pelirrojo hablando con acento francés. No tuve mucho tiempo para indagar, ya que no le costó nada abrir la puerta al cerrajero. No era una puerta de seguridad. Nos encontramos un domicilio pulcro, aseado y que olía a lejía gastada con generosidad.

Pudimos comprobar que la limpieza no era la habitual de una casa. Solo encontramos las huellas dactilares de Escamilla en los libros de una pequeña biblioteca que tenía en su habitación. La limpieza se había realizado a conciencia. Ni una sola superficie lisa dejó de ser revisada. El viejo gotelé de las paredes tampoco nos ayudaba en el trabajo.

Limpieza de la buena. No dejaron ni un lápiz, ni un papel. Nada, por pequeño que fuera, donde encontrar una huella. No encontramos los ordenadores de la banda. Tampoco había maletas y apenas quedaba ropa de verano de caballero. Sólo la ropa de invierno. Hasta la colada estaba hecha, no había sábanas puestas en las camas, éstas estaban limpias y dejadas caer encima de ellas.

No me esperaba este contratiempo, Dejé vigilancia de paisano cerca de la entrada del patio. Las fotos ampliadas de los DNI de Miguel Escamilla y Ruth Rielves estaban en mano de los policías que dejé de guardia, aunque tenía claro que ellos dos no volverían a esa casa no podía descartar nada.

Ni habiendo reaccionado tan velozmente los habíamos pillado. Han sido más rápidos que nosotros. Esto no había hecho nada más que empezar. No me iba a detener por un pequeño contratiempo. Cuando llegué a la comisaría informé al juez instructor. Conseguí la orden de búsqueda de Miguel Escamilla y el permiso para pinchar su teléfono de casa.

Los ordenadores de la sanidad pública nos contaron el estado de salud de Miguel Escamilla. Había visitado, recientemente, el Hospital la Fe, un Centro de Salud cercano al hospital y dos entradas de urgencia en el Hospital General. Tampoco eran buenas noticias que, nuestro principal sospechoso, estuviera con medio pie en la tumba. Ahora se trataba de seguir sus pasos en hospitales o centros de salud. Si entraba en uno de ellos lo detendríamos.

Teníamos muy poco. Era muy preocupante que Escamilla estuviese tan grave. Sería difícil presionarle para que desvelase el resto de la trama. Había que seguir buscando pistas. Estaba claro que no me lo iban a poner fácil. Esta gente era muy profesional, pero en todo delito económico acabamos por pillar a los delincuentes siguiendo la pista del dinero.

Puse a varios agentes a investigar los locales desde donde, en teoría, se hizo la estafa. Me informaron enseguida todos de lo mismo: Un dependiente sin saber qué hacer, llamando a un teléfono móvil que siempre aparecía apagado. Para todos ellos la cara de la empresa era Ruth.

La toma de huellas en esos locales no nos había dado los resultados apetecidos. Todos los resultados eran de los dependientes o de instaladores de telefonía. Uno de los dependientes nos indicó que Ruth era alérgica al polvo y, siempre que entraba en la tienda, se ponía guantes. Parece ser que la alergia era a la policía más que al polvo.

Estaba claro que la falsa Ruth sabía dónde íbamos a buscar. Otra de mis obsesiones era encontrar los ordenadores utilizados por la banda. Seguían sin aparecer nada relacionado con la informática ni tan siquiera los datáfonos.

Al comprobar que todos los dependientes fueron contratados por la misma empresa de trabajo temporal, los llamamos inmediatamente. Tampoco nos aportaron nuevas pistas. La falsa Ruth era quien había hecho las gestiones. La sorpresa fue que habían efectuado el pago por el contrato de 3 meses de todo el personal. Ya habíamos encontrado un gasto del dinero estafado que no nos aportaba ninguna idea sobre lo sucedido. Era otra duda más ¿Por qué han pagado tres meses a unos trabajadores que solo han trabajado medio mes?

A la mañana siguiente, poco después de estar pinchado el teléfono, empezaron a entrar llamadas. Una era de la hermana de Miguel. Otro que no paraba de llamar era un teléfono móvil desconocido. Se comprobó que era de un tal Vicent Bru.

En los archivos de la policía, ni Miguel, ni la hermana, ni Vicent tenían antecedentes penales. Estaba buscando un hilo que poder seguir para desenrollar la madeja sin encontrar nada. Miguel era soltero y los únicos familiares directos que le quedaban eran: su hermana menor y un hijo de ésta, Juan, que tampoco tenían antecedentes.

Todo aquello era bastante extraño, nadie con antecedentes y una estafa millonaria. Algo no cuadraba. Sería cuestión de hablar con Vicent. Si insistía tanto seguro que tendría información interesante para nosotros.

4

Vicent contestó a mi llamada y me informó que trabajaba con las caras visibles de la estafa. Vino voluntariamente a la central para hablar conmigo.

–¿Cómo conoció usted a Miguel Escamilla?

–Me llamó él a mi móvil.

–¿Cómo consiguió su número?

–No se lo pregunté. Estoy anunciado en varios sitios y cuando me propuso un trabajo tan interesante para mí, no dudé en aceptarlo.

–¿En qué consistió su trabajo?

–Por una parte, localizar empresas en Valencia que estuvieran necesitadas de inversión económica para dar beneficio, y por otro lado, colaboración directa para la legalización de empresas mixtas y los trámites de legalización de las mismas.

–¿Si usted es un tasador?

–Esa es una de mis actividades. Si observa en mi tarjeta verá que pone también asesor financiero y empresarial. Soy arquitecto técnico y economista.

–¿Al parecer trabajó usted en exclusiva o casi en exclusiva para Miguel Escamilla desde que lo contrató?

–Disculpe, ¿me está acusando de trabajar? Si me está acusando de algo, o pretende inculparme en algo, creo que debería hacerme estas preguntas delante de un abogado.

–No está usted imputado por nada. No obstante, tenemos que aclarar el grado de cercanía a unas personas que han cometido un delito muy grave.

–Pues trabajé, casi en exclusiva, para el grupo de empresas cuya cabeza visible era Don Miguel Escamilla, a cambio de una significativa cifra económica que consta en el contrato que firmé con él. Le aseguro que no cometí delito alguno. Puedo demostrarlo fácilmente, ya que el eje principal de mi trabajo quedó plasmado en la notaría Muñoz-Gil de Valencia.

Vicent estaba aportándome, por fin, una información importante. Iba tomando nota de todo lo que me decía. Lo noté preocupado y a la vez muy seguro de sí mismo. Era lógica su preocupación sabiendo que había un delito de por medio. No tenía pinta de delincuente.

–¿Le indicó el señor Escamilla a qué empresas debía dirigirse?

–No. Las busqué yo. Conozco el sector empresarial valenciano, que no se ha visto directamente implicado por la crisis del sector inmobiliario o que, si se ha visto, ha sabido salir bastante airoso del tema.

–Por lo que me dice hay un grupo de empresas involucradas en la trama.

–Si se refiere a las empresas que manejaba el señor Escamilla, son las empresas mixtas dependientes del capital aportado por la empresa matriz que está radicada en Uruguay.

–¿Se refiere a Zajolay?

–Sí, Zajolay es la uruguaya y aquí está Zajolay Moda SL, que es la matriz de las empresas mixtas con las que trabajaban las distintas franquicias. Yo me encargué de la legalización de todas.

–No me refería a esas empresas, me refiero a las que mencionó usted y a la notaría... ¿Cómo dijo?

–Muñoz-Gil. ¿No saben nada de los negocios del Sr. Escamilla?

–Por eso le estamos interrogando. Queremos saber qué hizo el Sr. Escamilla con esas empresas.

–Pues me contrató para invertir y así lo hizo. Zajolay se convirtió en socio inversionista de ocho empresas de la Comunidad Valenciana. Todo el trámite se hizo en la citada notaría. Yo dispongo de borradores de los contratos firmados. Los originales se los quedó el Sr. Escamilla y los distintos empresarios. Lógicamente el Sr. Muñoz les podrá confirmar todo lo que les digo.

–¿Podría decirme aproximadamente cuánto dinero invirtió Zajolay?

–Y sin aproximaciones también. Invirtió exactamente 10 millones de euros.

A uno de los policías que me acompañaban en el despacho se le escapó un silbido. Me quedé mirándolo fijamente para que Vicent no viera mi cara de pasmo por lo que acababa de revelarnos. Ese fue el momento que aprovechó Vicent para preguntar.

–Entiendo su preocupación, pero entiendan ustedes la mía. ¿Qué ha pasado con el señor Escamilla?, ¿por qué lo buscan?

–¿Por qué lo buscaba usted?

–Porque me contrató para hacer unas gestiones y esperaba seguir trabajando para él. Los contratos firmados requerían una supervisión de los gastos que podían hacer las empresas para su funcionamiento. Como conocedor de todo el proceso esperaba seguir trabajando en Zajolay.

–¿Cuándo vio al señor Escamilla por última vez?

–Cuando terminamos de firmar los contratos. Me dijo que se tomaba unos días de descanso y que ya me llamaría él. Ese día le vi muy desmejorado.

–¿Cuándo firmaron los contratos?

–Los contratos se firmaron... a ver, fue miércoles y jueves... los días 15 y 16 de julio, la última vez que lo vi fue el 16 sobre las siete y media de la tarde. Me estoy imaginando que el señor Escamilla hizo algo ilegal. Quisiera que me lo confirmaran.

–El señor Escamilla está acusado de una estafa a gran escala.

–¡Ostras! ¡Si pagó a todos los empresarios! Todos me informaron que las transferencias fueron correctas y que ya habían efectuado los pagos. A los empresarios no les estafó.

–¿Qué es eso de los pagos?

–Le explico. Don Miguel me pidió que contactara con empresas que pudieran dar beneficios, preferiblemente que se vieran apuradas por las deudas con los bancos. La inversión se hacía a cambio de saldar todas las deudas con bancos, con proveedores y con los trabajadores. A cambio Zajolay se quedaba con una parte proporcional de los beneficios durante unos cuantos años.

–¿Quiere decirme que Zajolay tiene unos derechos sobre esas empresas, que es copropietario de ellas?

–Tiene derechos económicos, es socio inversionista no socio capitalista. No es copropietario de las empresas para nada.

Me quedé pensativo. Acababa de darse un giro de 180 grados en la investigación. Ahora sabíamos dónde estaba la mayor parte del dinero. Tocaba hablar con los ocho empresarios. No quería tener a Vicent Bru por en medio. Ya le pediría al notario la información de los contratos, de las empresas involucradas y de sus representantes legales.

–Bueno, Vicente, perdón Vicent. Gracias por la colaboración. Le volveremos a llamar.

–Solo una cosa, a mí me dijo Escamilla que el dinero de la inversión procedía de un grupo de empresarios argentinos y uruguayos. Por lo que me dice imagino que no sería dinero limpio.

–Imagine lo que quiera. El dinero no vino de Sudamérica, no estoy autorizado a decirle nada más.

5

Mientras unos agentes fueron a la notaría a por los datos de las empresas, yo fui a casa de la hermana de Miguel. Quizá sacaríamos de ella algo de información sobre el destino del resto del dinero.

La hermana de Escamilla fue muy amable al trato desde el primer momento. Era una mujer mayor que pasaría desapercibida en cualquier investigación.

–¿Es usted Ana Escamilla Vanacloig?

–Sí, yo soy. ¿Qué sucede?

–Somos de la unidad de delincuencia económica y fiscal de la Policia.

–¡Hay Dios! ¿He hecho algo malo?

–No, no es eso. ¿Sabe dónde está su hermano?

–No. Ya hace tiempo que no lo veo y que no sé nada de él.

–¿Cuándo lo vio por última vez?

–Hace dos semanas. Casi todas las semanas comíamos juntos una vez. Un día me llamó, me avisó de que se iba fuera a una reunión de negocios y que ya me llamaría cuando regresase, y desde entonces no sé nada más de él.

–¿En todo este tiempo se veían sólo una vez por semana?

–No, a veces lo tuvieron que ingresar, en ese caso lo veía también en el hospital.

–¿Qué enfermedad tiene?

–Una de nombre muy raro, síndrome... no sé qué. El caso es que degenera en leucemia.

–Necesitará tratamiento y cuidados. ¿No le ayudaba usted?

–Sí, ya sé que soy la persona más cercana de su corta familia, pero no quería que lo ayudara yo.

–¿Quién le ayudaba?

–La Ruth esa que lo acompañaba a todos los lados, una jovencita rubia muy repintada.

–¿Ruth no es de la familia?

–No ¡qué va! No sé si era su socia o qué era, el caso es que en cuanto apareció en su vida, Miguel nos hizo a un lado.

La sensación del odio que le tenía a la falsa Ruth se notaba en el ambiente. No mentía.

–¿Cuándo apareció en su vida?

–Hará unos cuatro o cinco meses.

–¿Cómo fue?

–Pues un día que habíamos quedado en su casa para comer nos dijo que tenía una reunión de negocios por la mañana. Cuando volvió me dijo que no quería que volviéramos a la casa y que ya nos iríamos viendo.

–¿Qué clase de negocios?

–Ya me dirá usted, qué clase de negocios puede hacer un hombre de 73 años, que el único negocio propio que tuvo en su vida fue un bar y quebró.

–¿Quiere decir que usted sospechaba que los negocios eran ilícitos?

–Le digo que a mí me daba mala espina, los negocios y la Ruth. ¿Qué podía hacer? Lo que me dolía es que me estaban quitando a mi hermano –añadió Ana con un hilo de voz y a punto de llorar.

–¿Dijo que usted comía una vez por semana con su hermano?

–Sí, así es, venía a comer aquí. Yo le preguntaba por los negocios y él siempre me daba evasivas, y cada vez que venía lo veía un poco más cansado y un poco más desmejorado.

–¿No le sacó nada en claro?

–Sí. Que no quería que yo supiese nada de lo que llevaba entre manos. Que al parecer era un negocio de mucho dinero.

–¿Nunca le dijo de qué iba el negocio?

–No, lo único que le veía era las ínfulas que se daba de ser todo un señor empresario.

–¿En estos cinco meses no fue usted nunca a la casa de su hermano?

–No, no fui a la casa donde vive él, que no es su casa.

–¿De quién es?

–Es mía también. Era la casa de mis padres. Cuando montó el bar nos pidió a mi marido –en paz descanse– y a mí, un préstamo para montarlo. Nunca nos lo devolvió, y hace poco me hizo ir al notario para que el piso pasase a ser íntegramente mío. Me dijo que era la única forma de pagarme lo que me debía y que quería morir en paz. Lo que me pedía era el uso del piso hasta que muriera.

–¡Un momento, un momento! ¿Puede ordenar un poco los acontecimientos?, ¿Qué es lo que pasó primero?

–Sí, comisario, ahora le doy las fechas. ¡Juan, tráeme la escritura de la casa de los abuelos!

Delante de mí abrió la escritura y se puso las gafas. Tras ojearla un poco me dijo:

–La escritura la firmamos el 20 de marzo.

–¿La reunión de negocios fue antes o después de lo de la escritura?

–Poco después. Si llego a saber que se convertía en un empresario importante, no me habría pagado con el piso, me habría pagado con dinero. Yo así se lo habría pedido.

–¿Él ya sabía que se estaba muriendo cuando decide meterse en esos negocios?

–¡Claro! A mí me parecía una locura, y se lo dije, aun así, él no me hizo ni caso. Para mí que esa Ruth le había sorbido el coco.

–¿Cree que se enamoró de ella? –dije intentando pillarla en alguna mentira.

–Eso no, le aseguro que eso era imposible. Mi hermano en toda su vida sólo se ha enamorado de hombres.

–¡Mamá!, ¡no hables así!

–¡Juan, hijo, estoy delante de la policía! ¡No voy a mentir!

La interrupción de Juan hizo que los agentes que me acompañaban le pusiesen cara de pocos amigos, cosa que me vino bien para que no interrumpiera otra vez. Proseguí con el interrogatorio de la madre.

–¿Vio usted a otros miembros de la organización?

–Sólo vi a la Ruth esa un par de veces, que me dio muy mala espina, y a un señor que hizo turnos en el hospital en una de las recaídas de Miguel.

–¿Me los puede describir?

–Ruth es alta, rubia, con el pelo un poco ondulado, muy delgada, siempre muy coqueta y repintada, vestía ropa de marca y con una muñequera, de esas de jugar al tenis, en la mano derecha.

–¿Cómo de alta?

–Bastante alta, yo diría que más de 1,70.

–¿Y el otro hombre?

–También alto, más de 1,80. Completamente calvo, algo gordo y con una pequeña cojera. No nos llegamos a presentar y apenas cruzamos pocas palabras en los relevos. Todas relativas al estado de salud de Miguel.

–Bien, Ana, la dejamos tranquila de momento. Usted es hasta ahora una testigo de este caso, Es posible que la sigamos interrogando. Aquí tiene mi número de teléfono, por si se acuerda de algún dato que pudiera tener relevancia tanto sobre Ruth, como sobre cualquier otra cosa que no le pareciera normal. Por último, le pido que no se vaya de España sin avisarme.

–¿Dónde quiere que vaya con mi pensión de viudedad?

Comprobé los datos en la Seguridad Social de Miguel Escamilla. Casi toda su vida trabajó en la hostelería y durante 2 años y 8 meses cotizó como autónomo. Su hermana no me había mentido.

6

Con la lista de empresas implicadas, comencé a preparar entrevistas con los empresarios. Seguí el orden en el que habían firmado los contratos. Imaginé que tendría más cercanía a los hechos el primero en firmar.

–Don Diego Martínez.

–Sí, soy yo. ¿Es usted Don Eduardo García?

—Sí. ¿Tiene preparada la documentación?

—Aquí tiene el contrato de socio inversionista de Zajolay y la copia del mismo que le he hecho.

—Hombre, no era necesario.

—Quiero colaborar en lo que pueda con ustedes. No quiero que mi empresa quede manchada por nada. No he hecho nada ilegal.

—Se lo agradezco, señor Martínez. Me puede decir cómo llegó usted a ese acuerdo con Zajolay

—A través de un colaborador de Zajolay que es conocido mío, Vicent Bru.

—¿Fue él quien se puso en contacto con usted?

—Así es, es más, él me pidió ayuda para buscar otras empresas donde pudiera invertir Zajolay.

Los acontecimientos iban enrevesando cada vez más el caso. Todos colaboraron de una forma u otra en la estafa. Ahora había que descubrir al que engañaba y a los engañados. Hasta el momento todos tenían pinta de engañados.

—¿Por qué colaboró en localizar a otras empresas?

—No sé si ha leído usted las condiciones del contrato. Entre nosotros, es un chollo. Lo que hice fue llamar a otros empresarios, amigos míos, para que se apuntaran.

—¿No temió que fuera iilegal?

—Viniendo de Vicent, no. Es un tipo legal y nunca me ha fallado.

—¿No se cercioró de qué empresa era la que invertía en la suya?

—Como socio inversionista nunca se podía quedar con mi empresa. No me chupaban la sangre, como estaban haciendo los bancos. Además, todo apuntaba a que sería Vicent quien tendría la función de seguimiento y control de los acuerdos que están firmados en estos papeles. Una persona con la que da gusto trabajar. Nada que ver con esas sanguijuelas bancarias.

—¿El señor Bru le dijo que él sería el encargado de supervisar el cumplimiento del contrato?

—No llegó a asegurármelo nunca. Me dijo que, siendo el único que había negociado y el único que sabía el estado real de las empresas, tendrían que contratarlo a él. Era lo lógico y yo esperaba que fuera él. De no ser así no habría metido en este barco a otros amigos míos.

–¿Tampoco sospechó del chollo? ¡Nadie vende duros a cuatro pesetas!

–El chollo es que si la empresa va bien yo me salvo y ellos se forran y si la empresa va mal yo me hundo y ellos pierden el dinero. Entendí perfectamente que Zajolay buscase empresas en distintos campos. Si una se iba a la mierda no pasaba nada, ganaban con las otras. No eran duros a cuatro pesetas. Ellos podían perder medio millón de euros por un lado y ganar un millón por otro. Con los bancos, lo único que tenemos es que nos sangran a todos y punto.

–¿Usted conoce personalmente al resto de empresarios implicados en Zajolay?

–A bastantes, no a todos, alguno es un amigo de un amigo.

–¿No puso usted ninguna condición siendo el que daba la información sobre qué empresas iban a recibir la inversión?

–Mire –añadió Martínez sonriendo–, ya le dije que mantengo una buena relación con Vicent. He de decirle que, cuando ustedes se pusieron en contacto con él, nos avisó a todos de que Zajolay no era trigo limpio. Vicent no va engañando voluntariamente. Confío en él y esto era el negocio de un amigo.

Tras una pequeña pausa añadió:

–Lo único que le pedí a Vicent fue que las inversiones de Zajolay, en el terreno del transporte, fueran sólo conmigo. Que la bicoca no le llegara a mi competencia.

–¿Sabe que ha puesto en riesgo a su empresa?

–Ya he hablado con mi abogado y me ha dicho que mi empresa no me la pueden quitar. Que lo que está por dilucidar es quién se quedará ahora como socio inversionista, que eso lo decidirá el juez. El abogado cree que será la compañía de seguros la que se quede como socia inversionista y que entre tanto nombrarán a alguien para que compruebe que todo está en orden. Por mi parte estoy cumpliendo el contrato a rajatabla. Y por lo que sé las otras empresas también.

–¿Cómo lo sabe?

–Todos los empresarios afectados hemos decidido tener el mismo abogado. Todos seguimos sus indicaciones.

–Bien, señor Martínez, le dejamos tranquilo de momento. Usted es hasta ahora un testigo de este caso. Es posible que volvamos a interrogarlo. Aquí tiene mi número de teléfono por si se acuerda de algún dato que pudiera tener relevancia.

Me jodió la actuación de Vicent Bru. Yo lo dejé de lado y, siendo un tipo legal con los empresarios afectados, dio la cara. La putada para mí es que ahora están organizados y esperándome con toda la documentación limpia y en regla.

Me habría encantado poder prohibirle que los visitara, pero no era legal. En cualquier caso, demostró profesionalidad. De momento Bru es un tipo correcto al que usaron para hacerles el trabajo.

Cada día hay más interrogantes en vez de respuestas. ¿Para qué metieron el dinero en estas empresas? Los franceses ya nos han dicho que el dinero estafado ronda los 12 millones de euros. ¿Por qué metieron 10 millones en empresas si saben que no van a poder recuperar el dinero?

Y queda lo más significativo. Ya se han gastado el dinero. Era la primera obligación que tenían los empresarios en el contrato. Ni puedo seguir la pista del dinero para encontrar a los estafadores ni puedo recuperarlo ¡Vamos bien... jodidos! ¡La madre que los parió!

7

En los días siguientes empecé a impacientarme. Todo eran bucles. Si seguíamos la pista del dinero, esta moría en las empresas o en los pagos de los contratos que Zajolay había firmado. Si seguíamos los interrogatorios siempre volvían a Miguel Escamilla y a Ruth Rielves. No había nadie más. Los bancos afectados confirmaron los datos aportados por Bru. Para colmo de males me encontré otra sorpresa. Habían donado dinero a varias ONG. Estaban devolviendo, por correo ordinario dirigido a la casa donde vivía Escamilla, los contratos que habían firmado con Zajolay.

Habíamos conseguido del juez la orden para que nos entregasen la localización de los tres móviles de Zajolay desde su contrato hasta la actualidad. Nos confirmó la empresa que desde el día posterior a la firma de los contratos no había ningún movimiento de los móviles y que estos permanecían apagados.

Del seguimiento de las localizaciones descubrimos el movimiento incesante de uno de ellos al que le atribuimos el nombre de Ruth. Otro que era el que visitaba los hospitales al que atribuimos el nombre de Miguel y el tercero que llamamos Calvo.

No revelaban ninguna información significativa. Me sorprendió en principio que en la notaría donde se firmaron los contratos sólo estuviera el móvil de Miguel. Ruth se movía por los bancos y Correos, pero el otro usuario del móvil permanecía en la sombra. Era evidente que no quería ser localizado.

Visité varias veces a Ana, a Vicent y a los empresarios. No encontré una sola contradicción entre ellos, ni actitudes ni movimientos sospechosos. Bru era un tipo muy organizado y tenía agendados todos los pasos de su trabajo. Al parecer Escamilla lo contactó a la semana siguiente de la firma de la cesión de la casa a su hermana. Lo que parecía una estrategia de la organización para evitar que le incautasen la casa tras la estafa.

Incluso interrogué por separado a Juan, el hijo de Ana:

–Juan, ¿cómo era la relación con tu tío Miguel?

–No había relación con mi tío Miguel.

–¿Cómo dices?

–Que no nos hablábamos.

–¿Y eso por qué?

–Por incompatibilidad de caracteres, de sexualidades, de ideologías. Éramos incompatibles en todo.

–Se verían alguna vez, ¿no?

–Sí, nos veíamos en alguna comida familiar que normalmente me sentaba mal. No soporto su presencia.

–¿No exagera? Le recuerdo que estamos investigando una gran estafa y, si luego se comprueba que usted ha salido beneficiado en algo, estas exageraciones le pueden perjudicar.

Juan se quedó callado un momento. Vi que le ponía nervioso esa actitud de poli bueno que tenía con él. Parecía que se estaba pensando algo y de repente añadió:

–Sí, he salido beneficiado con toda esta movida. He perdido de vista a mi tío y posiblemente no lo vuelva a ver nunca más. ¡No se puede imaginar cuánto me alegro!

–Pues ya que no me lo puedo imaginar, cuéntemelo usted.

–¡Odio a los homosexuales, me dan asco! En el caso de mi tío, además también siento vergüenza. Me duele tener un familiar cercano maricón. ¿Se lo puede imaginar ahora?

–Dejemos la relación con su tío de lado. Según nos consta, usted perdió su vivienda al no poder pagarla.

–Así es. La vivienda, que era de mi novia y mía, la compramos a medias. Cuando perdí mi trabajo y ella el suyo, ya no pudimos seguir con los pagos y el banco se la quedó.

–¿Ya no siguió con su novia?

–Los problemas económicos nos afectaron mucho. ¡Cómo le diría yo! Cuando tu novia se pone borde por la pasta, y empieza a joderte con lo de buscarte un empleo de lo que sea y tú le contestas de la misma forma, acabas hartándote. –Aquí Juan empezó a ponerse rojo y añadió–: Aunque he de decirle que fue ella la que se hartó de mí antes. No hace falta que se lo pregunte a ella.

Juan era un libro abierto. Cuando la rojez en la cara me daba que pensar, inmediatamente me dice sus razones para haberse puesto rojo. No tiene la pinta de delincuente y no lo veo colaborando con su tío en nada.

–¿No le quedaron deudas con el banco por lo de la vivienda?

–¡No, qué va! Mi tío el millonario las pagó todas.

–¡Juan! Esto no es una conversación entre amigos. Aquí no debe hablar en broma. Si lo que dice es cierto, qué datos nos puede aportar.

–No quedaron deudas. Cuando me quitaron, mejor dicho, nos quitaron la vivienda, el valor de la misma era suficiente para compensar lo que nos faltaba por pagar.

El rubor en la cara de Juan podía ser achacado a tener que hablar de su ruptura, a la reprimenda que le habían pegado o a que mentía. No necesitaba indagar más. Iría al banco al día siguiente, y me enteraría si quedaba algo pendiente de pago de aquella vivienda. Seguí con las preguntas de rutina.

–¿Y ahora cómo te ganas la vida?

–Estoy en el paro. Se me acabó el tiempo que me daban para cobrarlo. Ahora tengo la subvención esa de 400 euros.

–¿De qué trabajabas?

–Trabajaba en la construcción y tengo carnet de conducir C1.

–¿No has vuelto a trabajar en nada?

–De cuando en cuando, tengo algún contrato de sustitución para repartir frutas y verduras por centros de la tercera edad de Valencia. Sólo dos meses en los últimos dos años y pico. Una mierda, vamos.

–¿Vives con tu madre?

–Es el único sitio donde puedo estar. Así, entre su mierda de pensión de viudedad y mi mierda de 400 euros de indemnización por el paro, vamos tirando.

–¿Con ella no te llevas mal?

–No, ella es lo mejor que me ha pasado en esta vida. Ahora yo la necesito mucho, aunque ella me necesita a mí aún más. Desde que su hermano la dejó de lado se apoya más en mí. Sólo le quedo yo.

El director de la sucursal bancaria, donde me dijeron que tenían las cuentas bancarias, me informó que no había ni hipoteca ni órdenes de embargo relacionados con Ana Escamilla y su hijo. No me gustó la actitud del director de la sucursal que casi se burlaba de mí. Lástima que no pueda acusarlo de nada. Yo tengo una jodida y enorme hipoteca y a mí tampoco me agradan ellos. Ya me gustaría trincar a uno de estos sinvergüenzas sacadineros.

8. ROBERT

Para: Luisa(luisa.collad45@hotmail.com)
De: jeanne.duprex@yahoo.fr
Arlés, 2 de agosto de 2009

Buenas noches Vicent! Te escribimos hoy domingo que estamos más tranquilos y menos ocupados.

La vieja casa de mi familia ya está con las obras muy avanzadas. Ha cambiado mucho por dentro, y casi nada por fuera.

Nos hemos metido de lleno en la obra: Nos han terminado de poner un pequeño montacargas en medio de la nueva escalera. Nos estamos gastando mucho dinero, pero eso es algo que no nos preocupa lo más mínimo.

Hemos tenido la suerte de que, en el período que estuvimos en España, las obras han continuado a buen ritmo. La vivienda superior estaba casi habitable. Es donde vivirá Jeanne. Ahora ella está todavía en casa de su hermana a las afueras de Arlés.

Nosotros teníamos previsto en un principio quedarnos a dormir en ese segundo piso "casi habitable" Con la presencia de Miguel todo ha cambiado. Mientras no esté en funcionamiento el montacargas, es una locura que un anciano enfermo viva allí. Soportar los ruidos, polvo y golpes de una obra no era agradable para nadie.

Como no tenemos "problemas económicos" para pagarnos otro alojamiento hemos alquilado un pequeño apartamento cercano al caserón para acomodar a Miguel y, de paso, nosotros nos hemos instalado con él. En cambio, para nuestro entorno, es como si sólo hubiésemos llegado de viaje Adela y yo.

Nos viene muy bien. De esta forma podemos ir y volver con facilidad. Por una parte, no queremos dejar desatendido a Miguel en ningún momento. Por otra, a mí me interesa que se me vea mucho por la tienda.

En el piso alquilado le hemos dejado a Miguel la habitación más luminosa, tiene todos tus libros, y puede escuchar música. Adela lo está cuidando todo lo que puede. El problema son las medicinas que sólo se pueden obtener con receta. Cuando se acaben las que nos trajimos de Valencia no sé lo que nos durará Miguel.

Nos ha dicho que se siente como un niño pequeño, al que sus padres le dicen lo que puede y no puede hacer. Le hace gracia y le encanta recibir tanto mimo y cuidado doméstico. Su momento más feliz del día son las cenas, con nosotros e incluso con Jeanne. Nos pregunta mucho por los avances en las obras.

Aprovecho esta carta para comentarte dos sucesos relacionados con nuestra entrañable Locura. En primer lugar, el viernes tuve visita de la Gendarmerie Nationale. Tuve la fortuna de que Adela estaba atendiendo a Miguel y no pudieron notar su acento español. Vinieron a preguntarme por mi trabajo en Carte Bleu. Te hice caso y contesté enseguida a las preguntas que me hacían. No demostré dudas en mis respuestas.

En segundo lugar, que me llamaron desde París los investigadores informáticos de la Policía para preguntarme cómo guardaba los datos de las tarjetas. Les expliqué el proceso con detenimiento, con una excepción. La información también entraba en un lápiz de memoria de mi propiedad. Al parecer no se fían ni de quien me sustituyó.

Volviste a acertar en tu previsión de que vendrían a interrogarme. Estamos de suerte. Nos está saliendo todo. No sé si es tu dedicación a todos los detalles o si la Diosa Fortuna, de la que te gusta hablar, nos tocó con su varita. Ahora puedes tener bien claro que la prueba en Arlés ha sido superada.

De todas formas, la visita que me ha hecho la policía implica que vamos a activar otro de los protocolos previsto por ti. Mañana empezamos a preparar a Miguel por si llegaran a detenerlo.

Un abrazo muy grande. Y otro del par de locos con los que habito.

9. CHARLES

En la vida profesional de un policía suceden cosas muy diversas. Solemos hablar de las peligrosas, aunque también las hay curiosas. El mejor ejemplo de estas últimas es que me habían pedido desde París que interrogase a Robert Dupré.

Lo conocí de pequeño cuando venía a la Comisaría a ver a su padre. Recuerdo con tristeza la última vez que lo vi. Estaban él y su hermano escoltando a su madre. Fue en el entierro de Armand. El jefe con el que mejor me he llevado y del que más he aprendido.

Se suponía que Robert podría ser un estafador informático. Me costaba creerlo. Armand siempre hablaba bien de él, el chico bueno y aplicado en sus estudios. Robert destacaba por su civismo y por su timidez. No encajaba para nada en ningún hecho delictivo. De su hermano no me fiaría tanto. De jovenzuelo demostró ser un gamberro y un borrachín. Menos mal que sentó la cabeza cuando se casó con una muchacha suiza.

Fui a verlo a casa de su madre y me encontré con todo el caserón en obras. Allí lo vi hablando con los obreros. Al vernos le saludé y él me llevó a un lugar menor ruidoso.

–Tengo que hacerle unas preguntas relacionadas con un hecho que sucedió en París hace unos días.

–Sí, dígame ¿Qué ha ocurrido?

–¿Dónde ha estado usted desde que dejó de trabajar en Carte Bleu?

–En cuanto liquidé lo del alquiler del apartamento donde vivía y resolví unos asuntos económicos en el banco me vine de París aquí. No llegué a estar un mes en París.

–¿No se movió de aquí?

–Durante estos meses hemos estado de obras. Esto que ve antes era una sola vivienda, ahora son dos viviendas y una tienda. He estado haciéndome cargo de la supervisión de las obras y de todos los trámites administrativos para la legalización. Prácticamente no me moví de aquí.

–¿No regresó a París ninguna vez?

–¿A París?, ¿a qué?, ¿dónde iba a dormir? Cuando me fui de Carte Bleu decidí venirme a la vieja casa de mis padres y hacer esta transformación para trabajar aquí.

–Por lo que dice esta obra costó mucho dinero. ¿Ha pedido usted dinero a alguien para hacerla?

–No, no quiero saber nada de bancos. He trabajado en el entorno de ellos mucho tiempo y prefiero evitar el pedir prestado. En esta obra he invertido la indemnización por el despido y el dinero que tenía ahorrado. Bastante dinero, ya que mi ex mujer me pagó la mitad del piso. Fue por movilizar ese dinero por lo que me quedé en París un poco de tiempo antes de venirme. Le aseguro que acabé harto de la capital y que no tengo ganas de ir a ningún otro sitio.

–¿Tampoco fue a España?

–No. Sí que hice alguna escapada a Marsella. No fui a España. ¿Se puede saber por qué me están interrogando?

–Le estamos interrogando a usted porque nos lo pidieron desde París. Hay una investigación en marcha por un hecho delictivo y tenemos que descartar posibles sospechosos.

–No sé por qué puedo ser yo un sospechoso ¿Porque me fui voluntariamente de Carte Bleu? Fue una baja incentivada. La solicité ya que, como me daban bastante dinero, tenía la posibilidad de montarme un negocio en el lugar donde quería vivir.

–Si no le importa continuaré, ¿puede usted demostrar que ha estado aquí todo el tiempo?

–Lógicamente puede hablar con mi madre, y con los trabajadores de la obra y... ¡sí!, puedo presentarle todas las solicitudes de permisos de obra, de ocupación de vía pública, de reforma del local.

Se fue al interior del local y volvió con una carpeta polvorienta donde había dejado todos los papeles que demostraban que casi todo el tiempo había estado allí.

–Ahí puede ver que firmé todos los documentos y las fechas en que los hice. También puede hablar con el jefe de la empresa constructora, hemos tenido unas cuantas reuniones en estos últimos meses. Y ahora, ¿puede ya decirme por qué me interroga?

–Es un hecho delictivo relacionado con tarjetas de crédito, por eso investigamos a cualquier persona relacionada con Carte Bleu en los últimos meses. Usted es un posible sospechoso por ser extrabajador de la empresa.

–Pues le puedo decir que, tras mi último día de trabajo, me fui de fiesta. Me hicieron un favor. Eso me ha permitido empezar una nueva vida aquí, en mi Arlés natal, con mi novia y mi madre. Ellas están ayudándome en todo. No estoy disgustado con Carte Bleu para nada y no les deseo ningún mal. Ha sido parte de mi vida y de mi aprendizaje. Y ahora soy un hombre feliz, contento de su nueva vida.

Cuando regresaba a mi despacho recordé aquel multitudinario entierro. Estaba lleno de policías y los más allegados estábamos muy cerca de ellos. Creo que esa fue la última vez que lloré por alguien.

En mi informe indiqué que no era posible que Robert Dupré hubiese estado implicado en el asunto. Me quedé tranquilo. No trató de ocultar nada. Me hizo recordar a su padre. No sólo por su aspecto físico. Un hombre que sabía lo que quería y ponía toda su energía en ello.

Fotocopié todos los documentos que me dejó y mandé a un compañero a que se los devolviera.

10. VICENT

Para: jeanne.duprex@yahoo.fr
De: Luisa(luisa.collad45@hotmail.com)
Valencia, 4 de agosto de 2009

¡Buenos día,s chicos!
Me alegro mucho de que esté superada una prueba peligrosa. Cuando hayáis preparado a Miguel me vais contando cómo va todo. Hoy he venido a ver a mi madre y os estoy escribiendo desde su casa. Estoy convencido de que me siguen y que tengo pinchado los teléfonos. No se os ocurra llamarme ni al fijo ni el móvil. Estos correos son el único medio seguro.
Procuraré venir a menudo a ver a Doña Luisa y así nos mantendremos en contacto. A ella le he dado de alta con otro correo.

Para usarlo me suele pedir ayuda y, de paso, uso yo un ordenador que conozco perfectamente, ya que es el que yo utilizaba antes en mi casa.

Mandé instalar una conexión ADSL a la compañía telefónica de mi madre. Ahora le estoy enseñando a usarlo. Mi madre lo acepta ya que, gracias a ello, está más tiempo conmigo. El que se haya aficionado a usar el correo está siendo la excusa perfecta para visitarla. No es nada sospechoso que un hijo visite mucho a su madre viuda.

Por aquí estoy haciendo nuevas amistades. En especial con Don Eduardo García, el inspector jefe de la policía que han asignado al caso. Últimamente parece mi sombra. No os preocupéis. Por su forma de actuar parece que no tiene nada y se está poniendo nervioso. En cualquier caso, ya sabíamos que me buscaría. Soy el nexo más cercano a Miguel y Ruth que tiene.

Estoy preparado para todos los interrogatorios que vengan. No os preocupéis por mí. Saldré adelante pase lo que pase. No descartéis que Eduardo llame a Adela para confirmar lo que sucedió con su prima. Es muy meticuloso y no dejará ningún cabo suelto. Lo más importante es, si tiene que declarar, que deje bien claro que su novio no sabe nada de informática y que vivís en Italia. Espero poder irme pronto a Lubián. Estoy convencido de que, si dejan que me vaya, es que me habrán descartado como sospechoso. Yo trataré de colaborar todo lo que pueda con ellos para que confíen en mí.

Un fuerte abrazo a cada uno de los tres.

Os quiero... y que Miguel se entere de este correo. Seguro que disfruta sabiendo que la policía está absolutamente despistada.

11. EDUARDO

–¡Buenos días, García! ¿Cómo lleva el caso? ¿Tenemos avances?

Mi comisario me llamaba antes de lo previsto. Debía ser yo quien le llamara. Se me adelantó. En Madrid debían tener mucha prisa por resolverlo y las noticias que les iban a llegar no eran precisamente buenas. Esperaba que las prisas fueran solo porque quisieran irse de vacaciones. Desgraciadamente era porque había cargos públicos muy interesados en la rápida resolución del caso.

–Mi Comisario, le informo que estoy ante el caso más loco que he tenido en mi vida.

–¿Qué problemas le han surgido?

–No son problemas. Nada más empezar a investigar descubrimos dónde se encontraba la mayor parte del dinero estafado.

–Entonces, ¿por qué no han empezado las detenciones?

–No es tan fácil. Los diez millones que hemos localizado son inversiones perfectamente legales y firmadas ante notario.

–En ese caso son los empresarios los que lo organizaron –afirmó el comisario.

–No puedo demostrar nada. Los estamos siguiendo y no hay conductas sospechosas. La inversión la hicieron los estafadores usando los servicios de un especialista. Los empresarios se conocían entre sí antes de la estafa con el único nexo de unión de que todos juegan al golf y suelen hacerlo juntos. No parece que exista otro.

–¿Qué ha averiguado de los estafadores?

–Que las caras visibles de la organización eran dos personas. Una un enfermo terminal que ha desaparecido y la otra, una mujer que ha estado usando una documentación robada. Al parecer se la robaron a una chica de Madrid con bastante parecido físico con la estafadora. Todavía no tenemos ninguna idea de donde pueden haberse ido.

–¿Y el especialista?

–Más raro aún. Un tipo muy recto. Sin antecedentes. Considerado en su entorno como una especie de místico enamorado del Camino de Santiago. No tiene la más mínima pinta de estafador.

–¿Tampoco tiene noticias de Francia?

–Sí, y tampoco son buenas. Siguen buscando el agujero por donde los estafadores sacaron los datos de las tarjetas. No lo encuentran.

–¿Y si el agujero no estuviera en el banco?

–También lo han contemplado. Están investigando en la empresa propietaria de las tarjetas y tampoco han sacado nada en limpio.

Los equipos informáticos del banco y de la empresa de las tarjetas son del más alto nivel.

–¿No será un trabajador interno el hacker?

–Lo están mirando también. Han seguido a todos e incluso a los que dejaron la empresa recientemente y no hay sospechosos.

–Vamos a ver García. En el ministerio se están impacientando. En Francia la prensa está machacando a la policía. Las presiones del banco francés, de su compañía aseguradora y del ministerio del interior son muy fuertes. Un agujero en la seguridad de este calibre ha puesto nerviosos a todos, no sólo a los afectados.

–Estamos haciendo todo lo que podemos –exclamé a la defensiva.

–¡No me venga con esas! Le voy a poner más medios. A cambio necesitamos resultados pronto. En especial antes de que la prensa local empiece a tocarnos las pelotas.

Con la intervención del comisario estaban poniendo a mi disposición policías de la unidad de delincuencia económica y fiscal de media España. Tenía que encontrar y resolver el punto que se les hubiese escapado a los estafadores.

Empecé por poner a los mejores fisonomistas a volver a revisar las cámaras de seguridad de los bancos. No sólo de donde habían sacado el dinero sino incluso de los más cercanos a las mismas horas en la que sacaron dinero para tratar de reconocer a algún empresario, a alguna otra persona que se repitiera, a algún familiar de Miguel Escamilla o a Vicent Bru. Esto nos sirvió para confirmar los movimientos que Ruth hacía acompañada de su móvil, pero nada más.

Volví a ordenar la revisión de huellas en la casa donde vivía Miguel. Esta vez extendida al rellano y a la escalera. Es poco probable que encontremos algo, pero tenía que intentarlo.

Necesitaba presionar a los implicados para sacar más información. De momento, los contratados en las tiendas me confirmaban que Ruth se llevó todos los datáfonos. Sí que habían dejado los ordenadores, lo que quiere decir, que luego tuvieron que volver a por ellos.

Dos de ellos me han dicho que vieron a un pelirrojo y a uno gordo con la cabeza pelada, que cojeaba un poco. Ambos iban con monos de trabajo y colocaban los carteles con los logos de las marcas que, en teoría, iban a vender. Ninguno de los dos relacionó a estos tipos con los empresarios, con los familiares ni con Vicent Bru.

Tenía que volver a hablar con él. Tenía que sacarle algo de su estrecha relación con Escamilla. Seguro que encontraríamos algo. Tenía que haber un hilo conductor que uniese a los estafadores con su imagen pública: El señor D. Miguel Escamilla.

Como si mi mente lo hubiese atraído, me llegó la excusa perfecta para ponerme en contacto con él. Uno de mis colaboradores llamó al despacho y entró con una gran sonrisa. Habíamos pedido al juez investigar las cuentas de todas las personas cercanas a Escamilla y en el mes de marzo salieron 70.000 euros de la cuenta de Don Vicent Bru.

12

Nada más llamarle me dijo que me recibiría en su casa. Que no venía él porque estaba acabando un trabajo en el ordenador.

Cuando llegué me recibió sonriente y en cuanto le solté lo de ¿Qué ha hecho usted con los 70.000 euros que saco del banco en marzo?, no perdió la sonrisa y yendo al mueble que se encontraba detrás de él, abrió una carpeta llena de documentos y me entregó el primero de ellos diciéndome ya verá cómo son y se las gastan los de los pueblos pequeños.

En mi mano tenía un acuerdo de compra venta de una edificación del municipio de Lubián en la provincia de Zamora. El comprador era Vicent Bru. La entrega a cuenta era de 70.000 euros y la fecha era de marzo, unos días después a la extracción del dinero en efectivo de su cuenta.

Cuando acabé de leer el documento se lo devolví y no esperó a que le preguntara. Enseguida empezó a hablarme.

–Le voy a dar una explicación detallada ya que veo que me están investigando. En marzo de este año pasaron muchas cosas en mi vida. Estaba harto de mi trabajo. No me apetecía seguir haciendo tasaciones, que era lo que más dinero me aportaba. Había pasado de hacerlas para compras de terrenos, fincas y naves industriales, a hacerlas para que los bancos se las quitasen a los que las habían comprado hacía pocos años. Además, estaba cobrando por mi trabajo la mitad de lo que hacía tres años.

–¿Qué tiene que ver eso con esa compra que usted ha hecho? –le interrumpí.

–A eso voy. Yo soy de los pocos que ganó dinero con el boom de la construcción, ya que vendí antes de que explotase la burbuja inmobiliaria. No gané mucho, ya que solo compraba y vendía los pisos de uno en uno. Supe vender en el momento adecuado. Espero que entienda con ello porqué disponía de todo ese dinero en mi cuenta corriente.

Tras asentir sin decir ninguna palabra, prosiguió. Me daba cuenta que esperaba que lo investigásemos. Ya tenía los papeles a mano cuando llegué. Había comenzado a interesarme su relato.

–Había decidido dejarlo todo e irme a Lubián a montar un albergue privado de peregrinos. Como verá en el documento privado de compra venta, este se firmó en dicho pueblo. Ceferino quiso que le pagará casi todo al principio y en efectivo. Era un chollo para mí. El edificio está junto a la trazada del Camino de Santiago, podré hospedar hasta 25 peregrinos a la vez y tendré que hacer pocas reformas.

–¿Cómo casa todo esto que me cuenta con su relación con Escamilla?

–Al poco de regresar de Lubián recibí su llamada. Era muy interesante su propuesta y yo tenía algo verdaderamente bueno que ofrecer a su proyecto.

–¿Qué tenía de especial?

–Como le he contado, yo me salvé de la quema de la explosión de la burbuja vendiendo a tiempo y no fui el único. Pude convencer a uno de mis mejores amigos que vendiera también. Tengo entendido que ya ha hablado con él, don Diego Martínez.

–Sí, lo he hecho. –Y seguí preguntándole-: ¿Qué tiene que ver con su relación con Escamilla?

–Mucho. Antes del crack, Diego informó a otros empresarios, a los que conocía por jugar al golf con ellos, que era el momento de vender. Bastantes de ellos le hicieron caso. Eso ha hecho que entre sus conocidos se me considere casi como un gurú de la economía. Comprenderá que, con ese buen cartel, lo que yo promocionase tendría muchas posibilidades de llegar a buen puerto. O lo que es lo mismo, a firmar los acuerdos que Miguel Escamilla deseaba que consiguiera.

–¿No deseaba usted irse a Lubián?

–Así era. Pero esto era un vuelco total a mi futuro profesional. Yo estaba harto de las tasaciones, no de Valencia, de mis amigos o de mi familia. Mi situación había cambiado de la noche a la mañana. Tenía la posibilidad de quedarme aquí, ganando más dinero que antes y haciendo un trabajo que me encantaba. Vamos, que si me toca la lotería no habría estado más contento.

Me quedé descolocado. La explicación era directa y contundente. Hechos y motivos que quitaban de en medio a Vicent Bru. Debí haber hablado más con él desde la primera entrevista. También es cierto que la gente tan colaboradora es, a veces, la que quiere esconder lo que ha hecho y enterarse de lo que hemos avanzado en la investigación. De momento, no tengo ningún argumento para culpar a Bru de nada. Volvió a dirigirse a mí.

–Don Eduardo, iba a llamarle para decirle que me quiero ir a Lubián. Ahora, con lo que he ganado en estos meses y con la casa ya terminada de pagar, quiero ir allí para reformarla y convertirla en albergue de peregrinos.

–¿Vuelve al primero de sus planes? ¿No quiere intentar ser el economista que controle el cumplimiento de los contratos? –pregunté con la intención de ver su respuesta.

–Después de lo que ha sucedido no. Por una parte, no me siento en condiciones de aprovechar en mi favor un error que he cometido. Ese no es mi estilo. Por otra parte, el cartel que tenía de clarividente económico ha dejado de existir. Es más, dudo que pueda encontrar ningún trabajo en Valencia con lo sucedido. Mi única alternativa es Lubián, donde nadie me asociará a esta estafa que usted está investigando.

Su respuesta encajaba con el perfil ético que había mostrado hasta el momento. No podía frenarlo. Así que le dije:

–Sí. Puede ir a cualquier sitio en territorio nacional. Pero debe permanecer localizable. Lubián cumple con los requisitos.

–No voy a cambiar de teléfono móvil y cuando empiecen las obras, si he de alojarme en algún hostal u otra vivienda, se lo haré saber.

Bru podía irse y entendía sus motivaciones, aunque yo había ido a verle por otros motivos.

–Antes de irse necesito que me cuente más cosas de Escamilla, de la falsa Ruth y de cualquier otra persona de la trama que haya conocido.

–¿Ha dicho falsa? ¿No se llamaba Ruth?

–Estamos convencidos de ello. Usó todo el tiempo un DNI robado.

–¡Vaya!

–Según el notario hubo una persona pelirroja que los acompañó en las firmas.

–Sí, es cierto. Me lo presentaron allí mismo. Me dijeron su nombre. Recuerdo que se llamaba Alain. Del apellido no estoy seguro. Me parece recordar que era Lebèc, pero no creo que importe. Imagino que será tan falso como el nombre de Ruth.

–¿Qué me puede contar de él?

–Poca cosa. Era el informático que se habían traído con ellos para realizar todas las transferencias. En los ocho acuerdos, las realizaron desde allí. Se notaba que tenía soltura con el manejo del ordenador. De su aspecto físico le podría decir que era alto, joven y que debería tener unos 30 o 35 años.

–¿Habló usted algo con él?

–Casi nada. Simplemente nos saludamos al entrar y salir de la notaría. Cuando paramos a comer, tanto el día 15 como el 16, yo me fui a comer con los empresarios que acababan de firmar, mientras que Miguel y Alain se fueron a comer con Ruth.

–También me dijo el notario que fue usted quien llevó la voz cantante por parte de Zajolay en la notaría.

–No voy a negar lo que dijo el señor notario. Yo había llevado las negociaciones con los ocho empresarios. Miguel me dijo que atara fuertemente los criterios económicos: No pasarme del gasto previsto, las inspecciones periódicas para comprobar resultados y los plazos de pago de los vencimientos. Los empresarios siempre buscaban en el texto de los acuerdos flexibilizar el control, pero yo defendía los intereses de mi empresa.

–¿Su empresa?

–Sí. Yo me sentía en aquel momento parte de Zajolay e intentaba demostrar al Sr. Escamilla mi capacidad para seguir trabajando con ellos y hacerme cargo del seguimiento y cumplimiento de los acuerdos.

Nuevamente Bru sabía reconducir las conversaciones como si fuera una partida de ajedrez. Me ofrecía un fallo al mencionar a Zajolay como su empresa para, a continuación, devolverme la justificación que me hacía verlo como un inocente. Con él existía una duda permanente entre el tipo legal que aparentaba y lo que podría esconderse detrás de su apariencia. No me terminaba de creer que un tipo tan organizado no supiera algo más. Por otra parte, si conocía a la falsa Ruth antes de su relación profesional no lo demostró. Se sorprendió al saber que no era su nombre. Pensé en que él, habiendo visto muchas veces a los dos implicados, podría darme más información.

–Cuénteme más cosas de Escamilla y de la falsa Ruth.

–¿Que quiere saber de ellos?

–Cómo eran, sus gustos, su forma de relacionarse, cualquier cosa que recuerde. Necesitamos encontrar nexos de unión con el resto de la banda.

—Como ya les dije, Ruth, o como se llame, mantuvo las distancias conmigo desde el primer momento. No es que yo intentase ligar con ella, ni mucho menos. Me pareció que, siendo una mujer alta y atractiva, la habrían intentado seducir muchas veces y prefería no dar pie a nadie. Yo demostré todo el tiempo que estaba allí para trabajar y nada más. Ella siempre se mantuvo distante, cosa que yo respeté. Me interesaba sobremanera el trabajo y no una mujer bastante más joven que yo. Siento no poder ayudarle con respecto a ella.

—Hábleme de Escamilla.

—Él se comportó muy diferente. Cercano, chistoso, te hacía reír con sus tonterías y su imaginación. Mantenía un ambiente distendido, en el que era cómodo trabajar. Nos veíamos casi todos los días bien un rato o, a veces, mucho, en función de lo que tenía que contarle. Se me hacía corto el tiempo a su lado.

—¿Percibió o le dijo Escamilla que era homosexual?

—Lo percibí enseguida. Tenía formas de moverse y de comportarse en las que mostraba sus gustos sexuales. Para mí no fue ningún problema. Tengo buenos amigos homosexuales. Imagino que Miguel Escamilla apreció favorablemente que mi trato con él estuviese exento de homofobia.

—Hay otra duda que me ha extrañado desde el primer momento ¿Por qué fueron 10 millones de euros exactos?

—Esa fue la cifra que me pidió Miguel Escamilla que alcanzara. No se la cuestioné. Imaginé que era lo que tenían previsto invertir.

—¿Cómo consiguió cuadrar la cifra?

—La cuadré a la baja. En la última de las empresas que acordé, no pude alcanzar la eliminación del 100% de las deudas. Me habrían hecho falta unos 85000 euros más. El empresario estaba tan interesado en el socio inversionista que vendió un coche de alta gama y un garaje para poder cubrir el agujero y, así, poder empezar desde cero. Lo podrá comprobar en la documentación que dispone ya que es la empresa en la que Zajolay se quedaba el menor porcentaje de beneficios.

Conforme más hablaba con este hombre, mayor era mi sensación de que era muy inteligente y que sabía lo que quería en todo momento. A mí me dejaba sin argumentos para intentar sacarle algún comportamiento delictivo ya que colaboraba con nosotros abiertamente. Tendría que saber más de su vida privada. Quizá sacaría más información a través de las personas con las que se relacionaba.

–Volvamos a Escamilla. ¿Le llegó hacer alguna proposición?, ¿quiso quedar con usted fuera de la relación laboral?

–No. Nunca. Era una persona bastante más mayor y creo que a su edad los impulsos sexuales no deben ser demasiado fuertes. Además, su delicada salud no daba para fiestas.

–¿Cómo sabe que estaba delicado de salud?

–Tuve muchos signos. Las veces que estábamos a la vez Ruth y yo con él, ella siempre acababa las reuniones recordando a Don Miguel que, con su dedicada salud, no debía alargar tanto nuestras charlas o que debía descansar más. Alguna vez que lo busqué o no lo encontraba en casa lo llamaba al móvil. Era Ruth la que contestaba diciéndome que estaba descansando o que estaba de tratamiento y que ya me llamarían cuando pudiera atenderme. También, unos días antes de la firma de los contratos me llamó Ruth para decirme que el Señor. Escamilla estaba agotado y se tomaba unos días de vacaciones.

–¿Cómo era la relación entre Escamilla y la falsa Ruth?

–Desde el primer momento me pareció que eran familiares. Ella cuidaba del Señor. Escamilla como si fuera su padre o un familiar muy cercano. Este era otro motivo para que yo evitase una relación cercana con la falsa Ruth.

–¿No le extrañó o le impidió trabajar esas ausencias?

–No. Desde el primer momento el señor Escamilla me dio libertad de acción. Cuando le daba los estudios económicos, que hacía de cada una de las empresas, me escuchaba atentamente y después se los quedaba diciéndome, que en cuanto en Uruguay dieran el visto bueno a las operaciones, podríamos cerrar los preacuerdos.

–¿Conserva esos preacuerdos y estudios económicos previos a los contratos?

–Sí. Quizá alguno sólo lo tenga en borrador, pero tengo información de todos ellos. Se la haré llegar y me llevaré copia a Lubián, por si quiere preguntarme por alguna de las operaciones en concreto.

–¿No le extrañó que se invirtiera tanto dinero en España por una empresa desconocida?

–Yo no conozco las empresas del extranjero. Era una empresa de reciente creación. A mí me cuenta Escamilla que son un grupo de empresarios argentinos y uruguayos que la han montado para invertir en España. Me hubiese extrañado si sólo hubieran pretendido invertir rescatando empresas. Supe desde el primer momento que su intención era traer a España las mismas empresas de moda de las que eran propietarios. Por eso no me extrañó su actuación.

Si Bru fuera de la parte delictiva estaría preguntándome cosas relacionadas con la investigación, en cambio no pregunta nada y eso me descoloca. Entiendo los motivos de Bru para colaborar. Le habían hecho subir a lo más alto para luego dejarlo caer. Él, al menos, había cobrado un buen pellizco por un trabajo que aparentaba ser legal al 100%. Siempre me queda la duda de qué lado está. He de tener especial cuidado con él. Siempre es difícil encontrar los fallos en personas inteligentes.

–¿Alguna vez vio a Escamilla con alguna otra persona u oyó que había quedado con ella o ellas?

–Sólo recuerdo que un par de veces demostró tener prisa para ir a comer con su hermana. Al margen de ella, no escuché nada más, excepto que tenía que hablar con los de Uruguay. Nunca mencionó ninguna cita en concreto.

–¿No recuerda a nadie alto, grueso y que cojease?

–No.

–¿Nunca vio a terceras personas o personas a su alrededor que parecieran querer enterarse de lo que hablaban ustedes?

–Además de Alain, al que sólo vi en la notaría, a nadie. Casi todas las veces quedábamos en su piso y allí, o estábamos solos o también estaba Ruth. El piso es pequeño y, con tantos muebles, era difícil que no viera a nadie que se hubiese escondido allí.

–Ha dicho muchos muebles. ¿Podría describirme el piso?

–La puerta de entrada daba a un pasillo corto por el que se llegaba a un salón que entre el sofá y la mesa ocupaban casi todo el espacio. A la derecha, una cocina con una mesa en medio, por lo que era un poco difícil moverse en ella. Al fondo las dos habitaciones y el baño. Por lo que vi de las habitaciones, cuando iba al baño, ambas eran muy parecidas y tenían unos armarios muy antiguos.

–Si no le importa le pido que me acompañe al piso para hacer un reconocimiento visual.

Llamé enseguida a la central y pedí que salieran, inmediatamente, hacia el piso de Escamilla los de la científica. O eran viviendas diferentes o de pisos diferentes. La descripción coincidía, el contenido no.

Una vez en la vivienda el sorprendido fue Bru. Dijo que faltaban todos los muebles grandes y que la mesa que estaba en el comedor era la que él veía en la cocina. Faltaban también los armarios de las habitaciones y dijo que nunca había llegado a ver el armario empotrado de la habitación principal.

Los de la científica corroboraron, con las rozaduras en el suelo, la existencia de los muebles a los que hacía referencia Bru. Estaba claro que cuando limpiaron la casa, aquello que les costaba limpiar lo tiraron. No querían dejar ni una sola huella y lo consiguieron.

Aproveché para mostrarle las fotografías de los DNI de Miguel Escamilla y de Ruth Rielves y me confirmó que Escamilla sí que era el que él conocía, pero que la Ruth que el conoció no era la que yo le mostraba. Dijo que eran parecidas, pero no la misma persona.

Llevé a Bru a su casa y le pedí que se quedara unos días más para repasar la información económica de los contratos. Me dijo que estaba a mi entera disposición, ya que había terminado el último trabajo de tasación que le quedaba y que estaba completamente libre. Me volvió a pedir que acabásemos cuanto antes para poder irse tranquilamente a Lubián.

13. MIGUEL

Robert y Adela se empeñaron en practicar el protocolo por si me detenían. Para ello tenía que imaginarme que me habían ingresado en un hospital de urgencia. O más bien me habían dejado tirado en la puerta de uno de ellos. Aquello era algo que no me entraba en la cabeza. Dudaba que Adela fuera capaz de abandonarme. Como el súper jefe Vicent lo había dicho se empeñaron en hacerlo.

—Miguel, tenemos que repasar todo lo que tienes que decir a la policía por si te detienen —dijo Adela.

—¡Qué pesados sois! No me van a detener. No pienso moverme de aquí —dije ya que no tenía ganas de colaborar.

—Ya sabemos que no te van a detener. Sé razonable. No cuesta nada estar preparados. Imagina que al final es necesario hospitalizarte —dijo Robert.

—¡No quiero ver un hospital ni en pintura! ¡Estoy hasta las narices de ellos, de la quimioterapia y de todas las medicaciones! —dije un tanto enfadado.

—¡Miguel sé sensato! Es sólo un preparativo. Te puede hacer falta sangre o medicinas contra el dolor —dijo Adela.

—No quiero más sangre, quiero apagarme como una vela. Me da vergüenza que me inyecten sangre que apenas me sirve durante un corto espacio de tiempo. Quiero que esa sangre salve vidas, no que alargue la mía un tiempo escaso e inútil.

—¡Miguel! ¡Por Dios! ¡Tu vida y tu tiempo no son inútiles! Si estás ahora en la cama es para que te imagines que estás en el hospital —me recriminó Adela.

—No discutamos más sobre eso, vayamos a la práctica que dijo Vicent. Hagámosla y así os podréis ir antes a descansar —dije yo para acabar con los enfados.

—Pongámonos en ambiente, imagina que Robert es el policía malo y yo soy la policía buena.

—Sois buenos los dos.

–¡Miguel, ponte en la práctica, ya no somos Robert y Adela, somos policías!–dijo Robert.

–¡Sí, está claro!, lo único que tengo que hacer es negarme a declarar.

–¿Seguro? –me preguntó Robert.

–¡No!, también he de pedir un médico y un abogado.

–Me temo que no tendrás que pedir el médico, si te detienen es que estás en un hospital.

–¿Cuándo venga el abogado qué tienes que hacer? –dijo Adela.

–Pedirle que no me dejen salir del hospital. Que si estoy allí es porque mi estado es terminal. Que, si me llevan a comisaría, que sea bajo la responsabilidad de la policía o que firme un médico que yo estoy en condiciones de sufrir un interrogatorio.

–¿Y si te interrogan en el hospital? –siguió preguntando Robert.

–No sé. No me acuerdo. Me niego a responder.

–¿Si te amenazan con imputar a tu hermana y a tu sobrino? –preguntó Adela.

–Mandarlos a la mierda y decirles cómo si quieren imputar a mi abuela.

Nos reímos un rato los tres

–¡Venga, Miguel, sigamos con la práctica! –dijo Robert sonriente.

–Bueeno seguiré –añadí todavía entre risas, y continué:

–¿Hermana? Ana ¿Mi hermana? ¡Ah! Se refieren ustedes a esa señora que se quedó con mi piso.

–¿Y si pretenden imputar a tu sobrino? –dijo Robert.

–Lo siento, señores. Mi condición de homosexual me impide relacionarme con homófobos, es cuestión de supervivencia.

–¿Y si te amenazan con quitarle las viviendas a tu hermana? –dijo Adela.

–Por mí como si le quitan el carnet de identidad y se lo devuelven con la foto de una mona.

Como Robert y Adela estaban muertos de risa seguí con la fiesta y empecé a hacer los gestos y sonidos imitando a dicho animal.

–¡Qué bruto eres, Miguel! –dijo Adela cuando dejó de reír.

–¡Dejarme que improvise algo!

–Vale, puedes improvisar, pero si estás delante de la policía lo que no puedes hacer es reírte de tus propias barbaridades –dijo Robert algo más serio.

–Lo tengo claro. Y quiero que os quedéis más tranquilos. Conforme me voy encontrado más débil y más dolorido, a la vez, me encuentro más tranquilo con la policía. Les tengo menos miedo. Sé que cuanto más grave esté, menos me podrán hacer.

–¡Gracias, Miguel!, gracias por tranquilizarnos y gracias por estar tan animoso. Sabes que trataremos por todos los medios de no llevarte a un hospital. Aun así, no estoy tranquila. No sabemos cómo andas de leucocitos y de plaquetas, igual nos pillas una infección de caballo que tienes una hemorragia. ¿Qué hacemos en ese momento? ¿Dejarte morir?

–No os preocupéis tanto. Ya tenéis la dirección del hospital más cercano a la frontera. Ya sabéis donde tenéis que dejarme y os aseguro que moriré sin mencionar vuestros nombres.

–Te creo, Miguel –dijo Robert mirándome a los ojos, y añadió:

Vicent pudo prever muchas cosas en toda esta locura. Lo que no pudo prever es que encontraríamos una persona tan maravillosa como tú.

Esas palabras sirvieron para que nos emocionáramos los tres. En ese estado a Adela se le ocurrió que debían comprar marihuana para que me ayudasen a calmar mis dolores. Los analgésicos normales ahora me hacen muy poco efecto. Como no pueden jugársela intentando comprar algo más fuerte en una farmacia estos dos se van a relacionar con delincuentes callejeros. Espero que no los pillen con el material en el bolsillo.

14. EDUARDO

¡Por fin pude acceder a todas las cuentas bancarias que utilizó Zajolay! Siempre he trabajado en unidades de delincuencia econó-

177

mica y fiscal. En ellas he aprendido que el orden de los movimientos bancarios nos suele dar muchas pistas.

Los movimientos del dinero demuestran que tenían un plan muy bien estructurado. Abrieron las cuentas con cantidades moderadas ingresadas en efectivo. Sabían que los seguiríamos y no cometieron el error de hacer ninguna transferencia. Fueron gastando para necesidades de su funcionamiento y luego llegaron los ingresos de la estafa. Con los primeros ingresos empezaron a pagar.

El orden de los pagos es lo que me tendría que dar la información más significativa. Como de costumbre me había montado mi hoja de cálculo ordenada por fecha, hora y minuto de los pagos, sin importarme el banco desde donde se hizo. Comprobé que no se produjeron dos pagos simultáneos y, con la cadencia de tiempos entre un pago y otro, se notaba que se hicieron desde un único ordenador.

Al margen de los pagos de los contratos con las 8 empresas, el resto de los pagos demostraba que pretendían pagar todo lo que se habían dejado pendiente. El día 15 fueron pagando a todos los suministradores en primer lugar. Empezaron por los que debían cobrar menos dinero y acabaron con los más potentes y la legalización de la empresa en Uruguay. Se dejaron para el final la empresa de trabajo temporal.

El día 16 pagaron a las empresas que firmaron ese día a Vicent Bru y a las ONG.

Si pagaban todo era porque no pretendían quedarse con el dinero. Estos estafadores parecían una banda que robaba a los ricos para dárselo a los menos favorecidos y a empresas con necesidades. Parece ser que lo único que se quedaron fueron las extracciones de los cajeros y el dinero en efectivo que habían encargado. El que Ruth fue recogiendo de los bancos.

Lo que ellos habían depositado para abrir las cuentas era menos que lo que recogieron, pero no se monta un cirio de tamaño calibre para llevarse un beneficio de menos de 100.000 euros en efectivo.

Hay dos de los pagos que me dejan descolocado. Uno fue el de los honorarios de Bru, que lo dejaron para el final. No tiene sentido viendo el orden del resto de los pagos. El otro, un pago importante, fue el primero y se hizo a un banco de un paraíso fiscal. Tiene toda la pinta de ser los honorarios para el hacker. Me temo que no sacaremos nada en claro. Dudo que le podamos seguir el rastro de ese pago. Aun así, lo investigaremos.

¿Por qué tardaron tanto en pagarle a Bru?, ¿es que a él le pensaban pagar sólo si se cumplían los objetivos? Esto hace que pensemos que Bru no es de la organización. Si fuera de la misma, le habrían pagado de los primeros.

¿No le querían o tenían que asegurarse que podían firmar los contratos con las empresas? ¿Por qué era tan importante asegurar ese pago si no les daba beneficios a los estafadores? Me quedaban muchas preguntas importantes por resolver.

El colmo de esta estafa, que está realizada por una pandilla de locos, es el pago a las ONG. Para no quedarse ellos con dinero, lo que les sobró lo donaron. Eso sí, se lo dieron al final, después del resto de los pagos.

Estaba muy mosqueado, ya que no podía sacar nada en claro. Normalmente en el análisis de los movimientos de dinero solía sacar mucha información, si no la había obtenido antes. En este caso seguía exactamente igual que al principio y con una opción menos de encontrarlos.

No tengo ni un puñetero ¿por qué? Y encima tampoco tengo ningún ¿para qué? ¡Jodidos imitadores de Robín Hood! Me tenía que tocar este puto caso de mierda, justo cuando me estoy jugando mi ascenso a comisario.

Y si me faltaba algo, mi hija ya me ha llamado hoy tres veces. Se quiere venir a Valencia porque hay playa y es agosto. ¡Por qué no se quedará con su madre en el chalet de mis suegros! Estos adolescentes se piensan que los adultos estamos siempre de fiesta, como ellos.

15

La persecución de los movimientos bancarios, efectuados con el dinero enviado al paraíso fiscal, no dio resultado. Después de mucho pelear llegamos hasta la segunda transferencia del dinero. Si no hay delitos de sangre, los bancos de los paraísos fiscales no colaboran con la policía. Si lo hicieran perderían casi todos sus clientes. En las dos transferencias nos dijeron que el titular de la cuenta emisora era Zajolay, y cuando habían remitido el dinero a otro banco el receptor también era la misma empresa. En ambos casos las cuentas se cerraron al día siguiente de la operación. Ya me imaginaba que no sacaríamos mucho en claro de ese dinero.

Ya nos hemos enterado que dos de los empresarios tienen amantes. Es bueno saberlo si, llegado el caso, tenemos que presionarlos para sacarles información. Ahora no tiene sentido, ya que no tenemos dónde apretarles. Estábamos buscando delitos económicos y los gastos extraordinarios encontrados en estos empresarios eran para actividades extraconyugales. Por lo demás, los empresarios están limpios y todos ellos viven muy bien. No tienen pinta de haber pasado muchos apuros económicos como el resto de los currantes de este país. Está visto que unos no hemos nacido con tanta suerte como otros.

Los movimientos económicos en la cuenta de Vicent Bru son exactamente como nos informó. No esperaba otra cosa. Hasta el momento no ha escondido nada. En todo lo que le hemos buscado está absolutamente limpio y desde luego no es millonario ni vive como los empresarios.

El informe de los fisonomistas fue muy detallado. A los bancos sólo iban Ruth y Escamilla. La gran mayoría de las veces sólo Ruth. Esta mujer era una máquina de trabajar. ¡Estaba en todas partes! Y seguimos sin encontrar el ciclomotor blanco con el que se movía.

Afortunadamente en las entradas de los hospitales también hay cámaras, en especial, desde que se han incrementado las agresiones a los médicos y enfermeros. Pudimos comprobar que, en los distintos ingresos de Escamilla, los acompañantes fueron diversos. Ahí aparecen tres personas diferentes. Ruth y el pelirrojo son fáciles de identificar. Estoy casi seguro que el pelirrojo es el hacker. Estaba seguro que no estaría fichado por ninguna policía del mundo. De lo contrario no se dejaría ver. Los fisonomistas investigaron sin éxito. Mi aviso a la policía francesa, sobre la posibilidad de que el hacker fuese francés y pelirrojo, no sirvió de gran cosa. Desgraciadamente me respondieron que, entre todo el personal investigado, no hay ningún pelirrojo.

Las enfermeras del hospital La Fe me mencionaron a una tercera persona. Era el hombre con la cabeza afeitada que llevaba gorra del que me hablo Ana. Ante ellas se presentó como sobrino segundo de Miguel. Las cámaras lo han detectado y tiene una pequeña cojera como describieron dos de los dependientes contratados y la señora Escamilla. Este hombre usa la gorra para que desde las cámaras no le vean la cara. Ha estudiado donde están y sabe ocultarla. Si no quiere que le veamos, yendo a visitar a Escamilla, es que o ya lo estamos viendo, o está fichado y no quiere que le identifiquemos. ¿Quién cojea al caminar?

Desde luego ninguno de los empresarios, ni Bru, ni el sobrino cojean. ¿Quién puede ser? ¿Será quizá el cerebro de esta organización criminal?

Esa es mi clave. He de buscar al cerebro y, hasta ahora, el cerebro más brillante es el de Bru. No tengo absolutamente nada que lo acuse. He de investigarlo a conciencia. Estoy convencido de que, con una pequeña insinuación de que podría ser parte de la trama, el juez me dejará ver la obra, vida y milagros de DonVicent Bru. No le mentiré al juez. Bru ha estado en medio de todas las operaciones y es el único que estaba en contacto con los estafadores y los empresarios.

Le pediré investigar a los empresarios más allegados, empezando por Martínez. No creo que Bru, por muy listo que sea, haya podido mover esto solo.

Empieza a divertirme pensar que pudiera ser él. Si es así tendré una hermosa batalla contra un cerebro muy brillante.

Tengo la impresión de que, hasta ahora, los estafadores me han hecho pensar de una determinada forma para que no pudiera ver dónde está el truco de toda esta estafa. Voy a tratar de pensar de forma diferente.

16

Desde luego, o Vicent Bru es un genio o es un santo al que quiero crucificar. Con la autorización del juez hemos seguido todos sus pasos. Ni una sola llamada a teléfonos sospechosos, excepto a los teléfonos de los estafadores. Probablemente los que usaban Ruth, el pelirrojo o el calvo y Escamilla. Nada de teléfonos franceses ni uruguayos ni argentinos. Coordinando los movimientos de su móvil con los teléfonos de la banda vemos sus periódicas visitas a Escamilla pero nada más, excepto una llamada puntual hecha desde su casa desde el teléfono de Ruth.

Me extrañaba la cantidad de veces que Vicent tenía el teléfono apagado y se lo pregunté. Me contestó que siempre conducía con el teléfono móvil apagado. Comprendí porqué lo hacía cuando descubrí que su mujer y su hijo de 7 años murieron en un accidente de tráfico. Al parecer ella se durmió al volante. Necesitó cuatro años de terapia con un psicólogo para salir de la depresión. Desde luego, Bru y su psicólogo hicieron un buen trabajo.

En su correo electrónico no hay nada sospechoso. Ningún contacto con personas de los países implicados. Lo que tenemos son correos de contenido laboral y multitud de otros distribuidos por toda España con un denominador común: El Camino de Santiago.

Entre sus amistades no hemos encontrado nada anormal. Tiene una amiga que parece algo más que amiga. Creo que los más jóvenes llamarían a esa relación de "follamigos", y tampoco tenemos claro que se acuesten juntos. Esta mujer trabaja en la Administración y no se le ven lujos ni gastos que no pudiera pagar con su nómina. Ni tan siquiera puedo chantajear a Bru con ello, ya que no está casado ni tiene novia formal.

Los viernes por la tarde es un habitual en la Asociación de Amigos de Santiago. Allí rellena credenciales para los que van a ir al camino y les explica dónde se meten. O eso, o ha detectado que eran dos policías los que se han sentado con él y se ha hecho el bueno.

Es una persona casi sin vicios. Le gusta el vino bueno y toma alguna cerveza con los amigos. Nada que objetar. Yo tengo más vicios que él.

Demasiado perfecto todo en la vida diaria de Vicent. Algo no cuadra y quiero seguir pensando que este tipo es el cerebro de la organización. ¿Qué es lo que han pretendido?, ¿dónde está el beneficio que han sacado?

Lo tengo que dejar marchar a Lubián. ¡Vaya pueblecito que se ha buscado! Perdido en las montañas entre Castilla y Galicia. Como se ponga a nevar en invierno tardará algún tiempo en poder salir. Ya he estirado todo lo que he podido el tiempo en revisar los preacuerdos y los análisis económicos y, salvo que me parecen demasiado ventajosos para los empresarios, no veo nada anormal.

De hecho, esa ventaja le favorecía a Bru. Los criterios que le marcaron era colocar 10 millones. Era lógico que no protestara. Dar ventajas a los empresarios le hacía el trabajo más fácil. Estos entrarían antes al trapo.

Estando revisando el informe que me habían pasado de Bru entró en el despacho la inspectora Llácer. Ella me ayudaba en el seguimiento de los empresarios.

Me informó que había llegado a conclusiones interesantes en relación al empresario Ramón Añó. Me temía que fueran líos de faldas, ya que fue ella quien descubrió que él era uno de los que tenía amante. Esperaba que me trajera algo nuevo y así fue.

Nosotros habíamos conseguido permiso del juez para comprobar en las empresas si estas habían invertido todo el dinero, tal y como constaba en el acuerdo firmado con Zajolay. El caso de Ramón Añó era diferente. La inspectora Llácer me informaba que ahí no había trigo limpio. Nunca mejor dicho ya que la empresa producía bollería industrial.

−Como recordará en el caso de Surtidos Alsina SL, ésta fue la empresa que aportó capital con la venta de bienes del empresario. Hemos comprobado que no es cierto. No constaba transferencia alguna para el pago de la harina. El empresario nos había mostrado las facturas con el sello de pagado y firmado manualmente. No había nada más, así que nos pusimos en contacto con el suministrador.

−¿No nos hemos excedido del permiso que nos dio el juez?

−Sólo hemos recopilado información. El suministrador nos dijo que estaba todo correcto. Que Ramón Añó le pagó en efectivo todo lo que le debía y que, por eso, le firmo todas las facturas el mismo día que le entregó el dinero.

−Entonces habrá alguna novedad, ¿no?

−No era normal que alguien tuviese guardado en casa 85.000 euros en efectivo. Así que le preguntamos al señor Añó la causa del pago en efectivo. Nos dijo que pagó con el mismo dinero que le habían dado a él por el garaje y el coche. Le preguntamos por los documentos de compra venta y nos prometió mostrarlos al día siguiente.

−¿Eran legales?

−Al día siguiente nos mostró dos contratos privados de compraventa. Ambos firmados por la misma compradora. Ante la reticencia de que nos quedáramos una copia memoricé el nombre y el DNI de la compradora.

−¿Era la amante?

−¡Correcto! Gracias al número del DNI hemos sabido muchas cosas más que creo que pueden aportar luz a este caso.

−Siga, siga. Me tiene intrigado.

−La señorita Graciela Herrero debería tener posesiones o ser conocida en el mundo empresarial para disponer de ese dinero en efectivo. No aparecía en internet nada relacionado con ella, así que me fui a preguntar por ella a la Seguridad Social. Estaba en el paro. Me pareció muy interesante que sus últimos trabajos habían sido de azafata para eventos organizados por Surtidos Alsina SL. Anteriormente trabajó como administrativa en la misma empresa hasta que fue despedida y legalmente indemnizada.

–Vale. Eran amantes y e la llevaba a los eventos. No tenemos derecho a investigar más.

–Como no me cuadraban los datos investigué sobre el garaje. Este está al lado del domicilio del Sr. Añó y pude comprobar en persona cómo una señora con dos adolescentes abría el garaje y sacaba un coche. Era precismente el que se había vendido.

–¿La señorita Graciela?

–No era previsible que la señorita Graciela, de 29 años, tenga dos hijos de esa edad. Imagino que sería la esposa del Sr. Añó, dado el enorme parecido de los adolescentes con él.

–Está diciendome que no ha habido venta. Que todo ha sido una triquiñuela de Añó y ha usado dinero negro para pagar la harina que debía.

–Así es. Esta empresa tenía problemas econóicos porque, en el boom de la construcción, compraron maquinaria nueva muy costosa. Es muy significativo que Ramón Año no es el empresario. Él es el gerente y representante de la empresa. La propietaria es su mujer. En tráfico hemos comprobado que el coche no ha cambiado de nombre y en el registro de la propiedad hemos visto que el garaje tampoco. Ambos siguen siendo propiedad de la esposa del Sr. Añó.

–Osea, que lo podríamos pillar por el dinero negro. ¿Tiene alguna idea de dónde pudo llegarle ese dinero?

–De la venta de inmuebles justo antes del estallido de la burbuja.

–¡Vaya con el cartel publicitario del gurú llamado Vicent Bru!

–Nos había extrañado el nivel de vida tan alto de los ocho empresarios teniendo en cuenta los problemas económicos de sus empresas. Hemos hecho una batida con sus nombres por todos los registros de la propiedad. El resultado ha sido que todos vendieron mucho en 2007, justo antes del estallido de la burbuja inmobiliaria, y ninguno compró nada.

Sonreí de tal forma que la inspectora puso cara de extrañeza. Acaba de ver el final del túnel. Por fin veía un modus operandi.

–Muchas gracias Llácer. Prepáreme el informe.

17

No había caído en ello antes. Mi conversación con la inspectora Llácer me sirvió para darme cuenta de la clave del golpe. Acababa de aportar luz al caso más oscuro que he tenido en estos últimos años. Bru y su banda lo que buscaban era el dinero negro de los empresarios. Es una fantástica jugada. Invierten legalmente el dinero robado y, a cambio, les sacan dinero negro.

Digo Bru y su banda porque todo este lío sólo puede haberlo ideado una mente como la suya. Es Bru quien elige a los empresarios. Es Bru el que sabe qué empresarios tienen dinero negro. No sé cómo han conseguido quedarse con su dinero negro a cambio de las inversiones, pero estoy seguro que esa es la motivación de este golpe.

Este hombre es brillante. Es casi un golpe perfecto. Si no es por un error, que él no cometió, jamás lo habría averiguado. Aun así, todo esto es una suposición. Es la primera vez que encaja todo el caso con algo de lógica y una cosa justifica a la otra. El problema reside en cómo demostrarlo. Tendré que pillar a Bru en un renuncio. Voy a ponerle vigilancia en Lubián para ver el tren de vida que lleva allí.

El juez ya ha nombrado a un supervisor para controlar que las empresas cumplan los acuerdos firmados. Le pediré que hable con Bru y veremos qué le saca. Entre tanto trataré de ponerle nervioso. Tenemos un dato nuevo que nos viene de Argentina.

Le llamé y empecé a preguntarle por algo con apariencia de ser poco importante.

–¿Tuvo usted alguna visita de Ruth en su casa?

–Sí una. Fue el día anterior a la firma de los contratos. Me trajo una documentación necesaria para las firmas y llamó a alguien para confirmar la entrega.

Me sorprendió su memoria e imaginé que era una pregunta que él ya se esperaba desde hacía tiempo. Yo proseguí con mi estrategia. Le pregunté por Ramón Añó:

–¿Recuerda cómo pagó sus deudas con los suministradores el propietario de Surtidos Alsina?

–Se refiere usted a la última empresa con la que contratamos, ¿verdad?

–Sí. A esa me refiero.

–Me presentó dos días antes de la firma del contrato las facturas firmadas manualmente por el suministrador. Recuerdo que le pedí el teléfono del mismo para comprobar que el pago era correcto, ya que no llevaba firma electrónica ni había recibos bancarios. Le llamé y me confirmó que le había pagado en efectivo.

–¿No le extrañó el pago de una cantidad tan alta en efectivo?

–Sí. Se lo pregunté en la notaría cuando vino a firmar. Me dijo que lo pagó con el mismo dinero con el que le habían pagado a él el garaje y el coche.

–Ese garaje y coche nunca se vendieron. Son propiedad de su mujer y lo siguen siendo.

–Ese no es asunto mío. A mí me interesaba que cumpliera su parte del acuerdo y en ese momento Surtidos Alsina SL podía quedar libre de deudas con la firma del contrato.

–Era evidente que el pago se hacía con dinero negro.

–Me pareció que a él le pagaron en negro y él se liberó de ese dinero inmediatamente. Yo no podía saber la procedencia del dinero.

–Han firmado un contrato con dinero negro.

–Yo no he utilizado el dinero negro. Y parece que conoce usted poco el mundo empresarial. Con el boom de la construcción en este país circuló el dinero negro a raudales. Como comprenderá no eran los pobres los que lo manejaban. Estoy acostumbrado a ver pasar empresarios con maletines en las transacciones de inmuebles que yo he tasado.

–¿Quiere decir que usted sabía que los empresarios con los que preparó los contratos tenían dinero negro?

–Digo que supongo que casi todos los empresarios de este país, en estas épocas, han tenido dinero negro. No que sepa quién lo tiene y quién no. Si pretende que denuncie a alguien, ya le digo que no voy a colaborar.

Noté el enfado en la voz de Bru. Quise aprovechar que estaba descentrado.

—Sabemos que ha habido dinero negro detrás de estos contratos.

—Si se refiere al que puso Zajolay, ya me ha hecho saber usted que no era negro. Era negrísimo.

—Me refiero al dinero negro de los empresarios.

Bru se quedó callado por un instante y luego añadió:

—No sé a qué dinero se refiere. Fue Zajolay quien puso el dinero. No los empresarios.

—No se haga el ignorante, Bru. Usted sabía que todos los empresarios ganaron mucho dinero con las ventas de sus inmuebles, justo antes de que explotase la burbuja inmobiliaria. Todos tenían dinero negro.

—Parece que usted ha olvidado que mi cartel, de gurú de la economía, era ante esos empresarios. ¿Por qué le extraña que haya hecho los contratos con ellos? Ellos se fiaban de mí y yo les metí en este lío. Creo que se lo expliqué bien clarito.

Estaba enfureciendo a Bru y eso me gustaba. Aproveché para sacar en la conversación la información recién llegada de Argentina de la que todavía no había hablado con él.

—Es curioso que usted no sepa nada de dinero negro y sea usted quien dio la orden de crear Zajolay en un paraíso fiscal. Y lo hizo sin tener que desplazarse.

Bru se quedó callado un instante y luego, en un tono completamente calmado, me preguntó si tenía papel y bolígrafo a mano y me dio una dirección y el nombre de Marcelo Mosquera y me dijo:

—Hable con él. Fui a preguntarle cómo abrir una *off shore* ya que no había abierto ninguna en mi vida y él era el único que conocía que tenía una. De hecho, fue él quien me dio el contacto del bufete de Argentina que se encargó de las gestiones. El señor Raúl Rodríguez. Imagino que ya sabrá que fue su bufete el que hizo la gestión.

—¿De qué conoce usted al señor Mosquera?

—Ambos somos ciclistas. Los dos hacemos excursiones en el mismo grupo.

Nuevamente Bru había vencido, pero ahora sabe que no puede cometer ningún error y eso lo hará más vulnerable. Entre tanto comprobaremos lo que nos ha dicho Bru del señor Mosquera y presionaremos al señor Añó. Él no es tan listo como Bru.

18. MIGUEL

Desde el 1 de septiembre me siento muy débil. Me cuesta incluso levantarme de la cama. Ya sabíamos los tres que sin la atención hospitalaria mi vida se iba a acortar más.

Esta debilidad está asociada a que no he conseguido comer adecuadamente. Había perdido el interés por prolongar mi vida. Lo único que me entretenía era mi amiga la lectura y ya estaba acabando los libros que Vicent me regaló. Aquella tarde, le dije a Adela que sentía que ya había vivido lo que me tocaba, que lo que viniese a partir de ahora ya no era necesario. Le recordé que antes sí lo era sólo porque tenía que llegar entero a la notaría y estar en condiciones de firmar. Me apeteció vivir aquello. En cambio, ahora me veía como una carga.

Adela me dijo que, el día que vino la policía para hablar con Robert, ella no estaba en la tienda por acompañarme. Los cuidados que me proporcionaba hicieron que no la interrogasen y por tanto que no detectasen su acento español.

Sabía que ella lucharía por estar conmigo el máximo tiempo posible. Me acordaba mucho de Ana y, conforme pasaban los días, me alegraba más de haberle evitado este sufrimiento final. Ana habría estado todo el tiempo conmigo, en cambio Adela iba y venía. Ni se agobiaba ni me agobiaba. Como presentía que mi final estaba muy cerca decidí contárselo.

–Me queda muy poco.

–Lo sabemos, Miguel, y estamos preparados. ¿Quieres que me quede todo el día contigo?

–No, Adela, quiero que vayas a ayudar a Robert, me parece que ya estáis montando las estanterías. No quiero que retraséis por mí la apertura de la tienda.

–Miguel, la tienda la tendré mucho tiempo, pero contigo queda poco y quiero aprovecharlo más.

–No hace falta.

–Sí. Ya sé que no es necesario. Lo que pasa es que no quiero que te vayas sólo. Quiero estar acompañándote todo el tiempo que pueda.

–¡Adela, eres un amor!

–¡Pues anda que tú!

–De verdad, Adela, ahora que queda poco he de confesarme. Me siento con vosotros como si estuviera con mi propia familia. Me habéis cuidado. Me habéis hecho sentirme útil y eso me ha hecho muy feliz. ¡Os estoy tan agradecido!

Se puso a llorar y yo también lo hice. Estuvimos así un rato.

–Miguel. Eres muy bueno. No sabes lo mal que me sabe no poderte llevar a un hospital. Es allí donde te estarán buscando.

–¡Adela, cariño! No te preocupes por eso. Ya tenemos asumido que así duraré menos. Te has preocupado incluso de conseguirme marihuana para evitarme dolores y fíjate lo poco que he consumido.

–Miguel, es que me he encariñado de ti. No quiero que te vayas. Te he sentido mucho más cerca a ti que a mi propio padre.

–Es que tu padre no sabía sentirte, no sabía lo que se perdía al perderte. Y en cambio yo te he conocido cuando tenía que beberme la vida que me quedaba a grandes tragos. Cuando tenía que sentirlo todo porque ya no me quedaba más. Y tú has sido mi trago más grande.

–¡Ay, Miguel, no digas eso! –me dijo Adela muy emocionada.

Quise cambiar de tema ya que la veía muy afectada.

–¿En el caso que me muera tenéis preparado mi regreso a España?

–¡Por favor, Miguel ni lo menciones!

Ella no quería oírlo, pero tenía que aceptarlo así que, tras unos segundos de silencio, me dijo:

–Para que te quedes más tranquilo, te diré que sí lo está. Ya tenemos arreglado dónde dejarte y tenemos claro cómo hacer que te encuentren. Es más, ya nos dijo Vicent cómo teníamos que hacerlo para que no detectasen el coche con el que te llevaremos.

Le pedí que me lo contara y me explicó que había cámaras en la frontera. Por eso debían ir con un vehículo alquilado y regresar al día siguiente por otro paso fronterizo.

Mientras me lo contaba, mi mente se fue a la tienda, al futuro que sí que tenían la pareja que me cuidaba. Veía en ellos la ilusión con la que yo monté el bar. Fracasé porque estaba solo. Ellos podrían con todo y lo mejor era que ellos jamás tendrían que pedir dinero a un banco.

Quería despedirme de ella en vida. Me encontraba un tanto disperso. Sentí como si despertara una idea en la cabeza y le pedí que dejara los detalles de mi traslado y le dije:

–He tenido muchos ratos de soledad para recordar. No me he ido muy atrás en el tiempo. Lo que acabo de vivir contigo y con ellos dos llena mi mente. Mi vida ha sido verdaderamente interesante casi cuando acababa. Estoy feliz por el resultado positivo de mi obra final y a la vez intrigado y temeroso de lo que pueda pasar. He recordado las hermosas e intensas conversaciones contigo. Fueron muchas las noches que pasamos solos los dos. En ellas me contabas tus inquietudes. Conseguías que yo mismo sintiera tus anhelos como si fueran míos. Sentía una cercanía inmensa y a la vez tu fuerza, tu claridad de ideas y tu capacidad de lucha por aquello que querías.

Noté que empezaba a llorar sin dejar de sonreír, y tras tomar un poco de aire proseguí:

–He estado actuando por amor en esos últimos meses. Al principio era el amor por Ana, por ayudarla a salvar su piso; luego fue por amor a una idea, alocada como ella sola y encima casi desinteresada; luego vino el amor por ti y ese par de locos que te acompañaban, que son otro cielo de seres. En estos meses he sido feliz y me acabo de dar cuenta del porqué: He estado viviendo rodeado de amor y, de regalo, he aprendido a perdonar. Ya no siento el rencor que tenía antes, quizá no sane mi cuerpo, pero otras cosas sí han sanado. Me siento en paz conmigo mismo.

También me puse a llorar y la abracé. Creo que estuvimos más de 5 minutos abrazados llorando los dos sin parar.

En la madrugada siguiente me desperté muy mareado. Sentía que me costaba respirar. Estuve tentado de tocar la campanita que me habían dejado en la mesilla de noche. En el último momento decidí no hacerlo.

Pensé en mi muerte y eso me hizo acordarme de la figura de Dios. Sabía que no me quedaba apenas tiempo y decidí hablar con él: He vivido toda mi vida de espaldas al único Dios que me habían enseñado, ése que tenía leyes contra los que tenían mis gustos sexuales. Ahora sé que, lo que eres, no tiene nada que ver con aquel Dios cruel y castigador de mi juventud. Sólo quería decirte, si es que existes, una palabra: Gracias. Quería dártelas por darme la compañía de Adela. Porque ella ha sido el mayor regalo que me has dado en la vida.

19. ROBERT, ADELA Y VICENT

Para: Luisa(luisa.collad45@hotmail.com)
De: jeanne.duprex@yahoo.fr
Arlés, 4 de septiembre de 2009

¡Buenos días ,Vicent! Ya ha sucedido. Miguel nos ha dejado. Esta mañana fue Adela quien descubrió que había muerto. No te puedes imaginar cómo hemos llorado. Sobre todo, Adela. Sentía una rabia enorme por no haber estado a su lado para la despedida. Cuando por fin se ha calmado ha revisado el cadáver y por los signos externos parece que murió sin enterarse de nada. Cuando Adela me lo ha dicho he pronunciado las palabras "Murió como se merecía" y Adela se ha quedado algo más calmada. Me ha dicho que te escribirá ella también, ya que ayer tuvieron una conversación muy interesante. Le he pedido que lo haga cuando hayamos regresado.

Vamos a aplicar el plan que nos dijiste. Le cambiaremos la ropa con los guantes puestos y lo meteremos en la bolsa de plástico que envolvía el frigorífico que compramos hace poco. Avisaré a los de la obra que mañana y pasado no estaremos. Como es fin de semana no se extrañarán. Esta tarde alquilaré una furgoneta un poco más grande que la mía y de madrugada nos lo llevaremos a Roses. Ya he calculado los tiempos y habremos acabado nuestra entrega antes de que amanezca.

Cuando alquilamos el apartamento nos pareció perfecto. Está en una primera planta y bien alejado de la costa. Seguro que no habrá muchos inquilinos en el edificio. Por otra parte, si no funciona el ascensor podríamos subirlo por la escalera, ya que es completamente recta para llegar a la puerta del apartamento.

Cuando regresemos, te terminamos de contar como nos fue en el correo de Adela.

Un abrazo de parte de los dos. Te queremos

Para: Luisa(luisa.collad45@hotmail.com)
De: angelari3@gmail.com
Arlés 6 de septiembre de 2009

¡Buenas noches, Vicent!

Hemos descansado un poco después del durísimo trabajo de ayer y de anteayer. Te pido por favor que vayas a su entierro. Despídete de él por nosotros y como se merece.

En nuestro viaje no hemos tenido problemas. Todo salió como queríamos. No nos costó casi nada transportarlo, ya que pesaba bastante menos que yo. Entre lo flaco que se quedó y su 1,60 de estatura debía pesar menos de 50 kilos. Lo acostamos sobre la cama y deshicimos todo el envoltorio que rodeaba su cuerpo. Ese plástico lo recogimos y lo tiramos en un contenedor a bastantes kilómetros de allí. No dejamos huellas. Hicimos todo nuestro trabajo con guantes quirúrgicos. Nos quedamos mirando el cuerpo de Miguel por unos instantes y, cuando me volvieron a saltar las lágrimas, Robert me abrazó y me dijo:

–Mi amor, ya partió. Estamos haciendo lo que toca. Despídete de su cuerpo si quieres, pero recuerda que él ya no está aquí.

En el mismo Roses buscamos una cabina telefónica que no se viese desde alguna cámara de tráfico ni desde ningún banco. Como sólo encontramos en funcionamiento una, Robert se puso la peluca pelirroja para llamar. Así, si lo grababan, seguirán sin tener nada. La llamada a la policía no duró ni un minuto y también la hizo con guantes. Nos fuimos enseguida y conseguimos llegar a Banyoles a tiempo de ver amanecer sobre el lago.

Esperamos que estés bien y noticias tuyas.

Te queremos y te echamos de menos

Adela

P D.– Me ha pedido Robert que te envíe la siguiente cifra 45.361 y te diga que están descontados hasta los gastos de este último viaje.

Para: angelari3@gmail.com
De: luisa.collad45@hotmail.com
Valencia 8 de septiembre de 2008

Me gustaría hablaros de cómo me he sentido cuando me habéis contado la pérdida de Miguel, pero tengo preocupantes noticias. Eduardo García ha descubierto que hay dinero negro de los empresarios detrás de lo que investiga.

Lo sabe porque el último de los empresarios que firmó el preacuerdo usó dinero negro suyo para pagar el pico que excedía de los 10 millones que teníamos acordado. Posiblemente el error fue mío. Si hubiera excedido de esa cifra, para que él hubiera participado en las mismas condiciones de los demás, nada de esto habría ocurrido.

El Inspector de policía está convencido de que soy parte integrante de la trama y me está presionando. Sé lo que tengo que hacer y no os preocupéis por mí.

Sabréis si me han pillado por la prensa. Seguro que sale en la de Valencia. Adela ¡Que tu tía te mantenga informada!

Estoy escribiendo este correo desde casa de mi madre, ya que he venido a verla y al entierro de Miguel. Estaré muy vigilado por lo que sólo os escribiré cuando me sienta seguro.

Menos mal que hay un locutorio en Lubián desde donde puedo leeros. No me atrevo a escribiros desde allí porque he detectado que me vigilan. Tienen pinta de policías.

Os quiero y estar tranquilos. Nunca os delataré.

Vicent

20. EDUARDO

Gracias a una llamada anónima con acento francés habíamos encontrado el cadáver de Escamilla. En un apartamento de la costa Brava alquilado por la inefable Ruth Rielves. Todo legal y justo el día anterior a nuestra llegada a casa de Escamilla. Contrato de 6 meses pagando 3 por adelantado y con una curiosidad. Se pagó en efectivo y se utilizaron entre otros tres billetes de 500 euros. Había dinero negro de por medio.

Acababa de llegarme el informe forense. Escamilla había muerto a causa de su enfermedad. Un derrame cerebral fue la puntilla final. Era significativo el dato de la hora de su muerte entre 25 y 30 horas antes de la llamada. Con esa información sólo podíamos apuntar a que debía venir desde Francia. Si no, no habría buscado un apartamento tan cerca de la frontera. Probablemente Escamilla les ayudó a cambio de garantizar que lo enterrasen en España. De esa forma no generarle dificultades a la hermana.

El polvo encontrado indicaba que el apartamento había estado desocupado todo el tiempo que estuvo contratado. Trajeron el cuerpo para que lo encontráramos allí. Escamilla estaba vestido con ropa fácil de poner, toda recién lavada y sin una sola huella. Los interruptores de la luz y los pomos de las puertas habían sido manipulados con guantes. Todo muy profesional.

Estando en estos pensamientos me pasaron una llamada de Bru. Me sorprendió que no me llamara directamente al móvil –porque ya lo tenía grabado– y que lo hiciera –ya que nuestra última conversación no fue especialmente cordial.

–Señor García, soy Vicent Bru, estoy en Valencia, he venido a ver a mi madre que no se encontraba muy bien.

Seguía cumpliendo todos los requisitos que le pedimos. Me informaba de sus movimientos. Yo ya sabía que había salido de Lubián el día anterior y que, bastante tarde, había llegado a su casa. Podía ocultarle la muerte de Escamilla. Creí que no era lo adecuado. Pensé que suavizando el trato con él sería más fácil que se le escapase algo. Además, era casi seguro que ya lo sabía.

–Pues nosotros hemos encontrado a Escamilla.

–¿Sí?, ¿se encuentra bien?, ¿les ha contado algo?

–Me temo que no, avisaron desde una cabina para que fuéramos a recogerlo. Estaba muerto.

–¡Ostras!

–Ya le han hecho la autopsia, murió de hemorragia cerebral. Lo entierran mañana.

–¿Aquí, en Valencia?

–Sí. Su hermana se ha encargado de que lo entierren con sus padres.

–¿Sabe la hora del entierro? Quisiera darle el último adiós.

Bru había llamado desde casa de su madre. Por eso lo hizo a través de la centralita de la policía. Quería que supiera que decía la verdad. Llamé a Daniel Gómez, el supervisor de los contratos que el juez había nombrado. Me dijo que había hablado con Bru y que le pareció un tipo legal y correcto. Le dio todo lujo de detalles de las empresas para que las pudiera controlar. No era lo que yo esperaba.

–¿Está convencido que el trabajo de Bru es correcto, que no esconde nada?

–Si algo tengo seguro es que Bru pretendía ser el supervisor. Alguien que toma tantos datos y detalles de las empresas que ha de controlar pretende serlo.

–¿No será una tapadera para que parezca lo que no es?

–Si hubiese sido una tapadera no habría sido tan eficiente. Estoy encantado de lo colaborador que ha sido el señor Bru. Me ha facilitado sobremanera mi trabajo.

–De todas formas, si detecta algo extraño comuníquemelo inmediatamente.

–No se preocupe que lo haré, aunque le adelanto que veo poco probable que lo haya.

Me dejó descolocado. Esperaba encontrar algo. Volvía otra vez a mis dudas sobre si era o no era Bru el líder de la banda. Al menos me libraba de ir al día siguiente al entierro de Escamilla. La prensa de Valencia ya había empezado a publicar sobre el caso. Sabía que me esperarían allí. Tenía la excusa perfecta para no ir. A la misma hora tenía cita a través de videoconferencia con Raúl Rodríguez.

No obstante, comprobaríamos si Bru iba al cementerio y lo que pudiera hacer allí. En teoría no conoce ni a Ana ni a su sobrino. Ya veremos si es cierto. Aunque, con lo inteligente que es Bru, seguro que no miente.

Fue interesante la conversación con el abogado argentino. Gracias a él me enteré de cómo se creó Zajolay, de la nula actividad de la misma salvo la creación de filiales en España y de cómo fue despedido de su cargo de apoderado.

–¿Cómo pueden despedir al apoderado sin nombrar otro apoderado?

–¡Sí nombraron a otro apoderado!

–¿Quién?

–Una mujer, espere que lo mire, lo tengo apuntado.

–¿No sería Ruth Rielves?

–Sí. Acertó. En el buro fax me enviaron escaneado su documento de identidad. Yo cumplí la última parte de mi trabajo, que era ir a presentar los documentos a Montevideo y dejé de ser el apoderado de Zajolay.

–¿Y con presentar los documentos basta para cambiar de apoderado?

–No, es necesario que Ruth vaya a Uruguay a firmar en persona; entre tanto la empresa solo puede operar con la firma del presidente.

Trabajo nuevamente muy limpio. Zajolay desaparecería sola, con el presidente ya muerto y con una apoderada falsa y la auténtica Ruth Rielves sin enterarse de nada ¡Menudo partido le sacaron a ese robo de DNI¡

Me informaron que Bru estuvo en el entierro. Al parecer todo fue normal. Se mantuvo al margen y fue el último que se acercó a darle el pésame a Ana. Lo único que les parecía algo extraño a los policías es que Ana Escamilla se sobresaltó cuando le saludó Bru. No sabemos lo que le dijo. Pudo haberse asustado ante la imponente presencia de un desconocido de 1,90 metros de estatura. Bru le entregó una tarjeta de visita a Ana Escamilla. Si se produce una llamada entre ellos la tendremos grabada.

Estuvieron presentes la hermana, el sobrino, Bru y unos pocos amigos de Escamilla a los que ya habíamos interrogado. Todos vestidos con camisetas negras que llevaban serigrafiado en la espalda "Miguel eres nuestro héroe". Ninguno tenía antecedentes policiales. Los más antiguos de la comisaría recordaban a ese grupo. Me informaron que tanto Escamilla como sus amigos estuvieron en los expedientes de vagos y maleantes de la época de Franco. En ellos se inscribían a todos los homosexuales.

Todos fueron activistas para conseguir que se destruyeran esos archivos y también eran, en la actualidad, activistas que protestaban en las manifestaciones políticas. Escamilla había estado con ellos hasta que enfermó. Por lo visto la organización de la estafa lo captó, cuando ya se sabía que era enfermo terminal.

21. VICENT

Para: angelari3@gmail.com
De: luisa.collad45@hotmail.com
Valencia 12 de septiembre de 2008

El día 9 enterramos a Miguel. Sorprendentemente no estaba presente Eduardo García, el inspector jefe que lleva la investigación. Eso sí, había mandado de paisano a dos de sus chicos. Me enteré, por un correo que me llego de Argentina, que estaba ocupado con una videoconferencia. D. Eduardo García estuvo interrogando a Raúl sobre la creación de Zajolay. Me contó todo lo que le dijo a la policía. Los dejó sin ningún dato nuevo. Me he atrevido a volver a escribiros porque estoy en casa de mi madre. Seguiré manteniéndoos lo más alejados de mí que pueda.

En el entierro mantuve la distancia que tiene un desconocido y me esperé a ser el último en darle el pésame a Ana. Lo hice de forma muy estudiada.

Ella no levantaba la cabeza y daba las gracias. Yo le cogí la mano derecha cuando la extendió hacia mí y a la vez la sujeté con la mano izquierda. Y sólo en ese momento exprese lo típico de "Ana, le acompaño en el sentimiento".

Casi se me cae al suelo la pobre mujer al reconocer mi voz. Tenía que hacerlo así, delante de todos, para que nadie pensase que me acercaba a ella por otro motivo. Lo verdaderamente importante de aquel pésame fue mi tarjeta profesional. Se la ofrecí diciendo que era una de las personas contratadas por su hermano y que cuando pasase un poco de tiempo me gustaría hablar con ella. Luego le dije "Planche mi tarjeta profesional."

Ana debió entender esto último y descubrir enseguida que en la parte de atrás de la tarjeta estaba escrito con zumo las palabras Café Tertulia y la dirección del mismo.

La cafetería en la que metimos en La Locura a Miguel está regentada por unos buenos amigos míos. Me han dejado el siguiente recado en el teléfono de mi madre: "quien suponías que vendría acababa de irse del Café". Fui a hablar con ellos y me dijeron que cuando se presentó allí preguntando por mí le pidieron que se identificara. Dijo su nombre y mostró la tarjeta de visita que yo le había dado. Le dijeron que se sentara y que yo la invitaba. Sólo quiso una infusión y cuando se la sirvieron le entregaron una carta en la que le explicaba que aún tardarían en llamarla de la asesoría fiscal donde podría recoger "los documentos que le pertenecían" y que era muy importante que su hijo no se enterase de la existencia de "esos documentos" hasta que se hubiese calmado todo.

Tendréis que hacer llegar el dinero a la Asesoría Fiscal que se encuentra en la calle Mayor de Aldaia cuando os lo indique o, si me detienen, cuando lo consideréis adecuado. Son amigos míos desde hace mucho y saben que les llegará un paquete sin remitente y con la única indicación que es para entregar a Ana Escamilla.

Os quiero muchísimo y por eso os mantendré lejos de mí físicamente, aunque os llevaré siempre en mi corazón. Como a Miguel.

22. EDUARDO

Cité a Ramón Añó y se presentó con su abogado. Ramón se mantuvo en silencio toda la entrevista. Nada más sentarse ante mí, el abogado me dijo que su representado había delegado en él todas sus declaraciones a la policía desde ese día en adelante.

El abogado sabía lo que hacía. Bloqueó toda tentativa mía de vincular la operación inversionista con el dinero negro. Por mucho que insistí en los 85.000 euros siempre dijo que era un tema de Hacienda y que la disposición de su cliente era pagar la sanción que le impusiesen. Que tanto la empresa de su mujer como él, en calidad de responsable de la misma, asumirían lo que el inspector de hacienda determinase. Era un delito lo que había hecho, pero no acabaría en la cárcel por ello.

No era lo mismo presionar a un empresario que presionar a un abogado. Vi rápidamente que no iba a conseguir nada y los dejé marchar. Le pedí al abogado si podía quedarse un rato conmigo. Les dejé claro que no pensaba hablar con el abogado nada del tema de los pagos de Surtidos Alsina SL.

En cuanto nos quedamos solos le dije al abogado:

—Estamos buscando a una trama internacional que ha realizado una estafa millonaria. Sabemos que el móvil de la misma era el dinero negro de los empresarios. No tenemos la intención de crucificar a ninguno de ellos. Nos interesa que las empresas sigan funcionando. Sabemos que usted es su abogado y queremos su colaboración para descubrir la trama.

—No sé en qué puedo ayudarles para descubrir la trama.

—Si dejamos de lado a los empresarios y nos centramos en uno de los organizadores que los lió en esta estafa yo me comprometo a no presentar cargos contra ellos.

—No sé a quién se refiere.

—¿Me está diciendo que no conoce a Vicent Bru?

—Conozco muy bien a Vicent Bru y no sólo porque todos mis clientes empresarios, relacionados con las inversiones de Zajolay, me han hablado de él. No considero al señor Bru organizador de ningún acto delictivo. Permítame que discrepe de su opinión.

—Sabemos que él pudo ser el organizador o un colaborador necesario de la estafa.

—Eso es lo que ustedes creen, no lo que saben.

—¿Entonces no está dispuesto a colaborar en la detención de Vicent Bru ni aun dejando fuera a todos sus clientes?

—No está dejando fuera a todos mis clientes.

Me quedé perplejo ante su respuesta. Con lo que el abogado continuó.

–El pasado 10 de septiembre recibí la visita de Vicent Bru. Me contó que usted lo estaba presionando. Acusándolo infundadamente de ser parte integrante de la trama que realizó la estafa. Al final de la visita me contrató como su abogado. Como comprenderá yo defiendo a mis clientes y no voy a colaborar en ningún arreglo que perjudique ni a uno sólo de ellos.

Tuve la sensación de estar en un combate de boxeo y de haber recibido un golpe bajo. Bru había cerrado otra puerta más y era la más importante. Ahora no solo eran una piña los empresarios. Bru también formaba parte de ese grupo, y lo peor aún estaba por llegar. El abogado prosiguió:

–Por cierto, me ha venido muy bien que me haya hecho quedarme. Me parecía más elegante y correcto informarle de mi próximo paso. Le dejo copia de este escrito que vamos hacer llegar al juez instructor del caso. Como verá, presentamos quejas por la actuación de miembros de su equipo que se están inmiscuyendo en la vida privada de mis clientes. Ninguno de ellos está acusado de nada ni es sospechoso de nada.

–A Bru sí lo estamos investigando con permiso del juez.

–Lo desconocía. No tienen nada contra los empresarios y en el escrito exigimos que se deje de presionar, perseguir, espiar y molestar a ninguno de ellos.

Me vi ante el juez recibiendo la reprimenda correspondiente. Era incapaz de decir nada en ese momento. El abogado parecía no cansarse y pretendía llegar al final del combate por K.O.

–Informaré a mi cliente, Don Vicent Bru, que está siendo oficialmente investigado. Espero, del juzgado o de usted, que nos expliquen las causas por las cuales lo están haciendo. Le recuerdo que el señor Bru es una persona que ha estado colaborando con ustedes al cien por cien hasta la fecha.

Calló por un momento y sonriendo me remató con la siguiente frase:

—Si él se ha beneficiado en algo, con todo lo sucedido, espero que sean ustedes capaces de demostrarlo. Una persona con un trabajo honrado y un buen nivel de vida que, a causa de una estafa, se tiene que ir a malvivir a un pueblucho, no parece un buen comienzo para demostrar que mi cliente haya obtenido ganancia alguna con la misma.

Sin decir nada más se levantó, se dirigió a la puerta y desde allí soltó un golpe más.

—Ampliaré la queja que presentaré al juez incluyendo en la misma la investigación a Vicent Bru.

23

Después del rapapolvo, por extralimitarnos presionando a los empresarios o gerentes de las empresas, el juez me pidió los avances que habíamos obtenido con Bru. Al no poder aportar nada concluyente se me indicó que lo tratara igual que a los empresarios. Literalmente me dijo: Si lo que tiene es su palabra contra la de D. Vicent Bru en el juzgado nos quedaremos con la del investigado. ¿Ha oído hablar usted de la presunción de inocencia? Lo que menos me gustó fue el tono que empleó el juez cuando me hizo la pregunta.

Es decir, volvía al callejón sin salida. Llamé a mi comisario. Le conté mi reunión con el juez y que tenía periodistas tanto de Valencia como de Madrid exigiendo información. Me hizo volver inmediatamente a Madrid.

El comisario tardó un par de días en ponerse en contacto conmigo. Cuando lo hizo yo llevaba conmigo toda la información recogida actualizada. Me cito a las 11 de la mañana y cuando llegué a su despacho se asomó y le dijo a su secretaria que no estaba para nadie. En especial, para ningún periodista. Añadió que solo atendería las llamadas que vinieran del mismísimo Ministerio del Interior.

—Tenemos tiempo, García. Comience como si no me hubiera comentado nada del caso y me lo tuviera que contar de nuevo.

Estuve casi una hora hablando sin necesidad de mirar apuntes. Me centré en explicarle con detenimiento la estrategia del golpe. Durante todo el tiempo le mostré la clave sin resolver del caso: Cómo demostrar que Bru era el organizador o uno de los organizadores de la estafa.

Le expliqué que, pese a estar totalmente convencido de su culpabilidad, no tenía ni una sola prueba. Además, su comportamiento es como si no hubiese recibido ni un euro de dinero negro. Cuando acabé la explicación el comisario, que había tomado bastantes notas hasta el momento con su bolígrafo favorito, me dijo:

–Su fijación con el tasador no nos ha traído buenos resultados. Se nos pasa algo por alto, es imposible que no haya ningún cabo suelto. ¿Con la policía francesa tampoco sacaste nada en claro?

–Lo que sospechan los franceses es que el agujero se hizo hace tiempo, ya que todas las tarjetas utilizadas tienen más de tres años de antigüedad. Están buscando entre trabajadores y ex trabajadores sin saber cuándo y de qué forma se hizo el agujero. Por eso les ha sido imposible localizarlo.

–¿Qué más has tratado con ellos?

–Les dimos la lista de nombres de las franquicias para ver si encontraban donde se habían hecho los carteles y tampoco encontraron nada ni en París ni en los alrededores. Les informamos de la posibilidad de que el hacker fuese pelirrojo y nos dijeron que ninguno de los investigados lo era.

–¿Qué información tenemos de las policías de Argentina y Uruguay?

–Les enviamos a los argentinos copia de los contratos de las franquicias y nos dijeron que eran unas falsificaciones casi perfectas y que las firmas eran totalmente diferentes a las de los propietarios de las empresas. Por eso no descarto la participación argentina. Debieron de conseguir allí los modelos de los contratos de las franquicias. Para la policía de Uruguay no hay ningún delito cometido en su país que ellos deban investigar.

–¿Tenemos a algún sospechoso en Argentina o Uruguay?

–A nadie. Contrataron a un bufete de abogados para abrir Zajolay desde España y los despidieron en cuanto hicieron la estafa. Es un bufete conocido y que realiza ese tipo de gestiones habitualmente.

Mi comisario se quedó un momento pensativo y luego siguió con sus preguntas.

–¿No ha sacado nada en claro sobre Ruth o Escamilla de los trabajadores?

–De Ruth que era española, ya que su acento era muy neutro, y que no era valenciano hablante. Lo que he sacado de sus declaraciones es que Escamilla participaba activa y voluntariamente en la trama.

–¿Qué relevancia tiene ese hecho?

–Querría comprobar si Escamilla actuó voluntariamente o coaccionado por la organización. Su actitud en la presentación de Zajolay ante ellos, nos indica que era parte integrante de la trama. No hemos podido descubrir, al investigar su pasado, vínculos con los bajos fondos. Es posible que estuviera relacionado con ellos en su juventud. Parece que lo escondieron de forma voluntaria por ambas partes, así Escamilla evitaba dar la cara ya que sabía que iba a morir.

–Desde que se fue, ¿nunca se puso en contacto con su hermana?

–No. Apareció muerto en un apartamento de Roses, un pueblo costero cerca de la frontera con Francia. Todo apunta a que fue el sitio que eligió Escamilla para morir. Un discreto apartamento sin vistas al mar.

–¿Quién alquiló el apartamento?

–¿No se lo imagina? Ruth Rielves. Todo en regla, con contrato legal y pagando tres meses por adelantado.

La cara de mi comisario mostraba una creciente preocupación. No tenía ni idea por dónde me iba a salir. Tras unos segundos de revisar sus numerosas anotaciones siguió con sus preguntas.

–¿Qué ha decidido hacer el juez con las empresas?

–Nada. Los contratos son legales y, por otra parte, desde el juzgado ya nos informaron que las empresas han de entregar el porcentaje de los beneficios pactados con Zajolay. Ese dinero es para resarcir a la compañía de seguros.

–¿Con eso les resarcirá todo el dinero?

–No creo, y pienso que la compañía ya lo sabe. Lo que pasa es que con esa maniobra la trama habrá conseguido tenerlos entretenidos entre 10 y 12 años.

–Si por ahí no tenemos nada que sacar, ¿hacia dónde miramos?

–Siempre miramos el dinero y el dinero no está. Ya se encargaron de gastarlo prácticamente todo. Entre todas las cuentas no dejaron ni mil euros.

–¿Qué es lo que podemos demostrar?

–Nos quieren hacer creer que tanto los empresarios como Bru, el tasador, han sido utilizados por la organización y en cambio todos salen beneficiados. Sabemos que hay dinero negro de por medio. Pero, como ya le he dicho, el problema es que no lo he podido demostrar.

–En sus explicaciones anteriores he tomada nota al menos 6 veces de que la actuación la han hecho profesionales: La limpieza de la casa sin una sola huella. La ausencia de imágenes en los bancos salvo las de Ruth y Escamilla. La ausencia de ordenadores y datafonos. La velocidad con la que desaparecieron. ¿Sigo?

–No hace falta, señor comisario.

–Veo muy profesional el trabajo de Ruth y todavía más profesional la del gordo con cojera. ¡Y no tenemos nada de ellos!

–Hemos repasado los listados de personas con antecedentes en distintas bases de datos policiales y no hay coincidencias.

–No se ha encontrado el lugar donde hicieron los carteles. Tampoco hemos sacado nada del informático. Ese hombre debe ser la clave para saber cómo se hizo la sustracción de los datos de las tarjetas. Es decir, no ha sacado nada de las personas más significativas.

–Es cierto, señor comisario, pero...

–Ni peros ni leches. Le estoy diciendo las cosas que el abogado defensor del tasador sacaría en un juicio. Diría que le echamos el muerto a Bru porque hemos sido incapaces de ir a por los verdaderos culpables.

Me quedé callado al no saber qué responderle. El comisario también se quedó un rato pensativo y respiró profundamente. Luego mirándome con cara de pocos amigos me dijo:

–¿No se te ha escapado algo para demostrar que Bru es culpable?

No sabía por dónde entrar y me fui a justificar lo que había encontrado.

–Él ha estado todo el tiempo en medio de todas las operaciones. Ha demostrado ser un tipo inteligente y no es creíble que no detectase nada extraño en los actos de Zajolay. Él mismo creó la empresa desde España. Fue él el nexo de unión con los empresarios. Nada se podría haber hecho sin su participación. Sería imposible que no quedase ningún fleco suelto por donde descubrirlos sin la participación activa suya.

–Pongamos que está en lo cierto, ¿qué saca Bru con todo esto?

–Dinero negro de los empresarios que procede de la compraventa de viviendas en la época del boom urbanístico.

–Supongo que es ahí donde el abogado de los empresarios consigue pararle los pies en su investigación. Es lógico. Si los empresarios han pagado en negro para conseguir al inversor ahora no pueden hablar o se les cae el pelo a ellos.

–El abogado es bueno. De hecho, Bru lo contrató también. No sé cómo lo pagó o todavía no le ha pagado, ya que de las cuentas de Bru no ha salido nada de dinero para su defensor.

–¿Entonces no hay gastos significativos de tu principal sospechoso?, ¿no se ha gastado nada con dinero en efectivo?

–Nada. Sabe que lo estamos investigando y no ha comprado ni un lápiz sin pedir factura. Gasta menos que un monje. Pensamos que él es el culpable o al menos el encubridor de los culpables, aunque, por los signos económicos externos, él no se ha quedado nada del dinero negro.

Mínguez se quedó mirándome con cara de enviarme al peor caso que tuviera entre manos y me dijo:

–O sea que, si Bru es culpable o encubridor, no lo podemos demostrar y ante el juez es una víctima de nuestro acoso.

Contesté asintiendo con la cabeza y agachándola un poco. Me estaba jodiendo con su mirada. Para mi sorpresa, en vez de enviarme a galeras dijo en un tono bastante afable:

–¿No tiene ninguna conclusión posible que no implique ni a Bru ni a los empresarios?

Me quedé totalmente sorprendido. Entendí que había que dar carpetazo al asunto y mi comisario me pedía una forma de salir medianamente airosos de él. Yo había perdido mi posibilidad de ser comisario, y me di cuenta de que Mínguez también corría riesgos. Hay destinos bastante peores que la central de la unidad de delincuencia económica y fiscal. Me acordé de mis elucubraciones iniciales, cuando no tenía ninguna sospecha de nadie, y se me ocurrió decirle:

–Sí que tengo una inquietante conclusión.

–Diga, García. ¿Cuál es su conclusión?

–Me temo que todo este caso ha sido una prueba.

–¿Cómo que una prueba?, ¿qué clase de prueba?

–Me temo que esta organización dispone de medios para hacerse con más claves de tarjetas, eso si no las tienen ya. Fíjese si son buenos que en Francia no han encontrado el agujero por dónde sacaron la información. Para mí lo que han hecho ha sido probar para ver si les funcionaba. Por eso no encontramos dónde está el dinero que se quedaron. Simplemente porque no se lo quedaron.

–¡Entiendo, entiendo!

–El golpe de verdad lo pueden dar en otro momento, en otro lugar. Incluso puede que lo estén preparando ya. Y esta vez no invertirán en empresas ajenas. Y posiblemente saquen mucho más dinero.

–Prepáreme el informe de cierre provisional de la investigación con su teoría –dijo sonriente Mínguez y prosiguió: ¡Estoy imaginándome la cara que se les va a quedar al juez instructor y a los franceses cuando lo lean! Por cierto, si no tenemos a quien acusar del robo, tenemos que estar atentos ante el próximo movimiento de la compañía aseguradora.

–¿Qué me dice?

–En Francia las compañías que aseguran a Carte Bleu y al Banco no son sólo de seguros, son también de reaseguros.

–¡Vaya cirio le van a montar a Bru! –le dije a mi comisario y añadí: Aunque se haga un cierre provisional del caso, creo que no estaría demás mantener una discreta vigilancia sobre él.

–Olvídese del caso. Con su informe cerramos y nos vamos. Que se encarguen de Bru los de la compañía de seguros.

4ª PARTE: EN EL CAMINO OTRA VEZ

DEL 25 AL 29 DE JULIO DE 2011

1. VICENT
25 de julio de 2011

Estaba convencido de que Robert y Adela llegarían ese mismo día. Hacía dos largos, intensos y duros años que no los veía. Me sentí ansioso, como hacía tiempo que no lo estaba. Procuré estar muy atareado toda la mañana. Limpié todo el albergue y me entretuve en dejar bien aseada la habitación que usaba de trastero. A partir de este día y durante unos cuantos más, sería la de mis invitados.

En esos dos años mi vida había cambiado mucho. La, casi permanente, vigilancia no era nada agradable. Al menos, al ser conocida y reconocida, me fue mucho más llevadera. Conseguí, gracias a centrarme en mi trabajo, sobrellevar la sensación de acoso que sentía. Esto sirvió para ser aún mejor hospitalero.

Mi gran "pero", en la monástica vida de "cuidador de peregrinos", era que no podía contactar con mis colegas de La Locura. Muchos otros amigos sí que vinieron a visitarme. Me traían noticias de Valencia y de otros puntos del Camino de Santiago. Agradecía recibir visitas de otros que como yo dedicaban su tiempo, por vocación o profesión, a la hospitalidad.

Me enteré de la llegada de mis amigos por una llamada de mi madre.

–Vicent, cariño, ¿tú conoces a Robert Dupré y Adela Moreno Rielves?

–¿Por qué me lo preguntas ,mamá?

–Porque he recibido una invitación para asistir a una boda que es para ti. Se casan en Toledo.

–Veo que has abierto la carta.

–¿Qué quieres? Venía en una carta para mí que dentro tenía otra para ti. En el sobre se veía que era un tarjetón de boda. No me he podido resistir.

–Me has dado una alegría enorme. Son dos buenos amigos. ¿Qué día se casan?

–El sábado 23 de julio. Hay algo especialmente interesante. Han escrito a mano, con letra de chica, una frase que creo que te importará mucho.

–Venga mamá, no te hagas la interesante y léemela.

–Los novios iniciaremos nuestra luna de miel haciendo el Camino de Santiago, desde La Puebla de Sanabria. Empezaremos a caminar el día del patrón del Camino. Y lo firman los dos.

Dado que la distancia que separa La Puebla de Sanabria de Lubián es inferior a 30 kilómetros, era muy probable que el día de la llegada, de los recién casados a mi albergue fuera ese mismo 25 de Julio.

Mi estado de nerviosismo me invitaba a salir a pasear para calmarme. Al asomarme a la puerta del albergue vi que se avecinaba mal tiempo. Hacia Galicia, el puerto de La Canda estaba cubierto de nubes muy oscuras y, del otro lado, El Padornelo empezaba a imitar la meteorología de su vecino del oeste. No tardaría en ponerse a llover. La llegada a Lubián para los peregrinos iba a ser muy dura. Cambié la idea del paseo por ir a visitar a los vecinos. Tenía que pedir periódicos viejos. Harían falta, dentro de un rato, para secar el interior de las botas de mis caminantes favoritos.

Con la presencia de otros peregrinos, que habían llegado antes, traté a Adela y a Robert con la misma amabilidad con la que recibía habitualmente a cualquier otro. Me pude permitir más cuidados con Adela, que simuló llegar cojeando. Con esa excusa, les hice depositar sus mochilas al lado de la puerta que comunicaba la parte pública del albergue con mi espacio privado.

Esa tarde casi todos los peregrinos prefirieron ver llover desde dentro del albergue y tratar de secar sus pertenencias. Tras la cena les recordé que tocaba ir a descansar pronto, que al día siguiente les esperaba otra etapa bien dura. A las 10 de la noche tenía a casi todos acostados. Sólo Robert y Adela me acompañaban mientras simulaba cambiar el vendaje del tobillo de ella. Con los primeros ronquidos les indique, por señas, que recogieran sus cosas y me acompañaran.

Al otro lado de la puerta, pudimos darnos ese abrazo largo y deseado desde hacía tanto tiempo. Montamos una piña de tres cuerpos, que me recordó la despedida de hacía casi dos años, y eché en falta a Miguel.

–¡Qué ganas tenía de abrazaros otra vez!

–¡Y nosotros a ti! –dijo Adela.

–¡Dios mío, qué bien os han sentado estos dos años!

–¡Pues mira quién habla! Se te ve relajado y más sonriente –dijo Adela.

–Se nota que disfrutas atendiendo a los peregrinos –dijo Robert.

–¡Bravo, Robert! Casi no te noto el acento francés.

–Sí, Adela me ayuda mucho.

–Más bien le obligo mucho.

–Ja ja, por favor, no me contéis el origen de vuestras rencillas matrimoniales.

–No, las rencillas no son esas, ni el dinero tampoco –dijo Robert.

Nos reímos los tres bien a gusto. Robert cambió de tema.

–Me encanta como tratas a los peregrinos. Hoy has estado muy amable, dándoles la información de la etapa de mañana.

–Me he hecho un profesional –dije haciéndome el importante y luego añadí: Es normal, tras la lluvia y estando entre dos grandes puertos de montaña, los peregrinos temen la etapa de mañana y preguntan más, no quieren perderse ni en la niebla, ni por los montes.

–Dejemos la hospitalidad para otro momento. Tienes que contarnos cómo te ha ido la vida por aquí, como te fue en Valencia cuando nos fuimos –dijo Adela.

–Para mí lo más significativo fueron, en primer lugar, la reunión con los empresarios tras la denuncia de estafa, y luego mi relación-confrontación con el Inspector jefe Eduardo García.

–Cuenta, cuenta –dijo Adela imitando la voz de una abuela que tan bien conocíamos Robert y yo. Esta vez mejoró la escena, poniéndose unas de mis gafas sobre la punta de la nariz, un pañuelo en la cabeza y moviendo los dedos como si estuviera haciendo calceta.

–Os cuento la reunión con los empresarios y luego nos vamos a dormir.

2

Cuando salí de mi primera visita al despacho de Eduardo García, llamé enseguida a Diego Martínez para que convocara, esa misma tarde, una reunión con todos los empresarios. Le adelanté que había una estafa de por medio. Le dije que, aunque consideraba que no nos afectaba directamente, convenía informarlos a todos.

Tuve la buena idea de ir allí con un conocido. Un abogado que me debía un favor y vino gustosamente a ayudarme.

A nuestra llegada, ya estaban todos esperándome. Con sus miradas interpreté que todos consideraban que les había engañado.

Tras explicar mi reunión con el Inspector Jefe de delincuencia económica y fiscal, el ambiente se caldeó. Empezaron las acusaciones de que yo sabía todo desde el primer momento y que me lo iban a hacer pagar. Tras dejarles desahogarse un rato, pedí que me dejaran hablar y les dije:

–Al margen de que yo no sabía la procedencia del dinero, creo que lo peor que pueden hacer en este momento es airear la procedencia del que aportaron ustedes. No son cantidades que se puedan justificar ni saldar con Hacienda pagando una multa. Son cantidades que se castigan con penas de prisión. Aquí Enrique Trillo, abogado experto en el tema, se lo contará después.

–¿Qué nos quedará después de que nos quiten las empresas por la estafa? –dijo Ramón Añó, uno de los más exaltados.

–Lo mismo que ahora. Zajolay se convirtió en socio inversionista. Igual que no tiene ninguna posibilidad de quitarles la empresa, por la misma regla de tres, ningún juez puede hacerlo. Como mucho, les podrá quitar el dinero recibido que aún no se hayan gastado. Por lo que, si aún les queda algún pago por hacer, háganlo esta noche o mañana a primera hora.

–¿A qué se debe tanta prisa? –preguntó desde el fondo el empresario de Onda.

–Si no me equivoco, el juez tratará de recuperar el dinero. Cuando compruebe que ya está gastado, lo que hará será disponer de los porcentajes de los beneficios que indican los contratos para intentar indemnizar al estafado.

–¿Cómo nos metió en este asunto sin comprobar la procedencia del dinero? –dijo el empresario de Juanlux.

–Comprobé que todas las franquicias eran de empresas reales, que están trabajando en Argentina. Me lo confirmó el abogado, que ejerció de apoderado de Zajolay, hasta que lo despidieron. Hicieron un trabajo profesional para que pareciera todo legal. Me engañaron y lo que pretendo es que, ese engaño, no les afecte o les afecte lo mínimo posible. Por eso les he convocado.

–¡Ahora la policía estará encima de nosotros! –exclamó otro de los empresarios.

–La policía se enfrenta a contratos legales firmados ante notario. Como mucho, querrán comprobar los gastos efectuados, de acuerdo con las estipulaciones de los contratos. O sea, lo que tendría que haber realizado yo, lo hará la policía. Luego nombrarán a algún supervisor de las cuentas, para comprobar que estaréis pagando los porcentajes de beneficios sin trampas, es decir, la faena que habría hecho yo.

–¡Eso no quita que la policía esté encima de nosotros, no vamos a poder hacer ningún trabajo en negro! -exclamó Ramón Añó-

–Fueron ustedes los que quisieron blanquear su dinero y lo han blanqueado. Ahora no deben, ni pueden, trabajar en negro.

Empezaron los insultos dirigidos hacia mí y a levantar la voz. Al menos estabamos sólo nosotros y nadie nos oía. En ese momento el abogado Enrique Trillo decidió intervenir.

—Un momento, señores. Permítanme que les recuerde porqué se encuentran aquí y dónde se encuentran legalmente.

No sé qué tienen los abogados que consiguen que todas las personas los escuchen. Creo que, en general, el resto de la población los teme. Enrique prosiguió:

—Si estamos aquí es porque confiaron en Vicent Bru. Absolutamente todos lo hicieron y ¿por qué?

Tras unos segundos de silencio para captar más la atención dijo:

—Porque fue el hombre que les avisó para que dejaran de comprar inmuebles y para que vendieran. Fue el único que predijo, sin equivocarse de fechas, la explosión de la burbuja inmobiliaria.

—¿Eso que tiene que ver con la estafa? —dijo Ramón Añó.

—Eso tiene que ver con la razón por la que yo mismo estoy aquí. Si no le hubiera hecho caso a Vicent Bru, ahora no tendría casa y estaría arruinado. Aún voy más allá. Vicent Bru no les cobró a ninguno de ustedes por la información que recibieron y todavía más.

Enrique volvió a callar un par de segundos. Sabía teatralizar. Estaba acostumbrado a pisar los juzgados y los estaba impresionando.

—Vicent Bru consiguió para ustedes blanquear ese dinero negro que tenían. También sin cobrarles a ustedes. Cobrando por su trabajo para un inversor, que creyó legal. En cuanto vio que hay un delito de por medio, les llama y les informa de la situación. Les cuenta lo que sabe la policía en este momento y ¿ahora lo quieren linchar? Tendrían que estar dándole las gracias como yo sí que lo he hecho.

—Tiene usted toda la razón. Pero eso es pasado. Ahora lo que importa es que la policía no es tonta y los vamos a tener encima —dijo el empresario de Onda.

—Lo que considero que deberían hacer —dije yo con voz pausada y serena— es contratar un único abogado para todos ustedes. Que haya una única voz ante la policía. Lo más importante de todo es que la policía no debe enterarse de que ustedes aportaron dinero negro. Parece una obviedad lo que digo, pero no lo es. Si cae uno de ustedes, caen todos.

Se produjo un murmullo de asentimiento y de nuevo Ramón Añó volvió a intervenir

–E imagino que pretenderá que sea su amigo el que ejerza de abogado nuestro.

–No pretendo nada. Les aseguro que si eligen a Enrique Trillo estarán bien protegidos, ya que su bufete se encarga de delitos económicos. Son ustedes libres de elegir. Para mí lo importante es que sea una única voz la que hable por todos ustedes.

Enrique y yo nos fuimos y dejamos a los empresarios deliberar en el despacho de Diego. Nos hicieron volver y negociaron el coste de los honorarios con él.

Me fui esa noche a casa sintiendo que había ganado una de las batallas más importantes que tenía por delante. Aún me quedaba la peor, la que tenía que librar con la policía.

–Nunca nos hablaste de ese abogado –dijo Adela.

–Lo conozco por tasar sus compras de viviendas. Es otra persona que me hizo caso y vendió a tiempo. He hecho muy buenas relaciones con mi información.

–¿Nunca has cobrado a nadie por informarle de la llegada del final de la burbuja inmobiliaria?

–No. Muchos de los que me hicieron caso, me lo agradecieron. Por ejemplo, no he tenido que pagar ni un euro a Enrique por defenderme.

3

26 de julio de 2011

A la mañana siguiente, cuando partieron los peregrinos, ninguno se dio cuenta de que faltaban dos por salir. Luego Adela y Robert me ayudaron en la limpieza del albergue.

Esos días estaba teniendo bastantes más peregrinos de lo habitual, por lo que tuvimos que ir a comprar más víveres. Con la compra en su sitio, aproveche para preguntarles por la boda.

Adela me contó con todo detalle la boda. Se casaron en el Ayuntamiento porque así lo exigió ella. Había amenazado a sus padres con casarse en Francia por lo civil y no invitarles a la boda si se empeñaban en que se casase por la Iglesia.

Con alguna intervención de Robert, Adela me siguió contando la fiesta de la boda donde destacaron las intervenciones de las cuatro amigas valencianas con las que empezó el Camino. Al final Robert me dijo que me echaron en falta en la celebración.

Les expliqué que no podía estar. No podía aparecer en una boda de invitado si, en teoría, no me conocían. Robert y Adela me dijeron que era un exagerado. Estaban convencidos de que sería imposible que aún nos vigilaran. Por eso, acabé contándoles cómo ha sido mi vigilada vida en estos dos últimos años.

—Sabéis que estoy en un municipio que no llega a los 300 habitantes. En el pueblo no llegan a 200. Por aquí al día pasarán unas 100 personas de fuera del pueblo como mucho. Los que no lo hacen por trabajo son peregrinos o montañeros que vienen hasta mí. Si aparece un extraño que no viene hasta el albergue rápidamente se entera alguien del pueblo, y me lo dice.

—¿A dónde quieres llegar? —preguntó Adela—

—Al principio de estar aquí vinieron personas extrañas. Un peregrino que no lo era y al que lo único que le interesaba era meterse en mi parte privada. Una persona de acento extraño que hizo preguntas por el pueblo, y otro, quizá el mismo de las preguntas, parado en la montaña mirando con prismáticos hacia el pueblo.

—¿Quiénes eran? —preguntó Robert.

—Alguno seguro que sería policía. Había otros que no tenían pinta para nada de serlo. Quizás fuesen investigadores privados. En cualquier caso, a mí no me sacaron nada y a los del pueblo creo que tampoco.

—¿Investigadores privados? —dijo con extrañeza Adela.

—Chicos, no hemos estafado a un banco, tampoco lo hemos a Carte Bleu, la estafa es a una compañía de seguros y reaseguros. Estos usan otros métodos.

–¿Y qué?

–Adela, quizá tú no lo sepas. Vicent y yo sí sabemos lo que son los reaseguros. Son determinados riesgos que cubren las compañías aseguradoras de forma indirecta. Los que reaseguran son algunos multimillonarios que asumen los riesgos a título personal. Estas personas son capaces de enviar matones, o hacer cualquier barbaridad, con tal de recuperar el dinero.

–¿Entonces, si te hubiesen visto en plan ricachón habrían ido a por ti? –preguntó Adela.

–Seguro. O si aquí hubiese alguien trabajando para mí, es decir, que se notase que tengo más dinero de lo que se supone.

–¿Así que los del pueblo no les contaron nada? –preguntó otra vez Adela.

–Fueron los que recibieron las preguntas sobre mí, los que me avisaron.

–¿Cómo fue? –preguntó Robert.

–Al parecer el que vino haciendo preguntas sabía cómo hacerlo. Daba por hecho cosas que los lugareños tenían que desmentir.

–¿Qué tipo de preguntas? –volvió a preguntar Robert intrigado.

–¿Qué, el del albergue es el amo del pueblo?, ¿no?

–¿Y que respondieron? –preguntó Adela.

–Lo que para ellos era la verdad. Dijeron lo que conocían de mí. Aparento no tener un euro y que trabajo montones de horas cada día. Mi ilusión es atender a los peregrinos.

–¿Los aleccionaste?

–¡No, Adela, no! Es que les preguntaban cómo se puede llevar un albergue así sin contratar a nadie. La pregunta tenía la trampa dentro. Ellos ya saben lo que da de sí el albergue. En el caso que hubiese tenido contratado a alguien sabrían que el albergue era mi tapadera.

–¡Claro!, por eso era tan importante comportarnos como si toda la historia de la estafa no fuera con nosotros –dijo Robert.

–Así es, la ventaja es que sólo me siguieron a mí y, por lo que me han contado, a los empresarios y no a vosotros.

—¿Cómo te enteraste de que los de reaseguros siguieron a los empresarios? –preguntó Adela.

—Me enteré por Diego y por Marcelo. Diego me llamó por teléfono para decírmelo. Marcelo pasó por aquí haciendo el Camino en bicicleta y me contó más detalles.

—¿Qué pasó? –insistió Adela.

—Al parecer recibieron amenazas los dos que más dinero se habían llevado con los contratos de Zajolay. Lo que no se esperaron los de los reaseguros fue la respuesta. Los denunciaron a la policía. Lo que consiguieron es que les pusieran protección a todos.

—¡Vaya lío! –dijo Robert.

—Olvidémonos de lo que le pasa a esa gente ¡Lo realmente importante es que Vicent se ganase a los de aquí! –dijo Adela.

—Sí, es verdad, Me quieren un montón.

—¡A este paso acabas de alcalde! –bromeó Adela.

—Los trato con cariño, converso con ellos. Procuro que el dinero de los peregrinos llegue también al bar del pueblo. Para ellos soy un poco lunático pero buena persona. Les he traído aire fresco y te aseguro Adela que no pienso ser alcalde.

Llegaron nuevos peregrinos y paramos la conversación. Ellos dos se hicieron pasar por los primeros en haber llegado.

Cuando nos retiramos de noche a mi zona privada Robert y Adela me dijeron que aún se sentían preocupados y me lo explicaron.

—En el fondo seguimos preocupados por si descubren lo que hicimos. Esa sensación la tenemos porque debemos de seguir actuando y moviéndonos en la sombra. Atentos para evitar que puedan descubrir una relación que nos ate a la trama. No es algo difícil de evitar para nosotros, nos hemos habituado. A Adela y a mí nos sigue quedando un sentimiento de culpa. Lo hemos hablado entre nosotros y seguimos sin tener claro si perjudicamos a alguien.

—El concepto de la culpa empecé a revisarlo en cuanto os fuisteis de Valencia, ya que enseguida noté que me sentía culpable. Gracias a una meditación me di cuenta que era la mayor trampa en la que podía caer. Si yo me consideraba culpable de algo la policía seguro que me detendría. Mi única opción de librarme era no considerarme culpable de nada y defender mi postura férreamente en todo momento. Luego, en los años que llevo en Lubián, me ha dado tiempo a pensar mucho sobre ese tema. He llegado a una conclusión de esas filosóficas que os gustan tanto.

Adela y Robert se habían quedado callados y esperaban que continuara.

–He dejado de lado el concepto "culpa" y os sugiero que lo intentéis vosotros también. Fijaros en este caso: Cuando estamos pendientes de "A quién perjudiqué con mis actos" realmente nos estamos juzgando negativamente. En cambio, nosotros mantuvimos siempre nuestro código ético –ético para nosotros, no para la sociedad en general. Nuestra actuación no fue legal, fue lógica intentando beneficiar a todos. En cambio, para la sociedad importa más lo que las leyes dicen. Curiosamente las actuaciones legales son las que benefician a unos a costa de otros.

Tras unos seguidos de silencio, asimilando lo escuchado, Adela comentó:

–Hicimos una lista con cada uno de los que intervinieron y vimos que no perjudicamos a nadie.

–Esa lista también la hice hace tiempo. Justo antes de que llegaseis le añadí el último grupo.

–¿A quién?

–A los principales afectados, al margen de la compañía de seguros, hemos sido nosotros. Lo hemos sido porque hemos cambiado radicalmente nuestras vidas.

Se quedaron callados y me pareció que también más tranquilos. Rompí el silencio pidiéndoles que me contaran la llamada, que la verdadera Ruth le hizo a Adela tras ser interrogada por la policía.

–La pobre estaba histérica. Resultó que la interrogaron el mismo viernes que estábamos limpiando en casa de Miguel. Nosotros llegamos a Arlés el domingo por la noche.

–¿Cómo fue tu conversación con ella?

–Le dije que nos habíamos ido de fin de semana, para descansar de la paliza de estar en la obra todo el tiempo. Y que mi móvil se quedó en la tienda.

–¡Perfecto!, ¡ya pareces Vicent! –dije yo.

–Todo lo malo se pega –dijo Robert entre risas.

–¡Dejadme seguir! -exclamo Adela y prosiguió: El caso es que me contó el interrogatorio con pelos y señales. Nos dijo que le preguntaron por Valencia y me dio mil veces las gracias por haberla obligado a ir a la policía a poner la denuncia.

–¿Y tú qué le dijiste?

–Le quité importancia al asunto y le desvié la atención hacia la visita que tendría que hacernos cuando estuviera toda la obra acabada. También le dije que quería que la primera visita fuese la suya.

–¿Ruth no se mosqueó con las preguntas de la policía sobre Valencia? –seguí interrogando a Adela.

–Sí, me preguntó sobre ello, cuando nos visitó. Le dije que igual me estaban siguiendo a mí. Al vernos juntas y parecemos tanto aprovecharon y le robaron a ella. Quizá porque les fue más fácil acceder a su bolso que al mío.

–Y así fue. La primera visita desde España fue la suya. Y la sorpresa que se llevaron fue enorme. Tendrías que haber visto la cara que puso cuando nos los llevamos a Marsella y les subimos al barco. Tuvimos que convencerlos de que el crucero era un regalo de mi madre para nosotros y que, al viajar fuera de temporada, teníamos la oferta 2 x 1 –dijo Robert.

–Estaba seguro que sabríais recompensarla a lo grande ¿Habéis tenido muchas visitas? –pregunté sonriente.

–El que más ha venido ha sido mi hermano. Estaba interesado en ver la obra acabada y, como disponen de una habitación libre en cada planta, vienen desde Lausana muchas veces –dijo Robert.

–También han ido a vernos mis tíos de Valencia, mis padres y todos mis hermanos. Incluso mis amigas del Camino, las que "me abandonaron"–dijo Adela riéndose.

–Sí, nos reímos mucho en su visita –dijo Robert.

–No paraban de bromear con los ligues gaditanos. Se metieron conmigo mucho. Decían que yo los había contratado para poder quedarme con Robert para mí sola.

También me hablaron de su vida social con los antiguos compañeros de instituto de Robert. Y en especial la ayuda que tenía de su madre. Tanto en la tienda como en casa Jeanne se había convertido en una cuidadora que ayudaba en todo.

El sueño logró superar a las ganas de seguir hablado y nos fuimos a descansar.

4

27 de julio de 2011

Un nuevo día y mis ayudantes volvieron a colaborar para que acabásemos rápido con todas las tareas. Al finalizar nos sentamos a tomar un aperitivo, sintiéndonos muy relajados y dispuestos a conversar.

–En el fondo nunca ha dejado de sorprenderme lo bien que preparaste todos los documentos legales. Ninguno de los afectados se ha visto perjudicado por los contratos –dijo Adela.

–Según una chica que conozco los hice todos yo, que debo ser Don Perfecto o algo así.

–¿Estás diciendo que no los redactabas tú? –dijo sorprendido Robert.

–Estoy diciendo que todo lo que yo redactaba con mi lógica, antes de ser puesto en circulación, era revisado por un abogado experto en comercio internacional.

–¿Quién? –exclamaron al unísono Adela y Robert.

–¿Qué abogado ha estado colaborando con nosotros todo el tiempo y ha sido bien pagado?

Tras unos segundos de duda Adela dijo:

–¿Raúl?

–Claro mujer. ¿Por qué envié 200.000 euros vía Islas Vírgenes para el pago del piso de Ana? Sobraba dinero, ¿verdad?

–¡Ostras!, enviaste mucho más de lo que había que aportar para pagar el piso.

–¿Por qué te fiaste de Raúl? –preguntó Robert.

–La pregunta más correcta sería por qué Raúl confió en nosotros. Lo conocí en el viaje que hice a Argentina y Brasil en el 2006 y le comenté nuestra idea. Me dijo que estaba dispuesto a colaborar conmigo desde un punto de vista profesional. Y colaboró en más cosas.

–¿En qué? –Adela y Robert no salían de su asombro.

–Las franquicias argentinas. Fue él el que me envió modelos de la documentación legal de las empresas propietarias de las tiendas. A ellas les adjunté un modelo de una franquicia española que estuviera funcionando y, de la combinación entre ellas, salió lo que presentamos en los bancos. Es decir, lenguaje de Argentina con obligaciones legales de España.

–¡Qué bueno! La verdad es que parecían todos los documentos iguales. Sólo cambiaba el nombre de la empresa y los logotipos –dijo Robert.

–¡Claro! Si para cada franquicia abríamos una cuenta en un banco diferente, no nos importaba el parecido.

–¿No temiste que registrasen los correos que le enviaste a Raúl?–preguntó Adela.

–No creo que revisen los correos de una cuenta a nombre de mi madre. La cual, por cierto, parece el cerebro de toda la trama, por su correo pasó de todo. Raúl me respondía a la misma dirección con las correcciones hechas. Incluso fue él quien me dijo que le despidiese de Zajolay desde la misma notaría en cuanto estuvieran firmados los contratos No quería que esperase nada. Así él quedaba limpio y desvinculado de los estafadores.

–¡Ahora entiendo lo seguro que estabas cuando llevabas todos los contratos al notario! –dijo Adela.

–¡Y aún hay algo más! ¿Os acordáis que había que desligar el piso de Ana del préstamo hipotecario?

–¡Sí! –exclamaron Robert y Adela.

–Al final Raúl tuvo que dar la cara. Fue su bufete quien puso el dinero del piso. El banco no aceptó retirar la denuncia, y dejarle el piso a Ana, si no había un pago en efectivo. Necesitábamos que el banco retirara la demanda. Si no lo hubiéramos conseguido, seguro que nos cazan por ahí.

–Increíble lo de Raúl. La verdad es que al final sí que fuimos una organización verdaderamente internacional. –dijo Robert, y añadió: ¿Cómo lo hizo?

–¡Vaya que sí! Raúl lo hizo muy bien. Para pagar exigió que el banco firmase un documento, en el que reconocían que se habían equivocado en la tasación y en el que retiraban la denuncia. En dicho documento reconocía el banco que, al recuperar el piso del hijo, quedaba liquidada la deuda y no hacía falta pedirle nada a la avalista.

–¡Vicent, tenías que habernos contado estas cosas antes, en mitad de la operación!

–No podía sobrecargaros más, ya lo asumí yo. Era parte de mi trabajo lidiar con el banco para que soltara la presa del aval. Por otra parte, ya os dije que tenía otro plan para salvar el piso de Ana. El socio de Raúl habría comprado oficialmente el piso y liquidado la deuda. El piso quedaría a nombre de un argentino.

–¡Entonces Ana se quedaba sin piso! –dijo Robert.

–Sólo unos meses, hasta que se enfriara la situación y se hiciera una nueva compraventa. Entre tanto podría haber vivido en casa de Miguel para no levantar sospechas.

–Desde luego Vicent, lo de cabeza cuadrada se te queda corto.

–Adela, no soy un cabeza cuadrada. Me limité a usar la lógica.

–¡Ya, ya! ¡La lógica de un cabeza cuadrada!

–Aun me sorprendo de cómo salió todo tan bien –dijo Robert.

–Salió tan bien porque así lo quiso la Diosa Fortuna. Nos empujó a ello. A ti te proponen la baja incentivada justo a tiempo. Los dos disponemos del dinero para hacer la inversión previa. A la vez aparece Miguel y consigue llegar vivo para firmar. Gracias a la crisis económica conseguimos todos los locales y todos los empresarios en el tiempo previsto.

–¡Es verdad! –me interrumpió Adela. Disponíamos de un montón de locales vacíos para elegir, y los empresarios estaban mucho más dispuestos a participar. ¡La crisis nos benefició muchísimo!

–La suerte nos ha beneficiado todo el tiempo –dije yo y añadí: Sin ella yo estaría en la cárcel.

5

28 de julio de 2011

Nosotros tres habíamos formado parte de un equipo de trabajo que funcionó muy bien. Este buen resultado volvía a suceder. Cada día acabábamos antes la limpieza del albergue. No eran las 11 de la mañana y ya me estaban preguntando sobre lo que pasó en Valencia hacía dos años y que ellos no se enteraron.

–Por favor, Vicent, cuéntanos cómo fue todo en la notaría. Sólo Miguel y tú os sentabais con los empresarios antes de pasar a donde estaba Robert.

–Quizá lo más intenso de aquel momento fue la cara que me iban poniendo todos los empresarios, cuando les daba la novedad del pequeño cambio. Para evitarnos problemas me empeñé que fuera Diego el primero. Luego les pedía a los empresarios que le llamasen para que se quedasen tranquilos. Aun así, uno de ellos sólo me entregó su maletín en su banco, cuando comprobó que todo el dinero pactado estaba ingresado en su cuenta.

–No me digas. No me llegué a enterar de eso –dijo Robert.

–Sí, fue el último del primer día. Robert se llevaba a Miguel en ese momento y no os quise asustar. Para el segundo día, ya había llamado a todos para informarles y les pedí que hablasen con sus colegas para que se dieran cuenta que no había trampa alguna.

–¡Es que fue una jugada genial! –exclamó Adela.

–Ya lo creo, sólo podíamos decirles a los empresarios, en el último momento, que nos quedábamos su dinero en negro nosotros y que les ingresábamos todo el dinero del acuerdo –dije yo.

–¡Claro!, si se lo hubiéramos dicho de entrada habrían puesto muchas pegas para darnos su parte en efectivo –exclamó Robert.

–Jugamos con los compromisos que ellos fueron adquiriendo justo antes de la firma. Allí ya no se podían volver atrás. Además, Diego les decía a los otros empresarios que el dinero estaba ingresado. ¡Además, en blanco! –dije yo.

–¡Sí, sí! ¡En blanco! –dijo Adela con sorna.

–Al menos eso creían –dije yo. Era lo importante para nosotros, ya que sólo nos quedábamos con su dinero negro; el 30 por ciento de 10 millones de euros, repartido a partes iguales.

–Al final sólo perjudicamos a una compañía de seguros –dijo Robert.

–Perjudicamos a otras empresas, no a la compañía de seguros –dije yo.

–¿Cuáles? –preguntó intrigado Robert.

–Las empresas de tarjetas de crédito. Como Carte Bleu, en la que trabajabas tú.

–¿En qué las perjudicamos?

–Mostramos ante la policía de varios países la fragilidad de su forma de operar.

–Y eso, ¿en qué les perjudicó exactamente? –insistió Robert.

–Te has fijado en las nuevas tarjetas de crédito y de débito.

–¡Sí, claro! ¿Por qué lo dices?

–¿No te has fijado que han cambiado en algo muy significativo?

–¡Ostras, los chips!

–Ahí lo tienes, han tenido que hacer un cambio tecnológico muy costoso para mejorar la seguridad de sus tarjetas. Estoy convencido de que, o les hemos obligado a hacerlo, o hemos acelerado ese cambio si lo estaban pensando hacer. Además, me he enterado de que, cuando una operación se hace con tarjeta que disponga de chip, ya no ingresan en la cuenta del vendedor inmediatamente, ahora tardan un mínimo de 4 días.

Adela, que había permanecido callada y muy atenta a la conversación, preguntó por qué no habíamos perjudicado a la compañía de seguros. Les sorprendí contándoles que el Inspector jefe Eduardo García me visitó y me lo contó. Saltaron de sus asientos y me exigieron que les contase con pelos y señales esa visita.

–¡Buenos días, Don Eduardo! ¿Qué hace usted tan lejos de casa?

–He venido a verle y a contarle novedades sobre el caso.

–Le escucho.

–Puede estar ya tranquilo. Ya no hay caso de estafa.

–No sabe cuánto me alegro, ¿Podría explicarme qué ha pasado?

–Para que un caso de estafa siga adelante deben haber perjudicados en la misma y la compañía aseguradora ha retirado los cargos.

–No lo entiendo, ¿Por qué los ha retirado?

–Para ganar dinero

–Me tiene usted confundido.

–Voy al detalle. El juez había dictaminado que, lo que pagaran las empresas en cumplimiento de los acuerdos, se entregase a la compañía aseguradora del banco en compensación por la estafa. Una de las empresas que usted eligió para las inversiones está dando muchos beneficios. Tanto es así que, pasado solo un año y medio de la estafa, la aseguradora ya ha recuperado más el 50% de lo estafado.

–Entonces, si retira los cargos, dejará de ingresar.

–No, para nada. Renuncia al caso a cambio de quedarse como socio inversionista. Pretende seguir cobrando más allá de recuperar las pérdidas. La aseguradora lo negoció con el juez francés, que dictaminó a su favor. Sin perjudicados no hay estafa. Estará usted contento. Ya no le podemos molestar más.

–Estoy extremadamente feliz y no porque dejen de molestarme. Me acaba usted de decir que hice muy bien mi trabajo.

–Lo hizo muy bien. No tuvimos forma de pillarlo.

–Usted sigue a la suya, yo voy a la mía. Mi trabajo para Zajolay fue el correcto. Si no hubiese sido una estafa, en estos momentos los propietarios de la empresa me estarían felicitando por los beneficios de su inversión.

–Entonces sigue negando que usted no estaba en el ajo, aunque no pueda perseguirlo.

–¿Me ha oído usted alguna vez cambiar de discurso? Sólo he dejado de colaborar con ustedes cuando han empezado a perseguirme. Llevan vigilándome un par de años aquí, sin que me hayan visto hacer nada ilegal, ni ahora ni antes. No voy a reconocer nada porque no hay nada que reconocer.

–Si es inocente es imposible que usted no sospechase algo en algún momento.

–¿Usted no se ha dejado llevar por lo que le convenía "en algún momento"?, ¿nunca se ha sentido como un burro al que le han puesto la zanahoria delante? Yo sí, en este trabajo para Zajolay. Encima, me he tenido que tragar acusaciones sin fundamento después de colaborar al máximo y entregar todos los documentos que tenía.

–Es usted demasiado inteligente para no haberlo visto venir.

–Usted sobrestima mi inteligencia. Necesita un culpable y me eligió a mí. Esta vez usted se equivocó, como yo al trabajar para Zajolay. Entienda que no le tengo ningún aprecio. Me alegro de la información que me trae, pero no tengo nada más que agradecerle.

El inspector se quedó mirándome fijamente un rato y luego dijo:

–Cuando compruebe que lo que le acabo de decir es cierto, que han retirado los cargos, espero que me cuente todo lo que me ha ocultado en este tiempo. Usted sabe más de lo que dice. No es para tratar de reabrir nada. Todo caso no resuelto es una espinita clavada. Cuando crees que estás a punto de resolverlo y no lo consigues es una espina que duele mucho. No resolver este caso me impidió ascender a comisario.

Comprendí en ese momento el tremendo interés que Eduardo García tenía en este caso. El inspector prosiguió:

–Necesito saber lo que pasó. Si quiere le firmo que nunca le acusaré de nada. Incluyo también a los empresarios. ¡cuéntemelo! Me ayudará a mejorar como policía.

Lo invité a marcharse y que me dejara en paz. Robert y Adela se habían quedado boquiabiertos con lo que les había contado. Un poco después Adela reaccionó y me preguntó con cara apenada:

–¿No le contaste nada?

–Como os comenté el otro día, no pienso reconocer nunca mi culpa en La Locura. Me parece que fue al pobre García al único inocente al que perjudicamos. No tenía alternativa. Era él o nosotros. Si le llego a contar la verdad al Inspector, estoy convencido que nos habría estado persiguiendo hasta que cometiésemos un fallo.

–Y si no nos perseguía la policía, ¿por qué no viniste a la boda? –preguntó Robert.

–La Locura es algo exclusivamente nuestro y no quiero trasmitirla a otros. No podía justificar allí mi presencia. Nadie de los presentes en vuestra boda sabía nada de mí. Por otra parte, era consciente por vuestro tarjetón de boda de que vendríais de viaje de novios a mi albergue y festejaríamos aquí.

6

29 de julio de 2011

Tras la marcha de los demás peregrinos y tras ayudarme otra vez a limpiar, no solo el albergue, sino también la parte privada del mismo, Adela y Robert, se prepararon para partir. Cuando estaban casi ya listos les dije:

–Tenemos que hacer algo para seguir viéndonos. Ahora ya podemos reunirnos y escribirnos libremente.

–Y tenemos una justificación. Nos hemos conocido en este Camino de Santiago. Se lesionó Adela y nos quedamos unos días en tu albergue y trabamos la amistad –comentó Robert.

–Podemos vernos en las próximas vacaciones. ¿Cuándo puedes irte tú, Vicent? –dijo Adela.

–Me estoy yendo nada más pasar las fiestas de Navidad y Reyes. Vengo en enero algún fin de semana si algunos excursionistas me reservan el albergue. Aquí no quedan peregrinos y el clima no permite hacer muchas cosas. En invierno estuve dos meses fuera.

–Nosotros, en enero aún tenemos buenas ventas, pero en febrero se paraliza bastante el trabajo. En el de este año fuimos a Valencia

230

y le llevamos a Ana su herencia a través de la gestoría que nos dijiste –dijo Robert.

–Es un buen mes para viajar. ¿Dónde podemos ir? –preguntó Adela.

–En febrero es pleno verano en el hemisferio sur –dije yo.

–¿Nos vamos a Argentina? –propuso Robert.

–Me parece muy bien. Así podréis conocer a Raúl.

–¡Ostras, es verdad!, ¡Raúl, el que nos ayudó tanto! –exclamó Adela.

–¿Imagino que no tendrás problemas de dinero para viajar? –dijo Robert.

Nos reímos los tres

–Los problemas los tenemos para gastarlo. Nunca imaginé que todo el dinero negro, absolutamente todo, estuviera en billetes de 500 euros –dijo Adela.

–Yo sí que lo esperaba. En España en el 2004 y en 2005 se manejaban más billetes de 500 que de 5 euros. Eran muy pocas personas quienes los veían. Si no fuera porque sigo siendo el tesorero de la Asociación de Amigos del Camino de Valencia y me encargo de pagar la lotería de Navidad, no habría podido cambiar ningún billete de 500.

–¡No me digas que tú también tienes esos problemas! –dijo Adela.

–¡Claro que los tengo! ¿Cómo voy a un banco a ingresar un billete de 500 trabajando en un albergue?, ¿quién se va a creer que un peregrino o un excursionista pagó con uno de esos billetes?

Robert y Adela se rieron a unísono, lo cual me hizo pensar que me ocultaban algo.

–Entonces, si no estás usando los billetes de 500, ¿cómo vives? –preguntó Robert.

–Con lo que me da el albergue. Es mucho menos de lo que ganaba en Valencia, pero aquí apenas gasto nada. Con los ingresos añadidos de los grupos de excursionistas no necesito más. Me llega hasta para pagar los impuestos.

Mientras Robert y Adela volvían a reírse a carcajadas les pregunté de que se reían. Cuando pararon, Robert me dijo:

–¡Vicent, el negocio nos va bien! No estamos necesitando tocar nada del dinero. ¡No lo entiendes, el dinero lo seguimos teniendo! Como no quería guardarlo en casa, lo transportamos a Suiza en la misma vieja maleta con la que lo llevamos a Arlés. Ahora ya no son euros, son francos suizos. Solo nos costó 4 horas de viaje llegar a casa de mi hermano en Lausana.

–¿Me estás diciendo que en estos dos años prácticamente no habéis tocado nada de los 2 millones de euros?

–¡Sí, así es! –dijeron Robert y Adela al unísono.

–Es decir, ¡podríamos haber hecho todo lo que hemos hecho con nuestras vidas sin el juego, sin quedarnos con el dinero negro de los empresarios!

–¡Sí! –dijeron otra vez al unísono.

–¡Dios mío, qué locura!, hicimos todo este embrollo porque se dieron las circunstancias perfectas para hacerlo, y ahora resulta que no hacía falta para nada.

–No, Vicent. Hacía falta. Sólo gracias a esos millones nos sentimos seguros. Sabíamos que, si no funcionaban nuestros negocios, no pasaríamos hambre. El dinero nos hizo falta para superar nuestros miedos –dijo Adela.

–¡Es increíble lo caros que son los miedos! –sentencié yo.

Nos entró a los tres una risa irrefrenable. Reímos como locos encantados con su "Locura". Cuando nos recuperamos de la risa abrí una botella de vino y brindamos por nosotros. Después del primer trago, Adela y Robert se miraron sin decir nada. Robert hizo un gesto de asentimiento con la cabeza y tomó la palabra Adela.

–¿Te das cuenta de que estamos en el Camino otra vez?

–Sí

–¿Te das cuenta de que hemos vuelto otra vez a nuestras habituales conversaciones "filosóficas"?

–Sí

–¿Te das cuenta de que ya acabamos el juego?

–Sí. ¿A dónde quieres llegar Adela?

Robert y Adela se miraron sonriendo y luego los dos al unísono me dijeron:

–Y ahora, ¿a qué jugamos?

F I N

Esta libro terminó
de imprimirse en los
talleres de Estugraf (Madrid)
el mes de octubre de 2025